PETER RAABE

Nur eine Affäre

Roman

Bibliografische Information der Deutschen Nationalbibliothek:
Die Deutsche Nationalbibliothek verzeichnet die Publikation
in ihrer Bibliographie. Detaillierte Daten sind im Internet unter
dnb.dnb.de abrufbar.

TWENTYSIX - Der Self-Publishing-Verlag
Eine Kooperation zwischen der Verlagsgruppe Random House
und BoD – Books on Demand

Herstellung und Verlag:
BoD – Books on Demand, Norderstedt

Copyright: PETER RAABE

ISBN: 9783740729202

PROLOG

Ehrlicherweise muß man zugeben, daß alles schon einmal gesagt worden ist. Die Weltliteratur beweist es; man muß sie nur lesen. Und obwohl es genügend literarische Werke gibt, die längst noch nicht ihre Halbwertzeit erlangt haben - und allzu viele, die nicht einmal ihr verlegerisches Verfalldatum erreichen -, gebärden sich Schriftsteller so, als müßten sie das Rad ständig aufs Neue erfinden.

Erlebnis hat, Auch die Veränderungen durch Raum und Zeit, gesellschaftliche Umstände und technische Entwicklungen rechtfertigen kaum den literarischen Aufwand, der ständig betrieben wird - zumal Romane gern ihre Zeit verleugnen und in historischem Gewand einherschreiten oder gar ihrer Zeit voraus zu eilen versuchen.

Was also treibt die Literaten an und warum so viel Neu-Gier der Leserschaft?

Nur weil jedes Schicksal, weil jeder Phall anders ist? Oder weil man das eigene Schicksal auf den bedruckten Seiten gespiegelt zu finden hofft, das eigene Leben gar geläutert und gerechtfertigt? Ist es die abergläubische Suche nach einer geheimen Ordnung, die man in den Ereignissen des persönlichen Lebens nicht zu erkennen vermag? Oder ist es die Suche nach Leben überhaupt - mangels eines eigenen?

Da trifft es sich gut, daß jeder Roman auch ein Stück Autobiographie und unterdrücktes Ich ist, d. h. Fragmente nicht ausgelebter Biographie enthält, angereichert mit Wunsch- und Alpträumen - und immer auch ein Stück Exhibitionismus ihres Verfassers.

Schriftsteller beanspruchen längst nicht, Dozenten einer moralischen Anstalt zu sein, sondern weit eher Botschafter ihrer eigenen unmoralischen Lasterhöhlen - begierig bereit, einer lüsternen Menge von ihren erotischen Wachträumen zu berichten und sie an ihren vermeintlichen Abenteuern teilhaben zu lassen.

Die Sprache, versteht sich, darf dabei nicht zu direkt sein, um nicht dem Verdikt der Pornographie zu verfallen, aber dennoch deutlich genug, damit der Leser das Schlüsselloch-Erlebnis findet, das er von der Lektüre eines Romans nun mal erwartet.

Die Komplizenschaft zwischen Autor und Leser ist also perfekt - eine Kumpanei der literarischen Exhibitionisten mit den Voyeuren. Und zum Glück braucht sich in unserer Zeit niemand mehr moralisch zu entrüsten, denn jeder zivilisierte Staat hat dafür seine spezielle, volkseigene - selbstverständlich unabhängige - Behörde, deren Beamte nichts weiter zu tun haben, als sich jeden Tag aufs Neue über neue Werke der darstellenden, abbildenden oder literarischen Kunst moralisch zu entrüsten - stellvertretend für „die Gesellschaft", der selbst die erforderliche Zeit und die notwendige Kompetenz fehlt, sich durch eigenen Augenschein oder eigene Lektüre über jedwede von Staatswegen als unsittlich erkannte Veröffentlichung angemessen zu empören. Demokratien lösen dies Problem besonders demokratisch durch Einrichtungen der vorauseilenden „freiwilligen Selbstkontrolle".

Und „die Kirche" – bei uns vor allem die katholische - nimmt der Gesellschaft sogar den Ballast des Gewissens ab - dankbar dafür, auf diese Weise sich und ihr Vorhandensein noch ein wenig legitimieren zu können, als Nachweis ihrer Existenzberechtigung.

Erfreulicherweise erfährt in unserem Land der einzelne Staatsbürger wenigstens noch, worüber er sich hätte angemessen empören sollen; anders als in Diktaturen, die diese Art von Skandalen per Zensur völlig abgeschafft haben - was Diktaturen so anstrengend langweilig macht, weil man sich dort ständig auf den Skandal ihrer Existenz konzentrieren muß.

Bei uns hingegen ist das moralische Verdikt der beste Garant für Publizität und Auflagensteigerung - gewissermaßen das Regulativ (vielleicht auch die ausgleichende Gerechtigkeit) für die offizielle Verurteilung eines Oeuvres.

Sie fragen sich vielleicht, was das alles mit diesem Buch zu tun hat. Nun, Sie sollen nicht im Unklaren gelassen werden, worauf Sie sich bei dessen Lektüre einlassen und Sie sollen vorgewarnt sein auf Ihrer Suche nach Wahrheit und Wirklichkeit des Erzählten.

Der Roman gibt seinem Autor ohnehin die legitime Möglichkeit und Macht, seine Opfer typischer zu zeichnen, als sie in Wirklichkeit schon sind und ohne daß sie sich ihrer Haut wehren können; darum Gnade jedem, der der Feder eines Schriftstellers ausgeliefert ist. Manchmal aber verselbständigen sich die Figuren eines Romans und beginnen, unabsichtlich oder auch gewollt, ein Eigenleben zu führen - und es bleibt das Geheimnis des Verfassers, was wahre Wirklichkeit, was wirkliche Wahrheit ist.*

Die Sprache ist der Sündenfall der Wahrheit. Sie vermag weder den Dingen gerecht zu werden noch dem Denken hinreichend Ausdruck zu verleihen. Sie ist nicht fähig, die Fülle und Vielfalt des Lebens zu erfassen, Ereignisse zutreffend zu beschreiben, noch Konflikte zu verhindern - weder individuelle noch universelle. Mit der Sprache kam die Lüge in die Welt, weil sie vergiftet ist von dem Denken, das sie hervorbringt.

---

* Die Kunst der Literaturwissenschaft ist es, dieses Geheimnis des Schriftstellers zu lüften - gewissermaßen per geistiger Anatomie. So ist es noch heute eines der ungelösten Rätsel, ob Goethe mit Charlotte von Stein geschlafen hat oder nicht - für jeden Germanisten reizvoller als die berühmtere Gretchenfrage.

Fragen Sie auch bitte nicht nach dem Ende und nach der Moral dieser Geschichte, denn sie hat weder das eine noch das andere. Es wird von Schmerz und Bitterkeit, von Zorn und Haß, von Mutlosigkeit und Verzweiflung zu berichten sein und wenig Erbauliches und Erfreuliches stattfinden, obwohl sich in dieser Geschichte eigentlich alles um die Liebe dreht.

Aber Liebe ist Glücksache; sie hat nun mal viele Farben, und Liebesgeschichten haben ihre Tücken: Jene, die tatsächlich stattfinden, sind meist unbrauchbar für die Literatur, weil zu banal oder trivial. Und solche, die der Muse abgerungen wurden, taugen wenig als Vorlage für das Leben, weil zu dramatisch oder elegisch. Und den Liebesdramen, die das sogenannte Leben schrieb, fehlt es meist an Glaubwürdigkeit; ihr Mangel an Überzeugungskraft macht sie bei Literaten wie Lesern suspekt, die die reine Wahrheit oder die wahre Reinheit suchen.

Die Menschen, um die es hier geht, haben mit ihrer Liebe wenig anzufangen gewußt und auch Schindluder mit ihr getrieben, wie man zu sagen pflegt. Konfrontiert mit ihr, haben sie sie entweder nicht erkannt oder nicht erkennen wollen, was die schlimmste Form der Unmenschlichkeit sein kann.

Aber Sie werden auch erfahren, wie unerwartete Ereignisse Menschen verändern können und wie ihre Berechenbarkeit verloren geht, sobald das Leben aus den Fugen der Normalität gerät.

Dabei waren sie allesamt erwachsene Leute in den sogenannten „besten Jahren" und darüber hinaus menschlich fast untadelig, soweit man das von außen zu beurteilen vermag. Und sie waren anfangs besten Willens, soweit es in ihrem Ermessen stand. Es wäre daher vermessen, im Nachhinein Urteile über ihr Verhalten und ihre Reaktionen zu treffen, ohne die positiven Charaktereigenschaften zu berücksichtigen, von denen jeder zu berichten wußte, der mit ihnen bekannt war.

Wie üblich, endeten bei Claus Lehmann und Marta die Vorbereitungen für den Besuch einer der zahlreichen Parties in der zahlreichen Nachbarschaft mit einem Ehekrach. Robert, der diese Parties haßte, brachte seinen Missmut in betont salopper Kleidung zum Ausdruck, während seine Frau sich chic machte und seinen „Aufzug" begreiflicherweise „unmöglich" fand, was ihn mit grimmiger Freude erfüllte. Und wie üblich, gab er schließlich wutschnaubend nach und warf sich „in Schale", wie er es verächtlich nannte. Nachdem dieser Programmpunkt abgearbeitet war, der jedes Mal aufs Neue zum Prüfstein über Macht und Ohnmacht zwischen den beiden Eheleuten wurde, marschierten sie los, schweigsam und übel gelaunt – sie in einem gewagten Partykleid und wütend wegen ihrer bereits chronischen Verspätung, er im dunklen Anzug und verdrossen wegen seiner neuerlichen Kapitulation.

Ort des heutigen Geschehens war diesmal der bescheidene, aber gepflegte Bungalow von Manfred Küster und Ehefrau Sabine – beide in den vierziger Jahren wie Claus und Marta – im selben Hypothekenviertel vor den Toren von Bonn, und nur wenige Schritte entfernt von der eigenen „Datscha", wie Claus Lehmann seine Villa nannte.

Auf ihr Klingeln öffnete ihnen Michael, der neunjährige Sohn. Aus dem Partykeller scholl ihnen bereits Tanzmusik und lärmende Fröhlichkeit entgegen, als sie die Treppe hinabstiegen. Beim Eintreten wurden sie mit dem üblich vielstimmigen Hallo von den schon anwesenden Gästen empfangen. Da Claus wie üblich vergessen hatte, daß es sich um eine Geburtstagsparty handelte und daher auch nicht wußte, wer das Geburtstagskind war, ließ er seiner Frau den Vortritt beim viel zu herzlichen Begrüßungs- und Glückwunschzeremoniell, das diesmal dem glatzköpfigen Hausherrn galt, der – ebenfalls wie üblich – sich hinter seinem Bar-Tresen als Schankwirt,

Barkeeper und Kellner betätigte, während seine Frau, blond und üppig, von ihrem Barhocker aus die Honneurs machte.

Der Partyraum war von Kerzen auf den Clubtischen und der Bar nur spärlich beleuchtet. Entlang von drei Wänden gab es kleine Kojen mit niedrigen Polsterbänken, auf denen dicht gedrängt die übrigen Paare aus der Nachbarschaft saßen. Bei seiner Begrüßungsrunde musste Claus feststellen, daß er und seine Frau overdressed waren, was seiner zur Schau getragenen guten Laune nicht gerade förderlich war.

Während Marta noch irgendwie Platz zwischen den übrigen Gästen fand, machte es sich Claus an der Bar bequem, direkt an der Seite der Gastgeberin, die ihn, bereits leicht angeheitert, ihre Dankbarkeit für seine Gesellschaft spüren ließ. Ihr sinnlicher Körper machte ihn an, schon seit langem, und sie wusste es, auch schon seit langem. Claus ließ sich Wein einschenken und holte Sabines Vorsprung mühelos auf. Mit lüsternen Blicken tastete er ihren Körper ab, während er mit ihr small talk machte, was wegen der lauten Musik nicht leicht war. Aber die Musik musste auf Verlangen der Tanzenden so laut spielen, um den Gesprächslärm zu übertönen, was wiederum der Lärmpegel der Unterhaltungen steigerte, um gegen die Lautstärke der Musik anzukommen. Um bei Sabine Gehört zu finden, musste Claus sich also dicht an Sabines Ohr beugen und den Arm um ihre Schulter legen, wie das unter guten Freunden üblich ist. Und hier waren alle gute Freunde, denn alle waren per Du.

Claus Lehmann tanzte hin und wieder mit Sabine, und wenn ihm die Hausherrin entführt wurde, auch mit anderen Frauen, oder genoß mit dem Glas in der Hand seine splendid isolation auf seinem Barhocker. Da die Musik anschmiegsam und die Beleuchtung intim waren, schmiegte er sich beim Tanzen entsprechend eng an seine Partnerinnen und es schien sie nicht zu stören, wenn er sie die Erektion in seiner Hose spüren ließ:

sei es, daß es sie erregte oder daß es sie stolz machte, erregend auf den Mann in ihren Armen zu wirken – oder gar beides; sei es, daß sie sich oder ihn erregen wollten – oder beide. Und auch der Alkohol leistete seinen gewünschten Beitrag zur Lösung von Problemen und Hemmungen.

Fast dreitausend Jahre alte Rituale brachen an diesem Abend wieder aus den Tiefen des kollektiven Ungewußten hervor: Die Heroen zechten beim Gelage, um im Rausch Dionysos, Eros und anderen Göttern des Symposions Tribut zu zollen. Nur die halbnackten Hetären waren vertrieben worden von den eifersüchtigen Ehefrauen, die nun selbst in deren Rollen schlüpften und sich den Männern hingaben, um zu verhindern, daß es die anderen taten.

Mitten in das Partytreiben platzte als Überraschungsgast „der Minister" mit seiner Gattin, um dem Hausherrn zu gratulieren. Auch er hatte sich in einem Bungalow nicht weit von dem Hypothekenviertel angesiedelt und ließ sich gerne zu solch volkstümlichen Vergnügungen einladen. Während seine Frau an der Bar von der Gastgeberin vereinnahmt wurde, fand der Minister einen freien Platz neben Petra Müller, der Frau eines Finanzbeamten, dem man die Ärmelschoner ansah, obwohl er keine trug. Seine Frau passte gut zu ihm: knöchern und etwas vertrocknet.

Claus Lehmann nutzte die Gelegenheit, da sich die allgemeine Aufmerksamkeit auf die Neuankömmlinge konzentrierte, und verschwand mit seiner letzten Tanzpartnerin in ein dunkles Zimmer im Erdgeschoß, wo sie sich heftig umarmten und küssten, während er ihren Busen knetete und sie sich an seinem Hosenschlitz zu schaffen machte. Gerade, als er ihr unter den Rock fassen wollte, ging das Licht an und neugierig schaute der kleine Michael herein. Erschrocken ließen die beiden von einander ab. Claus hätte den Kleinen am liebsten georfeigt.

„Verschwinde!", zischte er ihn wütend an, der ebenfalls

erschrocken, wegrannte.
Claus und seiner Tanzpartnerin war die Lust auf mehr Lust vergangen. Doch auf dem Rückzug ins allgemeine Getümmel versäumte er nicht, mit ihr noch hastig einen Hausbesuch zu verabreden:
„Morgen?"
„Ja".
„Wann?"
„Nach neun".
„Ich komme".
Ihr Mann würde dann bereits im Wirtschaftsministerium seinen dortigen Amtspflichten nachgehen. Als Journalist mit unregelmäßigen Arbeitszeiten konnte Claus sich solche Eskapaden zeitlich leisten. Er kehrte allein in den Partyraum zurück, während sie zunächst in die Gästetoilette verschwand, um erst später, getrennt von ihm, wieder aufzutauchen.
Sabine Küster saß auf ihrem Barhocker und hatte Claus schon vermisst.
„Ich musste deinen Platz bereits verteidigen!", meinte sie vorwurfsvoll mit beschwipster Stimme. Claus nutzte die Gelegenheit, sie leutselig in die Arme zu nehmen, um ihr mit gespielter Dankbarkeit einen Kuß zu geben, den er jedoch in einen endlosen Zungenkuß umfunktionierte, dem sie sich ohne Zögern aktiv und lustvoll hingab. Nachdem er wieder seinen Platz neben ihr auf dem Barhocker eingenommen und ein weiteres Glas Wein geleert hatte, fasste er sie freundschaftlich um die Hüfte und ließ seine Hand allmählich unter ihren hochgeschlitzten Rock gleiten, bis seine Finger ihre Schamhaare berührten. Zu seiner Überraschung stellte er fest, daß sie keinen Slip anhatte und zu seiner Verblüffung ließ sie ihn gewähren. Und so wagte er es, sich weiter vorzutasten, bis er mit seinen Fingern ihre Scheide berührte. Sie hielt ganz still, als er mit dem Zeigefinger ihren Kitzler streichelte und ihn

schließlich in ihre Vagina steckte, die sich ihm warm, weich und feucht entgegen bog. Schweigend schauten beide in ihre Gläser, um ihre aufkommende Erregung zu verbergen. Nach einer Weile zog Claus seine Hand zurück und hielt sich die Finger an die Nase, um den Duft ihrer Möse einzuatmen. Als er merkte, dass sie ihn dabei beobachtete, hielt er ihr seine nassen Finger ebenfalls an die Nase. Begierig sog sie ihren eigenen Geruch ein, dabei lächelte sie ihn an.
„Wollen wir tanzen?", fragte sie mit gespielter Harmlosigkeit.
Sie zog ihn auf die winzige Tanzfläche, zwischen die übrigen Tanzpaare, und schmiegte sich eng an ihn. Doch statt den Arm um seinen Nacken zu legen, schob sie ihn vorn in seine Hose, bis sie seinen steifen Penis in der Hand hielt, der unter den sanften Liebkosungen ihrer Finger zu nässen begann. Das alles geschah wortlos, während sie tanzten und ihre Gesichter glühten. Die Musik endete.
„Ich muß mal auf die Toilette", flüsterte sie ihm zu und ließ seinen Penis los.
„Ich komme gleich nach!", erwiderte er reflexartig und grinste dabei unverschämt.
Sabine verschwand und Claus kehrte an die Bar zurück, um sich vom Hausherrn, der von allem anscheinend nichts mitbekommen hatte, ein weiteres Glas Wein einschenken zu lassen. Aus irgend einer Ecke hörte er das lustvolle Gelächter seiner Frau, wenn einer der Männer um sie her eine frivole Bemerkung machte oder körperliche Annäherung versuchte, deren sie sich nur halbherzig erwehrte.
Claus trank sein Glas leer und verließ den Raum. Er ging die Treppe hoch und suchte das Badezimmer. Die Tür war nur angelehnt. Als er leise eintrat, stand Sabine über das Waschbecken gebeugt und wusch sich die Hände. Claus schloß die Tür von innen ab und zog, ohne ein Wort zu sagen, von hinten Sabines Rock hoch und öffnete seine Hose. Sie spreizte leicht

ihre Schenkel, so daß sein Glied sofort die nasse Öffnung ihrer Muschi fand und tief in sie eindringen konnte. Schweigend fickte er sie von hinten, während sie sich mit beiden Händen auf dem Beckenrand abstützte. Das Wasser lief weiter und sein Rauschen übertönte ihr Ächzen unter seinen heftiger werdenden Stößen.

Nachdem er sich mit einem Stöhnen in sie entleert hatte, blieb er noch einen Moment keuchend über sie gebeugt, um sich ein wenig zu erholen. Dann packte er seine Genitalien ein und verließ Sabine und den Raum – ebenso wortlos, wie er gekommen war, während sie sich erneut wusch, diesmal auch ihr erhitztes Gesicht.

Claus kehrte an die Bar zurück. Der Hausherr hatte inzwischen sein Weinglas nachgefüllt und Robert prostete ihm zu. Kurz danach tauchte auch Sabine wieder auf. Sie blieb an der Bar neben Claus stehen und lächelte ihm vielsagend zu. Beide schwiegen. Nach einer Weile schaute sie ihn erneut lächelnd an und dirigierte seinen Blick hinab zu ihren Füßen. Auf dem Fußboden schimmerten ein paar Tropfen Flüssigkeit im Kerzenlicht. Claus traute seinen Augen nicht, doch ihr amüsierter Blick bestätigte seinen Verdacht: es tropfte aus ihrer Scheide und es schien ihr zu gefallen.

Der Minister hatte sich inzwischen bei Petra Müller häuslich eingenistet. Nachdem er seinen linken Arm um ihre Schulter gelegt hatte, dauerte es nicht lange, bis seine Hand den Weg in ihr Dekolleté fand, wo sie nun auf ihrem flachen Busen mehr oder weniger ruhte, während seine Rechte den Bierkrug festhielt, aus dem er sich von Zeit zu Zeit bediente. So waren seine beiden Hände auf verschiedene Weise beschäftigt, ihn auf unterschiedliche Weise zu befriedigen. Petra Müller hingegen saß wie versteinert und wagte kaum zu atmen angesichts der unfassbaren Ehre, die ihr zuteil wurde. Sie fühlte sich geschmeichelt von so viel ministerieller Zudringlichkeit und verging fast vor Stolz – und Scham.

Die Frau des Ministers stand nach wie vor an der Bar und warf wütende Blicke auf die beiden, ohne den Mut aufzubringen, etwas gegen den Freimut ihres Mannes zu unternehmen. Stattdessen empörte sie sich beim Gastgeber, der seine Barkeeperpflichten vergaß, um zu retten was nicht zu retten war:

„Ich versichere Ihnen, ich werde nicht zulassen, daß etwas hier geschieht, was Sie kompromittieren könnte!", raunte er ihr zu. Sein mißglückter Versuch einer Schadensbegrenzung verschlimmbesserte nur die Laune der Ministersgattin, die zornbebend die Stätte ihrer Schmach verließ und nicht mehr zurückkehrte.

Auch der Mann von Petra Müller schien wenig amüsiert. Hektische Flecken röteten sein Gesicht, während er mit Clausens Frau so ausdrucksvoll wie möglich tanzte, um die Aufmerksamkeit der übrigen Partygäste auf sich umzulenken und dabei so tat, als sähe er nichts und niemand außer seiner Tanzpartnerin.

Mit schwankendem Gang kam ein anderer Nachbar auf die Hausherrin zu, um sie zum Tanzen aufzufordern. Er war von riesiger Statur, Ende fünfzig, Geschäftsführer einer örtlichen Brauerei und hatte dem Hausherrn das Bier zum Geburtstag gestiftet. Müde und erschöpft von ihren vorausgegangenen Ausschweifungen, folgte Sabine ihm artig aber widerwillig. Es galt, Dankbarkeit zu beweisen. Mühsam versuchte der Mann mit ihr ein paar offene Tanzschritte, doch er war zu betrunken und kam ins Torkeln. Sabine hielt ihn fest und mit glasigen Augen presste er sie daraufhin an seinen massigen Körper. Mit beiden Händen packte er ihren Hintern und begann, stimuliert von den sinnlichen Gerüchen, die ihr Körper verströmte, seinen Unterleib in schnellem Rhythmus gegen den ihren zu stoßen, bis er sich erleichtert hatte.

Claus hatte ihnen gleichgültig zugesehen. Auch die anderen hatten es verstohlen beobachtet, doch niemand sagte etwas. Schließlich stand seine Ehefrau auf, eine kleine, zierliche Person, und unterbrach seinen Begattungstanz.

„Komm, wir gehen jetzt", sagte sie zu ihm, ohne Vorwurf in der Stimme. Widerstandslos folgte er ihr und beide verließen grußlos den Raum. Auch Claus ging zu seiner Frau, die auf dem Schoß eines anderen Nachbarn saß und sich nur wenig gegen dessen Bemühungen zur Wehr setzte, sie zu küssen.

„Ich gehe jetzt; kommst du mit oder willst du noch bleiben?", fragte er sie emotionslos.

„Ich gehe mit", entschied sie nach kurzem Überlegen und rutschte vom Schoß ihres Verehrers.

Unauffällig verließen sie die Party, deren Musik sie noch bis zur Haustür begleitete. Draußen regnete es. Unentschlossen blieben sie unter dem Vordach vor der Haustür stehen. Schließlich rannten sie los. Doch es half nichts: obwohl es nur zirka fünfzig Meter bis zu ihrem Haus waren, kamen sie dort klitschnaß an.

Das ist die Strafe Gotte für unser lasterhaftes Verhalten heute Abend, dachte Claus, denn er wusste: Kleine Sünden bestraft der Liebe Gott sofort.

Alle beide hatten mit sich zu tun, aus den durchnässten Sachen heraus zu kommen und sie zum Trocknen aufzuhängen. Nachdem dies erledigt war und sie sich abgetrocknet hatten, ließen sie sich in die Betten fallen. Es war schon weit nach Mitternacht.

„Es war eigentlich eine gelungene Party", fand sie abschließend.

Das fand er auch. Dennoch wollte er auch künftig seinem Grundsatz treu bleiben, daß er solche Parties haßte. Dabei dachte er mit Grausen daran, daß in wenigen Wochen ihm eine solche im eigenen Haus anläßlich des 50. Geburtstages seiner

Frau bevorstand, wobei ihm die Gastgeberpflichten nicht erspart blieben .

*

Zufrieden betrachtete Claus Lehmann die gedeckte Tafel, die sich im Schutze der ausgefahrenen Markise fast über die gesamte Länge der Terrasse erstreckte. Unter dem fast zehn Meter langen Tischtuch verbarg sich das Resultat seines zweiwöchigen abendlichen Heimwerkelns.
Seit Wochen schon drehte sich im Haushalt der Lehmanns alles um den bevorstehenden 50. Geburtstag seiner Frau Marta, den sie am heutigen Sonntag mit einer Party feiern wollte. Eine stechende Vormittagssonne versprach mehr Hitze für diesen Junitag als draußen erträglich.
Je mehr der eingeladenen Bekannten zugesagt hatten, um so nervöser wurde Marta und entsprechend gereizter war ihr Umgangston gegenüber ihrem Ehemann geworden. Wenn Claus Lehmann an den letzten Abenden aus dem Büro heimkam, fand er seine Frau in der Küche mit Kuchenbacken beschäftigt oder bei der Herstellung von Soßen und der Vorbereitung von Salaten.
Überall stapelten sich Geschirr, Gläser, Bestecke und sonstige Utensilien, zusammengetragen aus der Nachbarschaft. Auf der Terrasse versammelten sich immer mehr Gartenmöbel der unterschiedlichsten Art aus Holz und Plastik in braun und weiß.
Clausens Vorschlag, die gesamten Vorbereitungen einem Party-Service zu übertragen, hatte Marta ausgeschlagen, weil das zu teuer sei. In Wahrheit hatte sie das uneingestandene Bedürfnis, konzentriert in diesem einmaligen Ereignis, ihre gesamten hausfraulichen Fähigkeiten als Gastgeberin in dermaßen strahlendem Licht aufleuchten zu lassen, daß es alle bisherigen und künftigen Bemühungen der Bekannten in den Schatten stellen sollte.

Fragte Claus seine Frau, ob er ihr „irgendwie behilflich" sein könne, bekam er meist in gereiztem Ton zur Antwort, er möge sich lieber um seine eigenen Angelegenheiten kümmern. Machte er konkrete Vorschläge und Angebote, waren sie mit ziemlicher Sicherheit entweder abwegig oder schon erledigt oder auf andere Weise unerwünscht.
Solcherart eingeschüchtert und für überflüssig erklärt, zog sich Claus grollend zurück und dachte mit wachsendem Zorn daran, daß sein 50. Geburtstag vor drei Jahren nicht stattfinden durfte, weil es damals nur „seine" Freunde waren, die er einladen wollte - zumeist Journalisten, einige Politiker, Diplomaten und Ministerialbeamte, mit denen er als Pressereferent eines Interessenverbandes am Regierungssitz häufig zu tun hatte.
Marta hatte es damals als Zumutung abgelehnt, sich Arbeit zu machen für „diese Leute", die sie samt und sonders für Schnorrer und Schmarotzer hielt, da sie von ihnen ja auch nicht eingeladen würden. Clausens Argument, daß er aus beruflichen Gründen den Kontakt mit „diesen Leuten" pflegen müsse, die er insgeheim ebenfalls für Schnorrer und Schmarotzer hielt, und nur jene einzuladen gedenke, an denen er auch ein persönliches Interesse habe, wurde von ihr nicht akzeptiert.
Martas Bildung war mangels Möglichkeiten unterentwickelt, doch dank ihrer Intelligenz und Lernfähigkeit holte sie dies im Umgang mit Clausens Bekanntenkreis und aufgrund seiner kulturellen Interessen auf, so daß sie im Laufe der Jahre gesellschaftsfähig und parkettsicher wurde. Ihr sicherer Geschmack und ihre natürliche Fröhlichkeit halfen ihr dabei. Inzwischen hatte sie sich dermaßen emanzipiert, daß sie Clausens Meinung bestenfalls duldete, wenn sie sie nicht ablehnte.
Viele der Leute aus Clausens Bekanntenkreis gehörten nunmehr auch zu Martas Freundeskreis - zumindest die Ehefrauen, nachdem man sich auf irgendwelchen Empfängen

und Parties unter der Bonner Dunstglocke des öfteren begegnet war, woraus sich im Laufe der Zeit zum Teil auch private Kontakte entwickelten.

Zu Martas Geburtstagsparty leistete Claus in aller Stille seinen Beitrag, indem er nach sorgfältigem Vermessen aller verfügbaren Gartentische Holzplatten einkaufte, sie auf das rechte Maß zuschnitt und mit den notwendigen Halterungen versah, so daß am Ende eine durchgehende Tafel entstand, an der bis zu dreißig Personen Platz finden konnten.

Nachdem diese Eigenmächtigkeit von seiner Frau mißbilligend zur Kenntnis genommen war und auch eine Probevorführung keine Zustimmung fand, entschied Marta sich dann doch kurzfristig für diese Lösung des personellen Parkproblems, so daß noch am Vortag der Party ein passendes Tischtuch gekauft werden mußte, was die Gardinenabteilungen der großen Kaufhäuser am Ort überforderte. Schließlich fand man kurz vor Geschäftsschluß doch noch ein akzeptables Tuch, eigentlich ein Vorhangstoff, für Martas Zwecke aber wegen seiner Dimensionen um so geeigneter und zudem preiswert.

Claus war erleichtert, letztendlich doch einen nützlichen Beitrag zur Gestaltung der Party geleistet zu haben. Mit neuem Selbstwertgefühl besserte sich auch seine Laune. Er begann sich sogar wieder auf den gemeinsamen Opernbesuch zu freuen, der im Anschluß an die Party den krönenden Abschluß des Geburtstages bilden sollte. Er war glücklich gewesen, daß es ihm gelungen war, Karten für diesen Tag zu bekommen, da das Opernhaus fast ständig ausverkauft war. An diesem Abend stand „Tristan und Isolde" auf dem Spielplan. Stolz hatte Claus die Karten seiner Frau am Morgen als Geburtstagsgeschenk überreicht und war etwas enttäuscht, als er feststellte, daß sich Martas Begeisterung in Grenzen hielt, gemessen daran, wie zurückhaltend ihr Dank ausgefallen war.

Bei Anlässen wie diesem ertappte sich Claus Lehmann seit Jahren immer öfter bei der Frage, warum er diese Frau geheiratet habe. Und die Antwort fiel stets gleichermaßen unbefriedigend aus. Der einzige Grund, der ihm nach zwanzig Ehejahren noch einfiel war, daß er damals, 25-jährig und am Ende seines Germanistik-Studiums, des Alleinseins überdrüssig gewesen war. Und von den wenigen Frauen, die er bis dahin kannte, schien sie am geeignetsten als Mutter seiner künftigen Kinder. Dabei war sein Kinderwunsch eher unterentwickelt; der allzu bald geborene Sohn genügte ihm völlig, und seine Entwicklung verfolgte er mit geringer Zuneigung und wenig Engagement. Er hatte den Kontakt zu seinem Sohn stets gemieden, um Konflikte zu vermeiden - also aus Feigheit und Bequemlichkeit. Später behauptete er - und glaubte es auch - , sein Verhalten sei bewußt und von dem Vorsatz bestimmt gewesen, seinen Sohn nicht zu gängeln und seine eigenständige Entwicklung so wenig wie möglich zu beeinträchtigen.

Claus Lehmann sehnte sich zwar nach Sozialprestige, aber ohne viel dafür zu tun und hielt die gelegentlichen „Bordfeste" wie das heutige für Triumphe einer erfolgreichen Karriere. Und so dümpelte sein Leben vor sich hin wie ein angeketteter Kahn, auf dem er sich häuslich eingerichtet hatte - beladen mit allerlei Talenten, aber ohne den Mut und den Ehrgeiz, zu anderen Ufern aufzubrechen, mit einer Frau und einem Sohn an Bord, die beide zu sehr mit sich und ihren kleinen Alltagsinteressen unter Deck beschäftigt waren, um einen gelegentlichen Blick über die Reling zu werfen, während der Kapitän in seiner Kajüte sich auffressen ließ vom bürokratischen Einerlei seines Jobs und nicht wagte, an den Ketten zu zerren, die ihn und seine kleine Welt am sicheren Ufer festhielten. Aber sein Blick folgte sehnsüchtig dem Flug der Möwen am Himmel.

Während Claus Lehmann noch selbstgefällig das Resultat seiner handwerklichen Anstrengungen betrachtete, klingelten an der Haustür pünktlich um elf Uhr die ersten Gäste - mehrere Nachbarn, alle wie sie selbst Eigenheimbesitzer in dem gemeinsamen Wohnviertel, das die Einheimischen des kleinen Ortes das Hypothekenviertel nannten. Claus pflegte sich damit zu revanchieren, daß er die Dorfbewohner als Ureinwohner und Eingeborene bezeichnete.

Die Ortschaft, angelehnt an einen Naturpark vor den Toren Bonns, war zu einem Magneten für Häuslebauer geworden, nachdem Regierung und Parlament dort ihre Zelte aufgeschlagen hatten. Die persönlichen Kontakte innerhalb des Hypothekenviertels verdichteten sich mit der Verdichtung seiner Bebauung und es gab kein Entrinnen davon. Innerhalb kürzester Zeit wurde jeder Neusiedler vereinnahmt und zum privaten Du verurteilt, und schließlich gehörte es zum guten Ton, sich gegenseitig zu allen privaten Anlässen einzuladen - ein Automatismus, gegen den sich Claus zum Verdruß seiner Frau immer wieder aufzulehnen versuchte, allerdings mit geringem Erfolg, während Marta ganz in dieser Nachbarschaftsharmonie aufging und sie zum Leidwesen ihres Mannes nach Kräften förderte. So veranstaltete sie beispielsweise zu jedem in der Nachbarschaft anstehenden Geburtstag große Sammelaktionen für aufwendige, gemeinsame Geschenke und verbrachte ganze Tage in der Stadt mit der Suche, Auswahl und dem Einkauf des ihrer Meinung richtigen Präsents. Im Laufe der Zeit hatte sie sich auf diesem Gebiet so viel Erfahrung angeeignet und Instinktsicherheit entwickelt, daß man ihr diese, den meisten Nachbarn zunehmend lästige Pflichtübung dankbar überließ, zumal sie diese freiwillig übernommene Aufgabe mit größter Hingabe erledigte.

Claus horchte, ob seine Frau auf das Klingeln reagierte. Als sich nichts tat, ging er, um die Gäste in Empfang zu nehmen, die mit schriller Fröhlichkeit eindrangen und nach dem Geburtstagskind riefen. Claus hetzte durch alle Räume, ohne Marta zu entdecken, bis er sie aus dem Keller rufen hörte.

Er stürzte ihr entgegen: „Meine Güte, wo steckst du denn? Deine Gäste kommen schon!"

Das hätte er nicht sagen dürfen. Ein wütender Blick war ihre Antwort, dann rannte sie an ihm vorbei in die Diele und warf sich in ein heftiges Getümmel mit Umarmungen, Gratulationen, Blumen, Geschenken und viel Lärm.

Die nächsten Gäste klingelten bereits.

Marta rannte zwischen Garderobe, Küche, Haustür und Wohnzimmer hin und her und versuchte hektisch, alles gleichzeitig zu tun: Vasen für die Blumen suchen, Gäste empfangen, Geschenke entgegennehmen, Gläser holen, Getränke holen, Gläser einschenken, Gäste begrüßen, Blumen in die Vasen, Gläser verschütten, Blumen von Papier befreien, Gäste empfangen, Küßchen empfangen, Geschenke empfangen.

Das Chaos wuchs.

Claus versuchte, etwas Ruhe in das Geschehen zu bringen, indem er unentwegt Gläser mit Sekt füllte und an die Neuankömmlinge austeilte.

Zum Glück strebten die Gäste allmählich Richtung Terrasse, wo allerdings ein neuer Stau an der Terrassentür entstand, weil die Biertrinker sich um das Fäßchen stauten, das, unwillig bedient von Sascha, dem halbwüchsigen Sohn, mehr Schaum als Bier in die Gläser ausspie.

Marta arbeitete sich durch die Ansammlung zu der Zapfstelle vor, um auch hier einzugreifen. Doch es gelang ihr lediglich, Sascha noch mehr einzuschüchtern, nachdem schon zwei erfahrene Biertrinker ihn abgelöst und die Sache zu ihrer eigenen gemacht hatten, aber beim Zapfen ebenso erfolglos blieben.

Allmählich entspannte sich die Lage. Das kalte Buffet lockte an und die Gäste, Teller und Gläser in Händen, verteilten sich auf der Terrasse und im Garten. Gruppen und Grüppchen bildeten sich und blinzelten in die heiße Mittagssonne, Gespräche kamen in Gang.

Besonders der chinesische Militärattaché, der wie immer heftig nach Mottenkugeln roch, und sein sowjetischer Amtskollege, ein untersetzter, unter seinem Gewicht keuchender Weltkrieg-II-General - beide mit ihren Frauen - zogen das Interesse der anwesenden Journalisten auf sich.

Der Bundestagsabgeordnete Jakob-Maria Mierscheid, ein sozialdemokratischer Hinterbänkler aus dem Hunsrück und Intimus des Hausherrn, unterhielt eine andere Gruppe mit Witzen über den christdemokratischen Bundeskanzler, dessen geistige wie sprachliche Hausbackenheit in hohem Maße mit der gegenwärtigen Gartenzwerg-Kultur im Lande harmonierte, was mit zur Ablösung seines intellektuell zu anstrengenden sozialdemokratischen Vorgängers beigetragen hatte.

Mierscheid gab gerade zum besten, angesichts des Staatsbesuches des Bundeskanzlers in Nepal habe man auch in Neapel vorsichtshalber geflaggt, als sich unbemerkt der Parlamentarische Staatssekretär Hans-Dieter Würzburg der Gruppe näherte. Mierscheid schwadronierte weiter, bis es zu spät war und ein verlegenes Schweigen entstand.

Zum Glück tauchte sein Parteigenosse Peter Büx auf, dem Mierscheid Sitz und Stimme im höchsten deutschen Parlament verdankte. Nachdem sich beide mit überschwänglicher Höflichkeit begrüßt hatten – gerade so, als würden sie sich zum ersten Mal gegenüberstehen -, nutzte der Staatssekretär die Situation, die beiden Oppositionsabgeordneten zu einem vertraulichen Gespräch beiseite zu nehmen.

Es ging um einen Kuhhandel, der den neuen Verteidigungsminister aus den politischen Turbulenzen retten sollte, in die er sich allzu forsch aus der Fülle seiner professoralen Selbstgewißheit als Staatsrechtler, jedoch bar jeglichen politischen Fingerspitzengefühls, selbst hinein manövriert hatte. Wegen einer Katastrophe mit über sechzig Toten während einer militärischen Flugschau wollte die Opposition einen parlamentarischen Untersuchungsausschuß im Bundestag beantragen, um den Verteidigungsminister für die Genehmigung des Militärspektakels zur Verantwortung zu ziehen. Die Sozialdemokraten wollten damit zugleich an ihm Rache üben für seine Genehmigung eines amerikanischen Luftwaffen-Stützpunktes nahe Wiesbaden, dessen Inbetriebnahme Stadt und Land trotz unterschiedlicher politischer Couleur gemeinsam mit rechtlichen Mitteln zu verhindern suchten. Unter massivem Druck der amerikanischen Schutzmacht hatte das Verteidigungsministerium jedoch Einspruch eingelegt und Gegenklage erhoben.

Angesichts des drohenden parlamentarischen Untersuchungsausschusses, der sich zu einem lang andauernden Schauprozeß gegen den Minister entwickeln konnte, wenn die Oppositionspartei dies wollte, bot Würzburg den Rückzug seines Ministers in Sachen US-AirBase an, wenn die Opposition ihrerseits auf den Untersuchungsausschuß verzichten würde. Da die Sozialdemokraten bereits am kommenden Vormittag offiziell die Einsetzung des Ausschusses in ihrer Fraktion zur Abstimmung stellen wollten, war Eile geboten.

Würzburg handelte und verhandelte in dieser Angelegenheit auf eigene Faust, um auch seinen eigenen Kopf zu retten; im Rahmen der ressortinternen Zuständigkeiten trug er nämlich Mitverantwortung für die Durchführung der verunglückten Flugschau, da ihm deren Programm vor der Ministergenehmigung zur Prüfung vorgelegen hatte, was inzwischen auch schon ruchbar und von der Presse aufgegriffen worden war.

Die beiden Abgeordneten waren ernst geworden. Nach kurzem Nachdenken erklärten sie sich bereit, das informelle Angebot umgehend ihrer Fraktionsführung zur Kenntnis zu bringen. Man war sich einig, daß die Opposition eine schriftliche Garantie des Ministers brauche, wenn sie ihre Absicht aufgeben sollte.

Claus Lehmann trat zu der Gruppe, um seiner Gastgeberrolle Genüge zu tun. Als er leutselig nach dem Grund für die ernsten Gesichter fragte, wurde er – unter dem Siegel der Verschwiegenheit – ins Vertrauen gezogen.

Lehmann fand den geplanten Handel politisch ebenso gekonnt wie raffiniert; die Opposition wurde auf diese Weise zu einer Entscheidung zwischen großem Schauprozeß und Wahrung von Bürgerinteressen gezwungen.

Dem Staatssekretär tat das Lob seiner politischen Klugheit gut, die beiden Abgeordneten nickten etwas bedrückt angesichts der Zwangslage, in die sie und ihre Fraktion plötzlich manövriert waren. Lehmann führte die beiden in sein Arbeitszimmer, damit sie ungestört mit ihrem Fraktionschef telefonieren konnten.

Als er zurückkehrte, faßte Würzburg ihn am Ärmel: „Was macht denn der Marschenko hier?"

Gemeint war der sowjetische Luftwaffenattaché, der als einziger der anwesenden Militärs Uniform trug, weil er wußte, wie gut er darin aussah.

Lehmann schaute sich um nach ihm: „Wieso?", fragte er, „was ist mit ihm?".

„Weißt du nicht, daß der ein Spion ist?", fragte Würzburg zurück.

„Das ist doch die Hauptaufgabe aller Militärattachés. Und wenn du es weißt, warum weist ihr ihn dann nicht aus?"

„Wir haben noch nicht genügend Beweise", erwiderte Würzburg. „Na prima", konterte Claus, nicht ohne Ironie, „dann gibt es ja an seinem Besuch hier auch nichts auszusetzen – oder?".
Würzburg blieb die Antwort darauf schuldig.
Clausens Verhalten war alles andere als geschickt, hatte er doch den ihm befreundeten Staatssekretär vor allem deshalb eingeladen, um ihn für die Unterstützung seiner Bewerbung bei einer vom Ministerium herausgegebenen Zeitschrift zu gewinnen, deren Chefredakteurposten demnächst vakant wurde, wie Lehmann erfahren hatte.
Claus Lehmann informierte den Staatssekretär über sein Begehr und den Stand der Vorgespräche. Würzburg versprach ihm Unterstützung, nicht ohne sich vorsichtshalber zu vergewissern: „Du bist doch hoffentlich kein Sozi?".
Lehmann lachte: „Nein, allerdings stehe ich bei etlichen Schwarzen in diesem Ruf".

*

Lehmann bezeichnete sich gern als „Generalist" und meinte damit seine uneingestanden vielseitige Halbbildung. Er hatte von jedem und allem etwas Ahnung, aber auf keinem Gebiet genügend, um sich als Fachmann ausweisen zu können. Für diese Art von Intellektuellen gab es im praktischen Berufsleben so gut wie keine Verwendung - nicht einmal in der Politik, da ihm hierfür wiederum die nötige Leutseligkeit, Hemdsärmeligkeit und Ellenbogenkraft fehlte. Deshalb war er Journalist geworden - voller Verachtung für den Journalismus. Seinen Mangel an Wissen kompensierte er mit Schlagfertigkeit und Humor. In Diskussionen mußte er nach Anfangserfolgen meist schon bald die Waffen strecken und brach geistreiche Duelle deshalb gern mit Hilfe einer witzigen Bemerkung ab, damit sein Selbstwertgefühl nicht mehr Schaden erlitt als ein paar vergängliche blaue Flecken. Dennoch nahm er immer wieder jede sich bietende Herausforderung an in der zähen Hoffnung auf einen geistigen Punktsieg über den jeweiligen Diskussionspartner. Doch ehrliche Erfolgserlebnisse waren ihm nur selten beschieden, also überhöhte er in der Nachbetrachtung gerne argumentative Teilerfolge im Streitgespräch zu einem Gesamtsieg.

Sein Aufstieg zum Pressesprecher eines Berufsverbandes und Chefredakteur der Verbandszeitschrift hatte sich - mangels beruflichem Ehrgeiz - langsam, redlich und lustlos vollzogen. Es war ihm nie gelungen, sich mit seinem Job zu identifizieren, da er die Arbeit als das auffaßte, was sie war: Arbeit. Er bemühte sich lediglich, beruflich so gut wie möglich zu funktionieren. Doch auch das fiel ihm schwer, weil es ihm selten gelang, widerspruchslos zu akzeptieren, was man von ihm verlangte.

In Abteilungsleiterbesprechungen, die ausschließlich unter Vorsitz des Verbandspräsidenten stattfanden und eigentlich nur dem Zwecke dienten, den Abteilungsleitern Gelegenheit zu geben, seine einsamen Beschlüsse zu ihren eigenen zu machen, um sie auf diese Weise zu legalisieren, machte Lehmann sich immer wieder unbeliebt durch unbotmäßige Meinungsäußerungen und Widerreden, während die Kollegen es klugerweise vorzogen, die Köpfe einzuziehen, auch wenn er in ihrem Sinne und Interesse intervenierte oder opponierte. Auf diese Weise isolierte Lehmann sich zunehmend in seiner Dienststelle und resignierte allmählich.

Er war überzeugter Atheist, was ihn nicht daran hinderte, zutiefst abergläubig zu sein. „Fata viam inveniunt" lautete sein Wahlspruch: Das Schicksal weist den Weg. Er wollte es zwar nicht wahrhaben, aber er glaubte daran. Er glaubte an die Macht des Faktischen, weil es ihm an Energie mangelte, Realitäten zu verändern. Er glaubte nicht einmal an die Kraft des gesprochenen Wortes, obwohl er ein leidenschaftlicher Diskutant war.

Er war weder wohlhabend noch arm, er gehörte weder zur geistigen Elite noch zur Elite der Handwerker und in der Gesellschaft des geistigen und finanziellen Mittelstandes, der er somit angehörte, fühlte er sich auch nicht heimisch. Heimlich träumte er den Traum von einer Welt ohne Autos und Telefone, in dem Glauben, daß damit das Tempo des menschlichen Lebens wieder auf ein erträglicheres Maß zu reduzieren wäre, - ohne sich das Chaos mit einer entsprechenden Zahl von Pferdedroschken und berittenen Kurieren auszumalen. Sein gespanntes Verhältnis zum technischen Fortschritt illustrierte er gern mit der genüßlich vorgetragenen Feststellung, daß für ihn eine der bewunderungswürdigsten technischen Innovationen des 20. Jahrhunderts darin bestehe, Zahnpasta in mehreren exakt gleichen Farbstreifen aus der Tube zu bekommen - und genoß die verblüffte Zustimmung seiner Zuhörer. Im Alltag hatte er am meisten Angst vor Glasscherben und Autofahrern mit Hut - beide erschienen ihm gleichermaßen gefährlich und unberechenbar; und seinen penetranten Ordnungssinn, mit dem er seine Familie nervte, interpretierte er als permanenten Kampf gegen das Eindringen des Chaos in sein Leben.

Sein wahres Gesicht versuchte er hinter einem Vollbart zu verstecken, aber seine ehrlichen Augen verrieten ihn als schlechten Lügner und machten sein Versteckspiel zunichte. Seine Vorliebe für die verträumten, schwermütigen Naturidyllen von Caspar David Friedrich, die in zahlreichen Kopien die Wände seines Hauses zierten, verrieten sein uneingestandenes Harmoniebedürfnis, das in seltsamem Widerspruch zu seiner Konfliktbereitschaft stand, die er in seinen mit Leidenschaft geführten Diskussionen immer wieder an den Tag legte.

Dabei bemühte er sich bei öffentlichen Anlässen stets um Unauffälligkeit, indem er tunlichst jedem Gespräch auswich, weil ihm nie genügend Gemeinplätze für einen small talk zur Verfügung standen. Verärgert nahm er sich deshalb jedes Mal hinterher vor, sich ein Repertoire von Floskeln für alle Gelegenheiten anzueignen, um sie im entscheidenden Moment parat zu haben. Aber dann vergaß er diesen Vorsatz wieder oder vergaß die Aperçus oder bekam sie nicht mehr richtig zusammen, wenn er sie brauchte, denn Schlagfertigkeit ist nicht immer pünktlich, so daß er häufig in ein peinliches Stammeln geriet und selbst diese nichtssagende Art von Konversation nicht zustande kam und die Leute ihn für einen Dummkopf hielten. Da er die anderen ebenfalls für Dummköpfe hielt, war die Sprachlosigkeit zwischen ihnen meistens perfekt.

Sascha, der inzwischen wieder seine Rolle als Mundschenk am Bierfaß übernehmen mußte, betrachtete das weltliche Treiben um ihn herum mit einer Mischung aus distanzierter Langeweile und kühler Ironie.
Hin und wieder sah sich einer der Männer bemüßigt, ein paar Worte mit ihm zu wechseln, triefend vor Jovialität, lediglich dem Zwecke dienend, keine Sprachlosigkeit während des Bierzapfens aufkommen zu lassen. Aber diese Art von Konversation beschränkte sich auf dümmliche Fragen nach Befinden und Schule und auf entsprechend unverbindliche Antworten von Sascha, der diese Art von Unterhaltung als das empfand, was sie war: Mißbrauch von Sprache zum Stopfen von Löchern aus Schweigen.
Auch Claus Lehmann ließ es sich zwischendurch angelegen sein, seinem Sohn einen Höflichkeitsbesuch am Zapfhahn abzustatten.
Die Beziehung zwischen Vater und Sohn bestand darin, daß sie keine hatten. Dem Sohn war es nie gelungen, eine Front zwischen sich und seinem Vater aufzurichten und damit das Verhältnis zu ihm in den Griff zu bekommen, wie das Söhne sonst im Pubertätsalter schaffen, da Claus Lehmann ihm in Zweifelsfällen stets recht gab – nicht um des lieben Friedens

willen, sondern aus ehrlichem Zweifel, im alleinigen Besitz der Wahrheit zu sein. Deshalb besaß er allerdings auch kaum Autorität gegenüber seinem Sohn. Der aber konnte seinem Vater nicht einmal Charakterlosigkeit vorwerfen, da dieser seine existenzielle Standortlosigkeit mit einer intellektuellen Leidenschaft rechtfertigte, die seinem Sohn völlig fehlte. Sascha war nur teilnahmslos und von einer solch schweigsamen Ausgeglichenheit, die ihn geradezu apathisch erscheinen ließ.

Claus Lehmanns Beiträge zur Erziehung und Bildung seines Sohnes erschöpften sich darin, ihm das Knotenbinden und das Fahrradfahren beizubringen. Mehr aus Bequemlichkeit als aus besonders liberaler Gesinnung oder gar Zuneigung erlaubte Claus Lehmann seinem Sohn alles, was ihm selbst in seiner Jugend verwehrt geblieben war – doch es brachte ihm seinen Sohn keinen Schritt näher. Vielleicht, weil dieser die wahren Beweggründe seines Vaters erkannte. Die mangelnden Ge- und Verbote machten ihm die dargebotenen Möglichkeiten auch weniger interessant – ob es das Klavierspielen, eine elektrischen Eisenbahn, Ausgehen ohne die Eltern oder Reisen mit und ohne Eltern betraf: einmal ausprobiert, langweilte es ihn – sehr zum Ärger seines Vaters, dem bald nichts mehr einfiel, wofür er seinen Sohn interessieren und für sich einnehmen könnte. Der suchte sein Glück vielmehr in den viel interessanteren Welten, die sich ihm zwischen den Buchdeckeln auftaten. Sein Vater konnte ihm dies nicht einmal verübeln, da er seinem eigenen realen Dasein skeptisch gegenüberstand.

Die Frauen aus dem Hypothekenviertel hatten sich inzwischen um eine lebhafte ältere, kleine Dame geschart. Es war die geschiedene Frau des Bayreuther Gralshüters, die ihrer fasziniert lauschenden Zuhörerschaft die unglaublichsten Familiengeheimnisse berichtete – von der Gewißheit, daß

Neonazis ihre jüdische Mutter in den Tod getrieben hätten bis hin zu der Behauptung, daß ihr wiederverheirateter Mann homosexuell sei und der jüngste und bisher einzige männliche Sproß aus seiner neuen Ehe in Wahrheit einen jungen Tenor zum Vater habe – was auch erkläre, daß dieser trotz seiner maroden Stimme noch immer als Sänger für die Wagner-Festspiele engagiert werde.

Sie selbst fühlte sich seit ihrer Scheidung von dem Wagner-Clan und willfährigen Neonazis verfolgt und immer aufs neue aus ihren Bayreuther Mietunterkünften vertrieben.

Tatsächlich war sie auf Wohnungssuche und logierte zur Zeit in einem Bonner Hotel, während in Bayreuth ihre Habe schon verpackt auf einen neuen Bestimmungsort wartete.

Claus, der sie kurz zuvor während eines Treffs der Richard-Wagner-Gesellschaft kennengelernt hatte, wollte ihr „irgendwie helfen", ohne zu wissen wie. Er hatte sie zur Geburtstagsparty seiner Frau eingeladen in der Hoffnung, daß sie hier etwas Abwechslung und Abstand von ihren Problemen finden werde. Statt dessen stiftete sie Verwirrung, weil niemand wußte, was man von dem, was sie erzählte, glauben konnte. Claus sah die Verunsicherung bei den nach wie vor faszinierten Damen und amüsierte sich über das unerwartete Resultat dieser Einladung.

Von den Schilderungen der Familiengeheimnisse des Wagner-Clans besonders angeregt schien eine 45-jährige Witwe namens Agnes Schelling aus Wiesbaden, eine noch unverwelkte Blondine, die auf rätselhafte Weise eine enge Freundin von Marta war. Sie revanchierte sich mit der Gralserzählung von der wunderbaren Ehe mit ihrem kürzlich verstorbenen Mann, Inhaber einer Import-/Export-Firma, der ihr bis zu seinem Tod täglich Rosen mitbrachte, wenn er nach Hause kam. Was sie verschwieg, war das finanzielle Chaos, das er nach seinem Tod hinterlassen hatte und das sich immer mehr als ein maßloser

Schuldenberg entpuppte, dessen Existenz sie jedoch ignorierte, indem sie sich durch die ungebremste Fortsetzung eines anspruchsvollen Lebensstils vormachte, daß es ihn nicht gebe. Sie berichtete vielmehr davon, daß sie wie gewohnt mittags im „Trüffel" zu speisen pflege, am Wochenende oder auch zwischendurch abends im Bistro des Kurhauses, wo sie nach wie vor gern auch nachmittags ein Glas Champagner trinke. Ihre Garderobe kaufe sie wie bisher in einer Frankfurter Boutique, deren Inhaberin sie bei Eintreffen jeder neuen Kollektion anrufe, und sie fahre weiterhin ihren weißen Mercedes mit roten Ledersitzen und Klimaanlage (den ihr Mann ihr fast unbezahlt hinterlassen hatte).

Der finanzielle Kollaps war unausweichlich, aber aufgrund der chaotischen Hinterlassenschaft noch nicht erkennbar. Statt der Ordnung ihrer Finanzen, widmete sie sich aushäusig der Glorifizierung ihres verstorbenen Gatten, und daheim seiner Vergöttlichung, indem sie das Haus zur Gedenkstätte verklärte und alle Utensilien ihre Mannes zu Reliquien weihte; von der Garderobe in den Schränken, über die Pfeifen auf dem Schreibtisch, der Zahnbürste im Bad, bis hin zu den Pantoffeln vor seinem nach dem Hinscheiden nicht mehr berührten Bett – das Haus verharrte im Zustand des letzten Abschiedskusses ihres Mannes. Dabei hatte sein irdischer Abgang, verursacht durch einen Autounfall mit seinem Geschäftswagen, überaus seltsame Aspekte: Auf regennasser Fahrbahn zwar, war er mit hoher Geschwindigkeit gegen einen Brückenpfeiler gerast, ohne daß bei der Unfallaufnahme Bremsspuren oder eine andere ersichtliche Ursache für den Unfall festgestellt werden konnte.

Claus Lehmann bedauerte sehr, daß ihr üppiger, sinnlicher Körper nun völlig brach lag. Mit begehrlichen Blicken tastete er mehrmals die Konturen ihres figurbetonenden schwarzen Minikleides ab in der Hoffnung, ihr auf diese Weise sein

Verlangen zu signalisieren. Doch sie schien zu sehr mit sich und ihrer Erzählung beschäftigt. Deshalb nahm er sich vor, ihr sobald wie möglich in Wiesbaden seine Aufwartung zu machen mit dem Ziel, bei ihr im Bett zu landen und diesen fruchtbaren aber brachliegenden Acker zu bestellen.

Was Claus Lehmann nicht wußte: daß sie allabendlich vor dem Einschlafen sich selbst höchste Lust verschaffte, indem sie masturbierte und dazu den Geist ihres Mannes beschwor.

(Woher ich, der Autor dieses Buches, dies alles weiß? Aufgrund meines Privilegs als Schriftsteller, jederzeit nach Belieben unerkannt in jedes Schlafzimmer zu gelangen und selbst die geheimsten Gedanken und Gefühle meiner Protagonisten aufzuspüren – ein Privileg, von dem ich auch künftig noch reichlich Gebrauch zu machen gedenke.)

Kaum hatte Agnes Schelling ihren Vortrag beendet, steuerte sie zielstrebig auf den Hausherrn zu mit der Frage, ob sie einen Whisky bekommen könne: „On the rocks, s'il vous plait", fügte sie kichernd hinzu.

Claus Lehmann faßte sie um die Taille, enger als schicklich, und sie ließ es wie erhofft widerstandslos geschehen, daß er sie so an die Bar im Herrenzimmer transportierte. Er füllte zwei Gläser und setzte sich auf einen Barhocker neben sie. Als sie miteinander anstießen, berührten sich ihre Schenkel, wobei sie sich mit eindeutigen Zielvorstellungen in die Augen blickten. Claus Lehmann schmunzelte zufrieden; seine Signale waren also angekommen. Der Rest war nur noch eine Frage der Zeit und Gelegenheit.

Marta schaute ins Herrenzimmer.

„Da steckst du also! Genschers sind gekommen; willst du sie nicht begrüßen?", fragte sie mit strengem Blick.

„Ich komme sofort!", rief Claus erschrocken.

Doch seine Frau blieb wartend in der Tür stehen, so daß Claus nichts anderes mehr tun konnte als ihrem Kommando zu folgen.
Damit war alles Weitere zunichte gemacht – vorläufig, wie Claus Lehmann sich tröstete; schade, wie Agnes Schelling enttäuscht feststellte. Artig folgte sie den beiden Eheleuten mit ihrem vollen Glas.

Die Ankunft des Außenministers und seiner Frau gab der Geburtstagsparty einen neuen Schub. Die beiden waren gerade aus München zurückgekehrt, wo sie am Burda-Ball teilgenommen hatten, und der Minister berichtete nun genüßlich im Kreis der sich um ihn scharenden Partygäste von der Wahrsagerin Madame Tessier, deren äußere Reize ihn weit mehr interessiert und ihr weit mehr Ruhm eingebracht hatten als ihre seherischen Fähigkeiten.
Sie war die Tischdame des Ministers gewesen und hatte ihm aus der Hand gelesen, daß er Probleme in seiner Ehe habe (wer hat die nicht?).
„Mit anderen Worten: Sie haben Glück in der Liebe!", rief Lehmann laut aus.
Der Minister und die umstehenden Männer lachten, die Frau des Ministers versteinerte. Marta warf ihrem Mann einen wütenden Blick zu. Sie hielt dies Bonmot von Claus, sowohl als Gastgeberin wie auch aufgrund ihrer Moralvorstellungen, für einen eklatanten – aber typischen – faux pas ihres Mannes.

Marta war von Hause aus prüde und sie wußte es. Um sich und andere darüber hinweg zu täuschen, machte sie gern schlüpfrige Bemerkungen und Anspielungen. Wenn sie jedoch von Sottisen anderer überrascht wurde, reagierte sie naturgemäß entrüstet – um sie bei den nächsten sich bietenden Gelegenheiten selbst wieder zum besten zu geben. Das hinterließ bei allen den Eindruck, daß sie nur über ihre eigenen Witze lachen könne.

Der Minister, zugleich Vorsitzender der Liberalen – der kleinsten im Parlament vertretenen Partei – hatte es verstanden, sämtliche Regierungskoalitionen, für die er sich als Mehrheitsbeschaffer bewährt hatte, im selben Ministeramt zu überstehen und war so schließlich zum dienstältesten Außenminister der Welt avanciert, nachdem er sogar seinen sowjetischen Amtskollegen Gromyko überlebt hatte. Politischer Tatendrang und persönliches Geltungsbedürfnis ergänzten sich bei ihm auf so ideale Weise, daß er Politik als Privatvergnügen betrieb. Da er als ein Realpolitiker galt, der eine Außenpolitik ohne Vorurteile und Feindbilder betrieb – immer auf der Suche nach dem kleinsten gemeinsamen Nenner – hatte er stets die Pragmatiker aus allen politischen Lagern auf seiner Seite. Das erschwerte es den Ideologen und Dogmatikern in den Fraktionen und Parteien, gegen ihn und seine Politik zu polemisieren, ohne sich in der Bevölkerung unbeliebt zu machen. Tatsächlich beherrschte er wie kaum ein Anderer die Kunst des Lavierens, und da er es stets vermied, sich auf politische Positionen festzulegen, machte er sich fast unangreifbar, weil man ihn nie fassen konnte. Popularität war ihm das Wichtigste und deshalb nahm er jede Einladung an, und wenn sie noch so unwichtig war, wie diese.

Schließlich waren da noch zwei betagte Herren, die mit offensichtlich großem Erfolg eine größere Gästeschar zu unterhalten wußten. Der eine war ein Ministerialdirigent a.D. im Auswärtigen Dienst namens Dr.h.c. Edmund F. (Friedemann) Dräcker, den der Außenminister wegen seiner rhetorischen Eloquenz noch immer gern für besonders delikate diplomatische Missionen im Ausland einsetzte und dessen Rat er nach wie vor sehr schätzte. Soeben hatte er sich von einer solchen Mission von der Inselrepublik Santa d'Or bei seinem

Minister zurückgemeldet und der hatte ihn kurzerhand zu der Geburtstagsparty mitgenommen, um sich zwischen Bier und Buletten von ihm informieren zu lassen.

Der andere war ein ehemaliger Zirkuskünstler Schweizer Herkunft namens Hans Schmetterling, der sich mit breitem Grinsen als „Monsieur Butterfly" vorstellte. Beide hatten sehr schnell Geschmack aneinander gefunden und amüsierten nun ihre Zuhörer mit dem Austausch von Anekdoten aus ihrer jeweiligen beruflichen Vergangenheit, die sie in viele Länder geführt hatte, wenn auch aus unterschiedlichen Anlässen und auf sehr verschiedenen Wegen.

Mit ungläubigem Staunen lauschten die Umstehenden ihren farbenreich ausgemalten Erzählungen mit fragwürdigem Wahrheitsgehalt. So rühmte sich „Monsieur Butterfly" in schönstem Schwyzer Dütsch, 1913 in einem Pariser Hotel in der Rue Saint Honoré als Page mit Felix Krull zusammen gearbeitet zu haben, bevor dieser seine Laufbahn als Hochstapler begann. Schon damals habe Krull seine Schwäche für das schwache Geschlecht entdeckt und es vorgezogen, vor allem liebeshungrigen weiblichen Hotelgästen jeglichen Alters auch persönlich zu Diensten zu sein. Dies offensichtlich mit guten Erfolgen, denn es habe niemals Beschwerden über die Dienstleistungen von Krull gegeben; eher das Gegenteil, gemessen an den Geschenken, die er von den zufriedengestellten Damen als Belohnung für seinen Diensteifer in Empfang nehmen durfte.

Als Schmetterling die ungläubigen, teilweise ironischen Blicke einiger Zuhörer bemerkte, nannte er den elsässischen Schriftsteller Alfred Kern als Kronzeugen, der sein Leben und seine Erlebnisse in einem Roman mit dem Titel „Der Clown" verewigt habe. Aber außer dem Hausherrn, der Schmetterlings Angaben bestätigte, kannte niemand das Buch und dessen Autor. Doch selbst wenn es anders gewesen wäre – was hätte das bewiesen?

*

Die Eröffnung des warmen Buffets am späten Nachmittag weckte noch einmal die Lebensgeister der Gäste. Nachdem sie ihren letzten Hunger gestillt hatten, verabschiedeten sie sich nach und nach, nicht ohne pflichtbewußt ihre Artigkeiten bei der Gastgeberin abgeliefert zu haben.

Nur die Nachbarn aus dem Hypothekenviertel blieben und ließen sich weiter von Marta bedienen. Mit fortschreitender Zeit und zunehmendem Alkoholgenuß stieg die Stimmung und der Lärmpegel - und Clausens Nervosität eingedenk des anstehenden Opernbesuches.

Schließlich faßte er sich ein Herz und verkündete so freundlich wie möglich: „Freunde, in einer Stunde werde ich Euch hinauswerfen, weil wir noch in die Oper gehen wollen!"

Die Ankündigung wurde wie ein gelungener Scherz aufgenommen. Marta wiegelte ab.

Die Zeit verstrich, ohne daß etwas geschah.

Als schließlich die Gnadenfrist abgelaufen, aber niemand gegangen war, galt es zu entscheiden und zu handeln.

Claus erwischte seine Frau in der Küche.

„Es wird Zeit für uns. Wenn Du einverstanden bist, werde ich jetzt Deine Gäste hinauskomplimentieren".

„Das kannst Du doch nicht tun!" empörte sie sich.

„Und ob ich das kann! Seit über einer Stunde wissen alle, warum jetzt Schluß sein muß. Hättest Du meine Ankündigung nicht heruntergespielt, wären sie vermutlich schon alle gegangen".

„Du siehst aber, daß sie nicht gehen wollen!", erwiderte sie gereizt. „Wie konntest Du auch ausgerechnet für diesen Tag Theaterkarten besorgen, da Du doch wußtest, daß gefeiert wird!"

Auf der nach oben offenen Richterskala zeichnete sich der Beginn eines mittleren Ehebebens ab.

„Gut, dann laß sie hier sitzen. Wir ziehen uns jetzt um fürs Theater".
„Wir können doch unsere Gäste nicht hier allein sitzen lassen und einfach verschwinden!"
„Deine Gäste", korrigierte er, „oh doch, ich kann es. Und wenn du nicht mitkommst, werde ich allein ins Theater gehen. Die teuren Karten werde ich jedenfalls nicht verfallen lassen - also entscheide dich!"
Sie schaute ihn erschrocken und ungläubig an. Solche Entschiedenheit kannte sie nicht von ihm. Bevor sie noch etwa einwenden konnte, war er im Schlafzimmer verschwunden, aus dem er nach einer Weile im Smoking wieder zum Vorschein kam.
Er wartete in der Diele, bis Marta auftauchte.
„Also?" fragte er ultimativ.
„Ich bitte dich, das kannst du doch nicht tun!", flehte sie.
„Und ob ich das kann!" reagierte er barsch.
Sie versuchte ihn am Ärmel zurückzuhalten, doch er riß sich los und rannte hinaus - froh, unterwegs keinem der Gäste zu begegnen.
Er stieg in den Wagen und fuhr davon, ohne noch einmal in den Rückspiegel zu schauen. Er hätte die ganze Bagage in die Luft sprengen mögen. Andererseits fühlte er sich erleichtert - erleichtert, ihnen allen entronnen zu sein, erleichtert über seinen Entschluß, erleichtert über seine Standfestigkeit gegenüber seiner Frau. Er hatte das Gefühl, einen entscheidenden Schritt getan zu haben und noch zu tun, ohne jedoch zu wissen, wohin er führte.

*

Das Opernhaus war im hilflosen Stil einer stillosen Epoche entstanden - in den Jahren nach dem Zweiten Weltkrieg, da angeblich nichts Vorangegangenes mehr Gültigkeit hatte oder haben durfte - eine Zeit, die von Architekten wie Hans Sharoun beherrscht wurde und den demokratischen Stil des unsozialen Wohnungsbaues im Nachkriegsdeutschland hervorgebracht hatte, der seine Städte für den Rest des Jahrhunderts verschandeln sollte.

Mit pseudowissenschaftlichen soziologischen Phrasen von einer neuer Urbanität, denen ratlose Politiker leichtgläubig auf den Leim gegangen waren, hatten sie die Städte zubetoniert und mit Hilfe der Abrißbirne die letzten Reste von Wohnlichkeit, die der Krieg übrig gelassen hatte, in Schutt und Asche gelegt und sich mit ihren Monumenten der sogenannten Neuen Sachlichkeit die Taschen vollverdient.

Claus Lehmann bezeichnete diesen Stil, der keiner war, aber einer sein sollte, ironisch als „Jazzbarock". In Wahrheit litt er so sehr daran, daß er am liebsten zum Terroristen geworden wäre, um solche atonalen Gebäude in die Luft zu sprengen, die er als Beleidigung der guten Geschmacks empfand.

Später konnte er sich nicht erinnern, wie er zum Opernhaus gekommen war. Im Foyer standen zahlreiche Menschen, die darauf hofften, noch Karten für die längst ausverkaufte Vorstellung zu ergattern. Claus verkaufte die Karte seiner Frau an eine attraktive Dame mittleren Alters, die ihm sofort aufgefallen war. Dann ging er zügig Richtung Zuschauerraum, gefolgt von seiner unbekannten Platznachbarin.

Als sie ihre Plätze eingenommen hatten, versuchte sie ein paar höfliche Worte an ihn zu richten.

Er starrte auf ihren Mund und sah, daß sich ihre Lippen bewegten, aber er hörte nichts. Ihn beschäftigte noch immer das häusliche Desaster und er versuchte sich den Fortgang des dortigen Geschehens nach seinem Abgang auszumalen.

Er mußte lächeln.

Seine Platznachbarin bezog es auf sich und ihre Worte und erwiderte es.

„Entschuldigen Sie", schreckte er auf, „was haben Sie gesagt?"
„Ich sagte: Vielen Dank, daß Sie mir die Karte gegeben haben".
„Nichts zu danken - Sie haben sie ja bezahlt!"
„Ja - aber Sie hätten sie ja auch an jemand anders verkaufen können. Warum also an mich?"
Es heißt: an einen anderen, dachte er, und erwiderte: „Sie gefielen mir".
„Vielen Dank".
Er musterte sie verstohlen von der Seite.
An ihrem Gesicht konnte er nichts Auffallendes entdecken. Eine kleine, gerade Nase, von der zwei tiefe Kerben über die Mundwinkel hinab dem Gesicht einen bitteren Ausdruck und trotz der weichen Gesichtszüge eine gewisse Strenge verliehen. Er schätzte ihr Alter auf 40 bis 45 Jahre.
Er überlegte, schaute sie noch einmal genauer von der Seite an: nein, sie war eigentlich nicht sein Typ; ein interessanter Typ zwar, aber nicht seiner. Sein Typ war schwarzhaarig, sie war rostbraun; sein Typ hatte kurzes, dichtes Haar, ihr Haar war lang, licht und kunstvoll gesteckt.
Sein Blick glitt hinab auf ihre Seidenbluse, die einen Knopf weiter geöffnet war als schicklich und ohne einen BH darunter, so daß er ihren nackten Busen erspähen konnte - volle, straffe Brüste mit großen, braunen Knospen. Der Anblick ließ ihn nicht mehr los und er ertappte sich, wie er sie mit denen seiner Frau verglich.
Sie spürte seinen Blick und schaute so unauffällig wie möglich an sich herunter, wieviel er wohl sehen könnte und beugte sich dabei leicht vor, so daß der Blusenausschnitt noch größer wurde, die Ansichtssachen noch sichtbarer. Sie sandte ihre erotischen Signale aus und bemerkte, daß sie ankamen. Er sah sich ertappt und nahm den Blick nun absichtlich nicht mehr von ihrem Busen.

Der Anblick erregte ihn und er hatte das Verlangen, diese Brüste zu berühren.

Beide waren sie bereit, die gegenseitige Herausforderung anzunehmen. Seine Erregung sprang auf sie über. Sie spürte, wie die Knospen ihrer Brüste hart wurden und er sah, wie sie spitz hervortraten. Beide spielten nervös mit den Händen. Ihre Gesichter hatten rote Flecken bekommen, ihr Atem ging heftiger.

In diesem Moment verlöschten langsam die Lichter im Saal, der Dirigent wurde mit zögerndem Applaus empfangen.

Mit Erleichterung und Enttäuschung ließen sie sich in ihren Sesseln zurückfallen und versuchten, sich auf den Anlaß ihres Hierseins zu besinnen und auf das musikalische Vorspiel von „Tristan und Isolde" zu konzentrieren, deren tragische Liebe sie an diesem Abend genießen wollten.

Aber Tristans Schicksal ließ Claus diesmal kalt; er hatte im Augenblick seine eigenen Probleme. Rene Kollo sang für die Katz'.

Seine Gedanken wanderten ständig zurück zu der Geburtstagsparty seiner Frau. Immer wieder ließ er die letzten Szenen in seinem Gedächtnis ablaufen und überprüfte jede Sequenz, jedes gesprochene Wort darauf, ob er seine Rolle als wütender Ehemann glaubhaft und überzeugend gespielt hatte.

Er wußte, daß er sein Verhalten von Szene zu Szene neu entschieden hatte. Es lag keine Zwangsläufigkeit vor, aber der gesamte Ablauf sollte auf Marta logisch und natürlich - also zwangsläufig - wirken. Wäre das nicht der Fall, hätte er eine schlechte Vorstellung abgeliefert.

Er fragte sich nicht, ob er Recht hatte oder Unrecht mit seinem Verhalten. Er war klug genug zu wissen, daß jeder das Recht auf der eigenen Seite wähnte. Eine Auseinandersetzung hierüber würde zu nichts führen und am Ende der Spirale begänne wie üblich das große Schweigen.

In der Pause blieb seine Platznachbarin an seiner Seite.
„Lieben Sie Brahms?", fragte er sie unvermittelt.
Sie nickte und lächelte entzückt über die literarische Anspielung und vor allem darüber, daß sie die Nachricht sofort verstanden hatte und quittierte ihm den Empfang mit ihrem verständnisvollsten Lächeln; was wiederum ihn zunächst verblüffte, denn er wußte ihre Reaktion zunächst nicht zu deuten, bis auch ihm seine Anspielung auf den Sagan-Titel bewußt wurde.
Er mußte laut auflachen, ohne ihr den Grund dafür zu nennen, was wiederum sie verwirrte. Doch nun hatte er den Faden verloren und wußte nicht mehr, was er eigentlich von ihr wissen wollte.
Krampfhaft bemühte er sich, die Unterhaltung wieder aufzunehmen und so gescheit wie möglich fortzusetzen, um sich in ein vorteilhaftes Licht zu rücken. Aber es wollte ihm nicht gelingen. Sein Geist scheute an dem Hindernis der aufgeworfenen Frage, warf seine Gedanken ab und hielt inne. Lachend half sie ihm wieder in den Sattel, indem sie ihm sein Stichwort zurückgab. Erleichtert nahm er seinen Gedanken am Zügel und gab ihm die Sporen, um das verlorene geistige Terrain zurückzuerobern.

*

Als sie nach der Vorstellung aus dem parfümierten, aufgeheizten Saaldunst auf die Straße traten, empfand Claus Lehmann die milde Abendluft nach der Hitze dieses Junitages doppelt wohltuend. Noch etwas unsicher, wie der Abend mit der Frau an seiner Seite weitergehen sollte, bewegten sie sich ziellos durch die Arkaden einer Geschäftspassage, bis sie auf ein kleines Weinlokal stießen, das mit sanftem Kerzenlicht einladende Atmosphäre verbreitete. Sein Vorschlag, dort noch etwas zu trinken, entsprang mehr der Höflichkeit als einem echten Wunsch oder Bedürfnis. Bereitwillig ging sie auf das Angebot ein.

Nachdem sie es sich an einem freien Tisch bequem gemacht hatten, betrachtete Lehmann die Leute.

Kellner und Gäste hatten, so sein Eindruck, den gleichen leeren Ausdruck in den Gesichtern – getrieben, vertrieben, durchtrieben. Ihre Bewegungen waren nervös, ihre Gesten hektisch. Das Leuchten in ihren Augen stammte allein vom Widerschein des Kerzenlichts auf den Tischen: menschliche Trostlosigkeit, kunstvoll illuminiert, gab der Szene den Anschein von wärmender Menschlichkeit, in der sie sich zu drangvoller Enge scharten.

Sie bestellten Wein.

Ihre Unterhaltung plätscherte an der Oberfläche dahin. Man sprach über das jeweilige Wohnmilieu, gehabte Reisen und geplanten Urlaub, doch Lehmanns Gedanken kreisten um die Geburtstagsparty.

Sie stellte sich als Isabelle Wenndorff vor, verheiratet mit einem Geschäftsmann (Leiter einer Assekuranz, wie sie sagte, um die profane Berufsbezeichnung Versicherungsvertreter zu vermeiden), zwei Söhne; der ältere, Martin, war bereits aus dem Haus, der jüngere, Marcus, besuchte ein Internat und stand kurz vor dem Abitur – so, wie Clausens Sohn Sascha. Claus Lehmann fühlte sich in seiner Schätzung ihres Alters bestätigt.

Bevor sie sich trennten, tauschten sie ihre Visitenkarten aus und dankten einander für den „reizenden Abend".

*

Als Claus Lehmann kurz nach Mitternacht daheim eintraf, war seine Frau in der Küche damit beschäftigt, die Berge von Geschirr wegzuspülen; das große Aufräumen hatte begonnen. Beide bemühten sie sich in höchstem Maße um einen normalen Umgangston, was angesichts des vorangegangenen Eklats höchst unnatürlich wirkte und beiden auch bewußt war.

Clausens abrupter Aufbruch hatte auf die Gäste, als sie ihn wegfahren sahen, trotz ihrer animierten Verfassung eine schockierende Wirkung gehabt.

Ohne Einzelheiten zu schildern, berichtete Marta auf Clausens Fragen, daß die Gäste „auch bald" gegangen seien. Claus fand diesen Schock heilsam für die Nachbarn. Er war froh, wieder Herr im eigenen Haus sein zu dürfen und räumte die Terrasse ab, während Marta Gläser und Geschirr in die Schränke räumte. Als sie mit ihren Arbeiten fertig waren, gingen sie zu Bett. Jeder für sich.

Zwei Tage später bekamen sie Besuch von der Polizei. Agnes Schelling war auf der Heimreise mit ihrem Wagen tödlich verunglückt - an der gleichen Stelle wie ihr Mann. Man hatte bei ihr einen Blutalkoholspiegel von 1,2 Promille festgestellt und in ihrer Handtasche unter anderem die Einladung zu Martas Geburtstagsparty gefunden. Nun wollte man wissen, ob Agnes Schelling Suizidabsichten geäußert habe. Claus Lehmann verneinte dies unter den mißbilligenden Blicken seiner Frau.

Nachdem die Polizisten gegangen waren, zog sich Claus Lehmann in sein Arbeitszimmer zurück und legte sich auf die Couch, um Agnes Schelling im Geiste eine letzte Kerze anzuzünden, indem er sich, seinen Penis in der Hand, die vergebens erhoffte Liebesnacht mit ihr ausmalte, bis sich ein Samenstrahl in das bereitgehaltene Taschentuch ergoß. So hatte die nicht stattgefundene Affäre für ihn wenigstens einen befriedigenden Abschluß.

Das Kapitel Schelling war damit endgültig beendet. Nun war sie auf ewig mit ihrem Mann vereint - frei von Schuld und Schulden; auf diese Weise erfuhr sie auch nicht mehr, daß er kurz vor seinem Tod eine hohe Lebensversicherung zu ihren Gunsten abgeschlossen hatte.

*

Die Ehe von Claus und Marta Lehmann hatte sich in mehr als zwanzig Jahren abgenutzt, der Vorrat an Gemeinsamkeiten aufgebraucht. Trotzdem glaubte man, sie seien glücklich miteinander. Auch beruflich war Claus in den letzten Jahren im gleichen Maße unzufriedener geworden, wie die Routine zunahm und er sich seiner Ohnmacht gegenüber seinem Verbandspräsidium bewußt geworden war, dessen Schlingerkurs zwischen Wollen und Können Lehmann einer mit allen Wassern gewaschenen Presse nur dadurch als gradlinige Politik verkaufen konnte, daß er sie so weit als möglich auf eigenes Risiko verbal begradigte. Den Rest schafften seine persönlichen Kontakte, mit deren Hilfe er auch Indiskretionen an den Mann bringen konnte, weil er den Empfängern damit so sehr schmeichelte, daß sie keinen Gebrauch davon machten. Auf die Frage, wie lange er schon bei seinem jetzigen Unternehmen sei, pflegte er mit ehrlicher Überzeugung zu antworten: „Viel zu lange". Dasselbe hätte er auch von seiner Ehe sagen können. In Claus wuchs das Gefühl, daß sein Leben verrann, ohne es gelebt zu haben.

Marta hingegen hatte sich in dieser Ehe häuslich eingerichtet. Ihre Selbstzufriedenheit wuchs sich unmerklich zur Selbstgefälligkeit aus und setzte sichtbar Speck an. Ihr fülliger Körper war durchaus sinnlich, was sie allerdings verschämt unter weiten Gewändern verbarg und damit jeden Hauch erotischer Ausstrahlung tilgte.

Sie liebte ausschließlich ihren Mann - allerdings mit solcher Strenge, daß der davon nichts merkte. Wollte er sie küssen, bekam sie angeblich keine Luft, legte er sich in Vollzug des ehelichen Beischlafs auf sie, war er ihr angeblich zu schwer. Was an Leidenschaft übrig blieb, spielte sich somit in paralleler Seitenlage ab.

Ihr Umgang miteinander bestand schließlich nur noch aus ritualisierten Gleichgültigkeiten. Sie ertrug den Geschlechtsakt mit ihm in der Überzeugung, ihm etwas Gutes zu tun; er vollzog den Geschlechtsakt mit ihr, um sich etwas Gutes zu tun. Hinterher war er jedesmal wütend auf sie, wenn sie, vollgepumpt mit seinem Samen, sich von ihm abwandte und wortlos einschlief.

Von seiner Ehe und seiner Arbeitsstelle hatte er nach über zwanzig Jahren gleichermaßen genug. Von beiden hatte er innerlich bereits Abschied genommen, ohne daß sie es wußten, und beide ertrug er nur noch aufgrund fehlender Alternativen.

Auf der Suche danach entwickelte er weder viel Phantasie noch Initiativen. Er war nur wachsam, keine sich bietende Gelegenheit zu übersehen. Bald mußte er allerdings erkennen, daß er an die berufliche wie an die private Zukunft so hohe Ansprüche stellte, daß er Zweifel bekam, ob er sie selbst rechtfertigen könne.

Dennoch war sein Rückzug in die innere Emigration nicht aufzuhalten. In seiner Firma wuchs seine Aufsässigkeit gegenüber allen Zumutungen, die zum selbstverständlichen, ständigen Repressionsarsenal der Herrschaftsetagen gehören.

In seiner Ehe provozierte sein revoltierendes Ego neuerdings Auseinandersetzungen mit seiner Frau, mit denen sie nicht mehr gerechnet hatte, nachdem die langjährigen ehelichen Machtkämpfe scheinbar zu ihren Gunsten entschieden waren.

Beruflich spitzte sich die Situation im Laufe der folgenden Wochen zu. Angesichts der an Gewißheit grenzenden Wahrscheinlichkeit seines neuen Jobs nahm er jede Herausforderung des Geschäftsführers selbstbewußt und trotzig an, bis dem diese Aufsässigkeit unerträglich wurde. Man legte Claus Lehmann die Kündigung nahe und nach längerem Pokern trennte man sich „in beiderseitigem Einvernehmen", damit keine der beiden Seiten das Gesicht verlor. Letztlich triumphierte die Verlogenheit über Lehmanns Lust auf Rache, denn eine angemessene finanzielle Abfindung machte ihn auf kapitalistische Weise mundtot und so fand die fällige Schlußabrechnung nicht statt. Für eine offizielle oder gar persönliche Verabschiedung war die Atmosphäre allerdings zu vergiftet. Erleichterung war das einzige Gefühl, das Claus Lehmann beim endgültigen Verlassen seines Büros und seiner Mitarbeiter empfand.

Er trat hinaus in einen naßkalten Herbstnachmittag und nahm sich vor, die neu gewonnene Freiheit zu genießen. Er bummelte durch die Fußgängerzone, betrachtete ohne sonderliches Interesse die Schaufensterauslagen und setzte sich schließlich gelangweilt in das einzige Café weit und breit und versuchte, seine Gedanken darauf zu konzentrieren, wie er die nächsten Tage und Wochen bis zur offiziellen Entscheidung über seine neue Tätigkeit ausfüllen könne. Er blätterte in seinem Taschenkalender und spürte plötzlich, daß jemand sich ihm näherte.
„Hallo, das ist ja eine Überraschung Was machen Sie denn hier? Schwänzen Sie die Schule? Darf ich mich kurz zu Ihnen setzen, ich habe nämlich nicht viel Zeit. Ich muß noch einkaufen, wissen Sie".
Es war die Schöne von jenem Theaterabend, der nun schon drei Monate zurücklag. Lehmann erkannte Isabelle Wenndorff kaum wieder. Eine große dunkle Sonnenbrille, vom Wetter kaum legitimiert, verbarg ihre Augen, ihre rostbraunen Haare wurden von einem großen, schwarzen Hut verdeckt. Ihre Figur war eingehüllt in einen weiten, überlangen, grün eingefärbten Pelzmantel, den sie offen trug, darunter ein schwarzes Minikleid, das ihre schlanken Beine trotz hoher Stiefel aufregend zur Geltung brachte. Als einzigen Schmuck trug sie eine Armbanduhr mit einem Diamanten, der im Zentrum des

Saphirglases ohne sichtbare Verankerung frei zu schweben schien. Der Ziffernkranz in vierfarbigem Gold mit kristalliner Oberfläche umschloß ein poliertes Platinziffernblatt mit Quartalanzeige. Ein breites Band aus runden Goldstäben hielt die Uhr an ihrem schmalen Handgelenk.
Claus Lehmann erhob sich überrascht und küßte ihre behandschuhte Hand. Etwas verlegen bot er ihr Platz an. Er wirkte etwas schäbig gekleidet angesichts ihrer auffälligen Eleganz und fühlte sich deshalb unwohl in seiner Haut.
Sie setzte sich und bestellte einen Cappuccino.
Sie wirkte heute strahlend schön auf ihn. Sie setzte sich seitlich so an seinen Tisch, daß er ihre übergeschlagenen Beine direkt im Blickfeld hatte. Claus Lehmann berichtete ihr kurz seine aktuelle Situation - daß er soeben seinen bisherigen Job zugunsten einer neuen Tätigkeit aufgegeben habe, deren offizielle Zusage allerdings noch ausstehe.
Sie gratulierte ihm: „Das ist ein Grund zum Feiern, nicht wahr?" Er machte Vorbehalte, doch sie behielt ihre euphorische Stimmung: „Außerdem habe ich noch Ihr Programmheft und schließlich muß ich mich noch bei Ihnen revanchieren - also: wann sehen wir uns wieder?"
„Machen Sie einen Vorschlag; ich habe ja viel Zeit zur Zeit".
Sie lachten beide herzhaft.
„Also gut. Sagen wir nächsten Dienstag abend um sieben im Bristol?"
Er fand den Treffpunkt übertrieben elegant.
„Einverstanden".
„Gut, ich bestelle einen Tisch, wir treffen uns in der Hotel-Lobby".
Sie stand auf: „Ich muß jetzt gehen, aber wenn Sie Zeit haben, können Sie sich nützlich machen und mir beim Shopping helfen - wollen Sie?"

Lehmann war begeistert. Sie brauchte noch diverse Garderobe für eine Mittelmeerkreuzfahrt, die ihr Mann mit ihr in zwei Wochen antreten wollte.

Sie zogen durch verschiedene Modeboutiquen, in denen Isabelle überall bekannt war. Es schien ihr nichts auszumachen, daß die Verkäuferinnen über den unbekannten Mann an ihrer Seite irritiert wirkten. Honi soit qui mal y pense, dachte Lehmann, und gab bei allen Anproben von Isabelle sein Urteil ab. Isabelle merkte rasch, daß er modebewußter war als er aussah, Geschmack besaß und solche Stücke an ihr favorisierte, die „Krach machen", wie er sich ausdrückte. Claus Lehmann entdeckte voller Bewunderung, daß Isabelle Wenndorff einen aufregend schönen Körper besaß, dessen Details von den verschiedenen Modellen höchst unterschiedlich betont, doch stets ins rechte Licht gerückt wurden.

Er suchte zusätzlich Stücke aus, die ihm gefielen und brachte sie ihr, so wie er es früher bei seiner Frau getan hatte, in die Umkleidekabine, glücklich über jedes Detail ihres Körpers, das er dabei für flüchtige Augenblicke mit seinen Augen erhaschen konnte.

Sie bemerkte es und ließ es lächelnd geschehen.

Er mußte an den Abend in der Oper zurückdenken, als er verstohlen ihre Brüste betrachtet hatte.

Sie machte aus jeder Anprobe eine Vorführung, wobei ungewiß blieb, ob sie dem Modell oder ihr selbst oder die gesamte Schau ihm galt. Man hätte das ganze als weibliche Eitelkeit und Koketterie abtun können, aber dazu fehlte Claus Lehmann die notwendige innere Distanz.

Er genoß die Situation mit Isabelle Wenndorff, vor allem ihren Anblick, ihre hinreißende Figur, ihre modische Attitüde, und er spürte Begehren in sich aufsteigen.

Isabelle ertappte sich dabei, daß sie ihre Kaufentscheidungen davon abhängig machte, was ihm gefiel, und im Zweifel das nahm, was ihm an ihr besonders gefiel.

Sie verließen das letzte Geschäft mit Ladenschluß. Draußen war es inzwischen dunkel geworden. Das naßkalte Wetter beschleunigte die Schritte der hastenden Menschen auf ihrem Weg zu den Bushaltestellen, zu ihren irgendwo wartenden Autos. Es war der dritte große Aufbruch des Tages: Nach den Arbeitern am Nachmittag, den Angestellten am frühen Abend nun die Geschäftsleute und das Heer der Verkäuferinnen.

Die Stadt hatte ihre Pflicht erfüllt, nun war sie nutzlos und überflüssig geworden.

Claus Lehmann hakte Isabelle Wenndorff unter und stapfte mit ihr, beladen mit dekorativen Einkaufstüten, deren Aussehen niemand interessierte, zu ihrem Wagen in einer Tiefgarage, die inzwischen fast leer war.

Als er die Tüten in ihrem Kofferraum verstaut hatte, schauten sie sich an. Beide wußten in diesem Augenblick, daß viel von den nächsten Sekunden abhing - wer was sagte und tat und wie der andere reagierte.

Sie hätte freundlich, aber unverbindlich „Vielen Dank" zu ihm sagen können, ihm dabei die Hand zum Abschied entgegenstrecken, ihren Wagen besteigen und im Wegfahren noch zurufen können: „Nicht vergessen - nächsten Dienstag im Bristol!"

Und er hätte höflich, aber unbestimmt die ausgestreckte Hand küssen können, wie es seine Art war, verbindlich lächelnd: „Gern geschehen" antworten, ihr die Wagentür aufhalten und ihren Zuruf mit einem Kopfnicken quittieren.

Oder sie könnte sagen: „Ich danke Ihnen - es war sehr schön, Sie beim Shopping dabei zu haben", ihn dabei anlächeln, seine Hand nehmen und sie festhalten. Und er würde, etwas verwirrt und verlegen, mehr stammeln als antworten: „Es war auch für mich sehr schön, Sie begleiten zu dürfen!"

Beide schauten sich noch immer an. Sie reichte ihm wortlos die Hand und als er sie nahm, zog sie ihn an sich. Sie küßten sich; leicht, selbstverständlich, und unbefangen.

Sie hatten soeben den Beginn ihrer Affäre besiegelt und sie wußten es. Diese Erkenntnis verwirrte beide und machte sie sprachlos glücklich. Ihre Ehepartner hatten bereits verloren, bevor es zum Kampf kam. Sie hatten in über zwanzig Jahre ihre Chance verwirkt. Eine Chance gaben beide von nun an nur noch dem jeweils anderen, neuen Partner - und sei es wider alle Vernunft.

Die Realität würden sie künftig nur noch durch den Zerrspiegel ihrer neuen Gefühle wahrnehmen und - was schlimmer war - wahrhaben: Ab sofort zählte ausschließlich, was für den neuen Partner und gegen den eigenen Ehepartner sprach. Das übrige würde zwar noch zur Kenntnis genommen, aber unter „Sonstiges" abgelegt werden.

*

Claus Lehmann erwachte erst wieder daheim. Er fiel zurück in die Wirklichkeit, ohne sich in ihr zurechtzufinden. Er betrachtete seine Frau, die scheinbar so vertraute, und sie kam ihm fremd vor.

Sie sprach durch ihn hindurch, suchte Halt, Unterhaltung - vergebens. Die Zeit tropfte schwer auf ihn herab - wortlos, lautlos, tonlos, schweigsam, verschwiegen; und er versank darin - unhörbar, ungehört, unerhört, - eingehüllt wie in einem Kokon.

Die folgenden Tage schlug Lehmann mit journalistischen Fingerübungen tot für einen Pressedienst und für verschiedene Rundfunkanstalten. Außerdem beantragte er eine Wehrübung, um die Wartezeit bis zu seinem neuen Job auch finanziell zu überbrücken.

Abends saß er meist mit einem Whiskyglas in der Hand am Kaminfeuer und starrte in das prasselnde Inferno. Marta, die

die Rigorosität seiner beruflichen Entscheidung von Anfang an mißbilligt hatte, deutete sein beharrliches Schweigen als Sorge über die berufliche Ungewißheit, an der auch seine bisherige Zuversicht nichts ändern konnte.

In Wahrheit war er glücklich und bummelte mit seinen Gedanken immer wieder durch die Boutiquen jenes vergangenen Nachmittags, während sich Marta Sorgen um die Zukunft machte. Doch sie hielt sich zurück, um ihn zu schonen.

*

Isabelle Wenndorff war nicht nur schön, sie wußte es auch und nutzte es im Kampf um die Gunst der Männer.

Doch ihre eigentliche Waffe war ihre Intelligenz, die sie allen ihren Konkurrentinnen überlegen machte und die Männer verblüffte, weil Schönheit bei Frauen meist nur in Verbindung mit Dummheit erwartet wird, bestenfalls gepaart mit Mittelmäßigkeit.

Einer schönen Frau verzeiht man ihre Dummheit, einer häßlichen hingegen wirft man sie vor - besonders, wenn die Frau alt ist und noch dazu die eigene.

Marylin Monroe war das Paradebeispiel dafür. Keiner der vielen Männer, die von ihren sexuellen Reizen träumten, gestand sich ihre Dummheit ein. (Arthur Miller umschrieb Marylins geistige Anspruchslosigkeit nach der Trennung taktvoll mit kindlicher Naivität - vermutlich, um seiner lustvollen Beziehung den Ruch der reinen Sinnlichkeit zu nehmen).

Das war auch legitim, denn im Bett ist nicht Intelligenz gefordert, sondern höchstens eine bestimmte Art von Phantasie (besonders auf den Rücksitzen von Autos), zu der es jedoch nicht des Großhirns und seiner Rinde bedarf.

Isabelle war klug genug, ihre Intelligenz nie als Waffe bei Männern zu benutzen, auf deren Gunst sie Wert legte. Im

Gegenteil überließ sie diesen in Diskussionen gern den Endsieg. Das schmeichelte deren Selbstbewußtsein, letztlich doch einer Frau geistig überlegen zu sein und stärkte ihr Selbstwertgefühl, auch gegenüber einem anderen intelligenten menschlichen Wesen bestanden zu haben.

Sie dagegen genoß ihre Niederlagen, indem sie sich von den Männern, die sie ihr angeblich beigebracht hatten, anschließend trösten ließ. Das taten diese nur allzu gern, um nicht brutal und taktlos zu erscheinen und damit ihre Gunst zu verlieren, auf die sich jeder eine Menge einbildete, dem sie gerade zuteil wurde.

Den meisten Nutzen aus all dem zog ihr Mann Robert, für den sie diesen Aufwand an Gefühls- und Geistesakrobatik vor allem trieb. Man wünschte sich seine Nähe, um seiner Frau nahe zu sein. Auf diese Weise schubste sie ihn unauffällig immer höher auf der Karriereleiter.

Da er auf jeder Stufe die von ihm geforderten Leistungen erbrachte, ohne erkennbaren Drang nach Höherem und ohne sichtbares Geltungsbedürfnis, funktionierte das Beförderungssystem problemlos. Allerdings veränderten ihn die beruflichen Erfolge, die er für seine eigenen hielt. Das Gefühl, erfolgreich zu sein, mobilisierte seinen Ehrgeiz. Je höher er stieg, um so dünner und eisiger wurde die Luft, die ihn umgab, um so härter wurde der Verdrängungswettbewerb. Er mußte kämpfen, wollte er den Abstieg verhindern. Das System sog ihn auf.

Seine Erfolge liebte er inzwischen mehr als seine Frau. Und er war nicht mehr der Mensch, den seine Frau einst geliebt hatte. Aber ihr war nicht bewußt, daß sie mit zu dem beigetragen hatte, was aus ihm geworden war.

Robert Wenndorff machte den Fehler, seine Persönlichkeit an seinen geschäftlichen Erfolgen zu messen. Er befand sich damit allerdings in guter Gesellschaft: unter seinesgleichen. Die Frauen dienten von Aussehen und Ausstattung her nur noch als

Galionsfiguren in der gnadenlosen Regatta um Erfolgsprämien, so auch Isabelle.

Inzwischen hatte er nämlich gelernt, sich der Talente seiner Frau im Umgang mit geschäftlich wichtigen Personen zu bedienen, nachdem er ihre Fähigkeiten - reichlich spät - selbst „entdeckt" hatte und wähnte, daß Isabelle sich weder ihrer Wirkung auf die Männerwelt bewußt sei noch des zielstrebigen Einsatzes dieses Mittels durch ihren Ehemann.

Da sein Tun mit ihrem eigenen bisherigen Handeln völlig in Einklang - gewissermaßen bei ihr abgeschrieben war, merkte Isabelle in der Tat nicht, daß die Initiative behutsam und unauffällig auf ihn überging und sie schließlich nur noch gut funktionierte.

Die Kür eines Eiskunstlaufpaares hätte nicht exakter sein können, denn man spürte bei ihnen nichts von der trainierten Technik, mit der jede Einladung, jedes Essen, jedes Gastgeschenk und jede Aufmerksamkeit zu persönlichen Anlässen inszeniert war. Dieses eheliche Schaulaufen bestimmte zunehmend ihre gemeinsamen Lebensinteressen, drang in alle Poren ihres Daseins, verschmolz das Privatleben mit seinem Berufsleben zu einer scheinbar idealen Einheit.

Solange sich jeder auf seine Rolle in diesem Zusammenspiel konzentrierte, funktionierte die Ehe in der Tat perfekt. Doch darin erschöpften sich ihre Gemeinsamkeiten bald. Isabelle war es, die es als erste merkte und darüber erschrak, als sie erkannte, daß sie mit einer Marionette zusammenlebte. Ihre Rolle in diesem gemeinsamen Marionettenspiel gestand sie sich nur ungern und deshalb zögernd ein.

Da Robert mit der Charakterschwäche seiner Frau rechnete, köderte er sie mit dem Geschenk schöner Reisen - in der Hoffnung, sich damit ihre Zuneigung zu erhalten. Sie durchschaute seine Absicht und ging darauf ein; allerdings nicht aus

Zuneigung, sondern aus jenem Mangel an Charakter, von dem sie nichts wußte.

Und so glaubte er an den Erfolg seiner Bemühungen - oder redete ihn sich zumindest ein, weil er daran glauben wollte und sich nie eine Niederlage eingestand - während tatsächlich der Abstand zwischen ihnen sich nicht verringerte.

Roberts Reisen hatten allerdings zwei gravierende Fehler, um als Geschenke Anerkennung zu finden: Zum einen hätten sie ohnehin stattgefunden - und zwar zu zweit, so daß sie keine echten Geschenke für seine Frau waren; zum anderen vergällte er sie ihr durch seine permanente Präsenz, der sie sich weit weniger entziehen konnte als zu Hause.

Und so lebten sie weiter nebeneinander her - jeder mit dem Wissen über den anderen und einem nicht eingestandenen Mangel an Wissen über sich selbst -, bemüht um Zerstreuung und Ablenkung von dem, was sie trennte und trotzdem zwang, weiter zusammen zu leben.

*

Claus Lehmann und Isabelle Wenndorff trafen sich wie verabredet am Dienstag der folgenden Woche abends in der Hotellobby des Bristol. Beide kamen sie zu früh, sahen übernächtigt aus und waren nervös. Isabelle streckte Claus ihre behandschuhte Rechte zum Handkuß entgegen, dann küßte er sie auf die dargebotene Wange und schließlich trafen sich ihre Lippen zu einer sanften Berührung.

Claus nahm Isabelle am Arm und zog sie zur Hotelbar. Sie bestellten Whisky.

Sie schauen sich gegenseitig prüfend an, sehr direkt und sehr offen. Man überprüfte die Eindrücke der letzten Begegnung, verglich die Erinnerung mit der Gegenwart, vergewisserte sich, ob der Vertrauensvorschuß eine Investition noch rechtfertige - und versicherte sich des anderen.

„Skol"

"Cheerio"
Sie lächelten sich zu. Ihre Verkrampfungen lösten sich allmählich. Erleichterung breitete sich in beiden aus, als sie erkannten, daß der andere noch der gleiche war, dem man vor einer Woche wiederbegegnet war.
Claus stellte mit Genugtuung fest, daß Isabelle ein Kleid trug, das er mit ausgesucht hatte. Es war schwarz, kurz, hauteng, zwar hochgeschlossen, aber dafür mit einem tiefen Rückenausschnitt und einem raffinierten Rockschlitz. Dazu trug sie zarte, schwarze Seidenstrümpfe mit Pumps, die ihre Beine aufregend modellierten. Der Anblick erregte ihn.
Isabelle sah es und lächelte ihn wissend an.
„Gehen wir?", fragte sie ihn.
Claus nickte stumm und sie führte ihn in das Restaurant.
Der Oberkellner, ein aristokratisch wirkender älterer Herr, begrüßte Isabelle mit dem Aplomb, wie er einer guten Bekannten angemessen ist, bevor er beide zu ihrem Tisch geleitete und die Kerze anzündete.
Das erlesene Angebot der Speisekarte erschreckte Claus. Er kannte sich nicht aus und rettete sich in die Beratung durch den Oberkellner, der mit sanfter Nachsicht seine Empfehlungen aussprach.
Isabelle durchschaute Clausens Hilflosigkeit und lächelte amüsiert. (Wäre er ein Geschäftspartner ihres Mannes gewesen, hätte sie ihn wahrscheinlich und durchaus zutreffend als Trottel eingestuft und entsprechend nachsichtig, aber auch geringschätzig behandelt).
Claus war erleichtert, als er die Bestellung hinter sich gebracht hatte. Endlich konnte er sich auf Isabelle konzentrieren. Ihr Anblick bezauberte ihn; der Wein beflügelte seinen Geist; er lebte auf. Er redete mit Messer und Gabel, während Isabelle sich den Genüssen des Mahls hingab und schweigend seinen geistigen Ausschweifungen folgte.

Claus wußte, daß er dabei war, in eine zumindest äußerlich intakte Ehe einzudringen und damit eine Katastrophe heraufbeschwor. Noch kontrollierte sein Verstand sein Handeln und er befürchtete, daß es ihm im gleichen Maße entgleiten würde, wie er seinen Gefühlen nachgäbe. Es war ein gefahrvolles Spiel, das sie beide begannen und er sagte es ihr.
Isabelle lachte; sie war einfach glücklich und sich ihrer Gefühle sicher, fühlte sich frei in ihren Entscheidungen, und die Spielregeln würde sie sich nicht von ihm vorschreiben lassen. Doch er wußte: irgendwann würde er ihren Körper begehren, ihre Brüste streicheln wollen und sie dazu überreden, mit ihm zu schlafen - und vermutlich dann wäre es um sie beide geschehen.
Die eigentliche Katastrophe wäre dann nur noch eine Frage der Zeit, wenn sie von ihrem Mann entdeckt würden oder Isabelle sich selbst von ihm lossagen würde.
Claus befand sich in einem Dilemma: er wollte glücklich werden mit dieser Frau und seine eigene Frau dafür bestrafen, daß er in ihren Armen nie richtig glücklich war - doch er wollte beides, ohne Marta zu betrügen. Sein Unrechtsbewußtsein betäubte er mit der Ausrede, daß sein Handeln weder vorsätzlich noch grob fahrlässig sei, sondern einzig bestimmt von dem fast keuschen Gefühl einer großen, sehnsuchtsvollen Zuneigung, die nach Erfüllung strebte. Und er beruhigte sein schlechtes Gewissen zusätzlich damit, daß er Isabelle auf die Gefahr, in die sie sich begab, aufmerksam machte und sie so von seiner vermeintlichen Ehrlichkeit und Ritterlichkeit überzeugte, ihr aber in Wahrheit einen Teil der Verantwortung für die Konsequenzen übertrug für das Geschehen, das sie gemeinsam in Gang gesetzt hatten.
Sie durchschaute die raffinierte Verlogenheit seiner scheinbaren Aufrichtigkeit nicht, die ihm selbst kaum bewußt war, denn so weit reichte seine Intelligenz nicht. Vielmehr setzte er

unbewußt darauf, daß bei ihr eine von Neugier und Zuneigung gespeiste Risikobereitschaft irgendwann die natürliche Regung vorsichtigen Zurückweichens überstimmen werde.
Mitten im Gespräch legte sie plötzlich die Hand auf seinen Arm und schaute ihn durchdringend an.
„Ich möchte mit dir schlafen".
Claus war sprachlos. Er schaute sich um als fürchte er, daß jemand zugehört haben könne. Es herrschte eine Stille um sie herum als ginge ein Engel durch den Raum.
Claus senkte den Kopf.
„Ich auch" war alles, was er nach einer Pause verlegenen Schweigens herausbrachte. Traurig schaute er sie an, denn er hielt ihre Worte noch für reines Wunschdenken. Aber sie meinte es sehr konkret:
„Frag an der Rezeption, ob sie noch ein Zimmer frei haben. Ich erledige inzwischen die Angelegenheit hier".
Claus erschrak über Isabelles hemmungslos zielstrebiges Vorgehen, ohne Gründe zu erkennen, die dagegen sprachen - außer, daß er sich der Situation nicht gewachsen fühlte. Er stürzte den Rest seines Glases hinunter, um sich Mut zu machen und ging los - zunächst auf die Toilette, um Zeit zum Nachdenken zu gewinnen: Welche Ausrede würde er seiner Frau auftischen?
Der Nachtportier zeigte keinerlei Gefühlsregung, als Claus verlegen, weil ohne Mantel und Gepäck, nach einem Doppelzimmer fragte.
Ja, es war noch ein Zimmer zu haben. „Wenn Sie sich bitte eintragen würden".
Claus erledigte die Formalität mit schlechtem Gewissen, aber doch zufrieden mit sich, da er sich dergleichen bisher nicht zugetraut hätte.
Triumphierend kehrte er mit dem Zimmerschlüssel an den Tisch zurück. Isabelle stand auf, hängte sich bei ihm ein und

küßte ihn auf die Wange, dann verließen sie das Restaurant, von dem aristokratischen Oberkellner mit einer tiefen Verbeugung und einem freundlichen „Ich wünsche den Herrschaften eine gute Nacht" verabschiedet.

Im Fahrstuhl küßten Claus Lehmann und Isabelle Wenndorff sich zum ersten Mal innig und voll heftiger Leidenschaft. Sie klebten aneinander und es dauerte eine Weile bis sie merkten, daß sie vergessen hatten, den Fahrstuhl in Bewegung zu setzen.

Als sie in ihrem Zimmer standen überkamen Isabelle plötzlich Gewissensbisse, doch sie traute sich nicht, Claus davon zu sagen. Sie stand vor ihm und schloß einfach die Augen. Den Rest überließ sie ihm, um keine Verantwortung mehr für das zu haben, was geschehen würde.

Er nahm sie in die Arme und zog ihren Körper an sich. Den Aufstand ihres Gewissens schlug er mit einer Fülle von Küssen nieder, die er heftig und hastig auf ihren Mund und ihren Hals preßte. Ein letztes Aber, das sie in Erinnerung an ihre gute Erziehung als Einwand vorzubringen versuchte, ging in einem Seufzen unter und erreichte so nicht einmal das Gehör seines Adressaten, der bereits dazu übergegangen war, die Rundungen ihres Körpers zu erkunden. Sie ließ ihn gewähren, während sich ihre Lippen und Zungen in immer heftigeren Küssen verfingen. Durch ihr seidiges Kleid hindurch fühlte er die weiche Fülle ihrer Brüste und spürte unter seinen Händen ihre Knospen anschwellen.

Seinen drängenden Umarmungen leistete sie nur noch geringen Widerstand, um nicht die Balance unter seinem Gewicht zu verlieren. Seine Hände glitten über ihre Hüften hinab zu den Oberschenkeln und schoben ihr Kleid höher und höher, während er seinen Unterleib gegen den ihren preßte. Sie spürte durch seine Hose hindurch, wie sich sein Glied aufrichtete und sich hart gegen ihren Bauch stemmte. Ihr Atem ging heftig.

Sie ließ sich auf das Bett sinken und zog ihn mit sich hinab. Seine Hände schoben sich zwischen ihre Schenkel und drängten sie auseinander, während sie seinen Hosenschlitz öffnete und nach seinem Penis fingerte.
Ungeduldig riß er ihr den Slip hinab und griff ihr erneut zwischen die Schenkel an ihre Möse, die nun frei da lag zwischen ihren gespreizten Schenkeln und auf seine Liebkosungen wartete - weiches, feuchtes Fleisch, zart und schlüpfrig. Warm und wohlig öffneten sich die Lippen ihrer Scheide seinen streichelnden Fingern.
Sie befreite seinen Penis aus der Enge seiner Hose und umfaßte ihn: Er war heiß und hart, die Eichel fühlte sich samtweich an und wurde unter den Liebkosungen ihrer Hand klebrig feucht.
Sie keuchte. Alles schrie in ihr vor Verlangen. Ja, sie wollte ihn, sie wollte es - jetzt, hier, sofort. Sie führte seinen Schwanz in ihre Möse.
Ungestüm drang er in sie ein, hart und heftig. Sie fühlte, wie sein Schwanz hinabstieß in das dunkle Loch ihrer Lust - rasch, gierig, immer wieder, immer schneller. Rücksichtslos stieß er zu, küßte ihren Mund, biß in ihren Hals, knetete ihre Brüste. Bei jedem Stoß entrang sich ihr ein Stöhnen, allmählich heftiger, jedes mal lauter.
Ihre Arme umschlangen seinen Körper als wollten sie ihn nie mehr loslassen. Beide glühten, ihr Atem keuchte, ihre Leiber wälzten sich in geiler Umklammerung, zuckten unter seinen harten Stößen.
Sie fühlte Hitzeschauer in sich aufsteigen, das Blut rauschte und pochte in ihren Ohren, Feuerkugeln platzten vor ihren Augen. Er stieß und stieß, sie kam, er stieß - da - jetzt - er kam - sein Samen schoß in ihre Fotze - sie schrie auf. Er stöhnte laut. Beide keuchten. Sie starrten einander an. Ihre Gesichter waren verzerrt, ihre Münder weit geöffnet, sie atmeten heftig und stoßweise.

Ermattet entspannten sich ihre Körper.

Mit einem letzten Seufzer wandte sie ihr Gesicht zur Seite und schloß die Augen.

Er strich mit der Hand über ihr Haar, ihre Wangen. Behutsam küßte er ihre geschlossenen Augen, in denen Tränen standen.

Ihre Brust hob und senkte sich langsam.

Er ließ sich neben sie sinken und betrachtete sie. Sein Blick und seine Hand glitten über ihr entspanntes Gesicht, streichelten sanft ihre Brüste und machten Halt auf ihrem Venushügel, dessen dunkles, weiches Haar seine Hand behutsam liebkoste.

Sie schien zu schlafen, mit einem Lächeln auf dem Gesicht. - Langsam schlug sie die Augen auf und schaute ihm lange und forschend ins Gesicht. Er erwiderte ihren ernsten Blick, bis sie sich gegenseitig anlächelten.

„Es war schön", flüsterte sie und strich dabei über seine verschwitzten Haare.

„Ja", erwiderte er, „es war wunderschön".

Er legte seinen Arm um ihren Hals und sie schmiegte sich an ihn. Ein Bein von ihm schob sie zwischen ihre Schenkel. So lagen sie noch eine ganze Weile, entspannt, ihre Körper warm und weich, und ihre Gedanken spazierten Hand in Hand durch einen Park voller Blumen und Vogelgezwitscher; und eine endlose Herde von Wolken mit purpurrot glühenden Fellen zog gemächlich über das Firmament und graste den Himmel blank bis auf seinen hellblauen Grund.

*

Claus Lehmann gab auf dem Heimweg durch die nächtlichen Straßen seinem Wagen die Sporen, um sich abzureagieren. Zum ersten Mal seit vielen Jahren war in ihm wieder ein Gefühl erweckt worden, das ihn so heftig ergriffen hatte, daß es ihn zu überwältigen drohte und er sich dessen fast schämte.

Seine neue Freiheit schien sich gut anzulassen. Für seine Frau mußte er sich noch eine Ausrede für den langen Abend einfallen lassen, was jetzt schwierig war, da er keine dienstlichen Termine angeben konnte.

Isabelle Wenndorff stand vor dem gleichen Problem.

Noch vom Hotel aus hatte sie ihre Freundin Franziska Debus angerufen, die sich erst nach längerem Läuten verschlafen meldete.

„Hör zu, du mußt mir helfen. Ich brauche für den heutigen Abend ein Alibi: Wir sind den ganzen Abend zusammen in Köln gewesen, ok?"

„Warum? Was ist los?" fragte Franziska aufgeschreckt zurück.

„Ich erkläre dir alles später. Hast du mich verstanden: Wir waren heute abend zusammen in Köln, haben dort gemeinsam im Dom-Hotel gegessen und sind anschließend noch bis zwei Uhr in der Interconti-Bar gewesen."

„Ja, ich habe alles verstanden. Aber morgen will ich es genau wissen!", kam jetzt die hellwache Antwort von Franziska.

Isabelle legte befriedigt und erleichtert den Hörer auf. Sie mußte nun zwar ihre Freundin einweihen, doch darin sah sie kein Problem aufgrund des langjährigen Vertrauensverhältnisses zwischen ihnen.

Robert Wenndorff machte gegenüber Isabelle keinen Hehl aus seiner Abneigung gegen Franziska Debus, die er als schlechten Umgang für seine Frau ansah, weil sie in seinen Augen ein lockerer Vogel war, die mit ihren Amouren im Laufe von zwanzig Jahren die Ehe der Debus systematisch ruiniert habe. In Wahrheit stand de Ehemann ihr in dieser Hinsicht kaum nach. Während die beiden ihren Scheidungspoker noch unter dem selben Dach spielten - zäh und verbissen -, suchte jeder von ihnen aushäusig seine Abwechslungen, wobei Isabelle ihre Freundin nach Kräften unterstützte in dem Glauben, damit Franziska im Kampf gegen deren Mann den Rücken zu stärken

- in Wirklichkeit zur Ersatzbefriedigung ihrer eigenen Abenteuerlust.

Franziska Debus war ihrerseits nicht gut auf Isabelles Mann zu sprechen, weil der sie stets abweisend und herablassend behandelte und sie damit einschüchterte. Sie ging zwar dennoch bei den Wenndorffs ein und aus und besaß sogar einen Hausschlüssel von ihnen, vermied es jedoch tunlichst, dem Hausherrn zu begegnen. Ihr liebster Aufenthaltsort bei ihnen war Isabelles Kleiderschrank, wo sie mangels eigenem Geschmack und Geld, aber gleicher Konfektionsgröße wie Isabelle, ständig ihren Bedarf an Garderobe zu allen möglichen Anlässen leihweise deckte - inzwischen selbst in Abwesenheit von Isabelle.

Das führte bereits so weit, daß Isabelle nicht selten auf ältere Garderobe ausweichen mußte, weil Franziska sich mit natürlicher Vorliebe die neuesten Modelle von ihr auslieh, sich mit der Rückgabe aber meist reichlich Zeit ließ.

Dabei wirkte sie in den Sachen von Isabelle eher komisch, da sie spindeldürr war und ihr zudem die Eleganz fehlte, die der Garderobe wie ihrer Trägerin gleichermaßen erst die beabsichtigte Wirkung und Bewunderung verschaffte.

Da Franziska auf ihrer Jagd nach Glück den Männern kaum mehr zu bieten hatte als ihre Lüsternheit, waren alle ihre Affären sehr kurzlebig. Ihr einziger ständiger Freund erlaubte ihr nur, ihn regelmäßig alle vier Wochen zu besuchen, wenn sie ihre Periode hatte. Waren sie miteinander fertig, ließ sie sich wunschgemäß von seinem abgerichteten Schäferhundrüden bespringen, während er lüstern zuschaute und dabei ständig onanierte.

Nach anfänglicher Aversion hatte sie sich sehr rasch an das exzentrische und animalische Vergnügen à deux et à trois gewöhnt, garantierte es ihr doch eine regelmäßige Befriedigung - und dies sogar zu Zeiten eingeschränkter Tauglichkeit. Sie schätzte deshalb sowohl die Beständigkeit dieses Mannes wie die Ausdauer seines Hundes.

Moralische Skrupel hatte sie nicht, weil keiner es für Geld tat und jeder auf seine Kosten kam.

*

Seit jenem endlosen Abend, den Isabelle angeblich mit Franziska in Köln verbracht hatte, war das Klima zwischen den beiden Wenndorffs deutlich kälter geworden.

Robert durchschaute die Lüge seiner Frau und Isabelle wußte es. Dennoch taten beide so, als glaube jeder dem anderen. Sie sprachen kaum mehr mit einander, sondern durch einander, gegen einander. Von den Worten, die zwischen ihnen fielen, hoben sie nur noch die bösen auf, warfen sie einander mit Wucht zu und mit aller Kraft zurück - auf das Herz des anderen zielend und in der Hoffnung, zumindest seinen Kopf zu treffen.

Objektiv hatte sich an ihrer Beziehung nichts geändert, lediglich die Vorzeichen hatten sich ins Negative verkehrt. Doch von außen war davon nichts zu erkennen.

„Was machen wir am Wochenende?", fragte Robert wie üblich - und brachte Isabelle damit bereits in Wut: So lange sie sich erinnern konnte, hatte er ihr die Initiative überlassen (wahrscheinlich aus Bequemlichkeit), und so war es Gewohnheit und Bestandteil ihrer Rollenverteilung geworden. Konnte er selbst keine eigenen Vorschläge machen? War er wirklich so phantasielos oder nur denkfaul? Die Idee, daß er sich einfach nach ihren Wünschen richten wollte, kam ihr nicht - und wenn, dann gekettet an den Verdacht, er tue es lediglich um des lieben Friedens willen und nicht aus Höflichkeit, und schon gar nicht aus Liebe zu ihr.

Die Wenndorffs traten ihre Mittelmeerkreuzfahrt an und Clausens Gedanken folgten Isabelle wie eine Möve. Damit war er von seiner neuen Wirklichkeit abgelenkt, die ihm noch unwirklich vorkam.

Die Zeit verrann ohne erkennbare Fortschritte in seiner Stellenbewerbung. Auf telefonische Nachfrage bekam er lediglich die Auskunft, daß sich die Angelegenheit verzögere, weil vom Verlag noch eine reguläre Ausschreibung erfolgen müsse, um den Erfordernissen des Arbeitsrechts Genüge zu tun.

Claus Lehmann fiel schwer, es sich einzugestehen:

Er war arbeitslos.

Der Gang zum Arbeitsamt, um Arbeitslosengeld zu beantragen, empfand er als die größte Demütigung seines Lebens. Am Auskunftsschalter bekam er von einem vierschrötigen Kerl herablassend eine Nummer ausgehändigt.

Nun war er eine Nummer.

Vor dem Amtszimmer mit seinem Anfangsbuchstaben mußte er sich anschließen an eine längere Reihe wartender Gestalten, deren ungepflegtes Aussehen und billige Kleidung ihn anwiderten. Er bemühte sich um Abstand: Nur nicht dazu gehören!

Am liebsten wäre er weggerannt, aber die Situation erlaubte kein Entrinnen. Irgendwann würde auch seine Nummer aufgerufen werden, die ihn fortan so definierte: Lehmann, Claus, geb. 20.05.1935 in Wiesbaden, verheiratet, 1 Kind; Beruf: Journalist; Berufliche Tätigkeit: zur Zeit ohne.

*

Morgen sollte Isabelle Wenndorff, die ihm nicht aus dem Sinn ging, von ihrer Mittelmeerkreuzfahrt zurückkehren, während er, zur Untätigkeit verdammt, sich an eine ungewisse berufliche Chance klammerte und darum bangte, daß sie wahr würde.

Doch seine Hoffnung sank von Tag zu Tag mehr.
Das Warten lähmte ihn.
Er wartete auf Nachricht vom Verlag, wartete auf seine Wehrübung, wartete auf Isabelle.
Er hatte jetzt viel Zeit - wovon er schon immer geträumt hatte und womit er nun nichts anzufangen wußte; die Zeit hatte vielmehr ihn und wußte ebenfalls nichts mit ihm anzufangen.
Sie standen sich gegenseitig im Wege.

Endlich.
Isabelle meldete sich bereits unmittelbar nach ihrer Rückkehr telefonisch von ihrer Freundin (seine Frau war zum Glück einkaufen). Sie verabredeten sich noch für den selben Abend am Bahnhof.
Claus murmelte etwas von einem Presseempfang, als er am späten Nachmittag das Haus verließ. Er war aufgeregt und unsicher. Wie fremd würde Isabelle ihm begegnen nach all den Bekanntschaften, die sie zwischenzeitlich an Bord des Luxusliners gemacht hatte.
Es wurde jetzt bereits früh dunkel, doch der Abend war noch recht mild für Ende Oktober. Claus Lehmann parkte seinen Wagen seitlich am Bahnhofsgelände im Schatten eines kleinen Bahnhäuschens an der breiten Zufahrt zum Güterbahnhof, die um diese Zeit kaum frequentiert wurde. Isabelle hatte ihm die Stelle beschrieben und er war schon eine halbe Stunde vor der verabredeten Zeit dort.
Nebel hüllte die künstliche Landschaft aus Stahlgerüsten und Backsteinhallen in ein milchiges Licht, durchbrochen von den kalten Strahlen der Neonlampen an den düsteren Gebäuden. Das schwarze Kopfsteinpflaster der Zufahrtsstraße bekam nassen Glanz.
Claus wußte nicht, wie es mit Isabelle weiter gehen sollte. Er war bereit, jetzt noch Schluß zu machen, bevor es zu spät war.

Das gebot die Verantwortung angesichts seiner ungesicherten Lage. Er war entschlossen, Isabelle reinen Wein einzuschenken. Er rechnete auf ihre Einsicht - und hoffte auf ihren Einspruch.

Isabelle erschien pünktlich.

Sie stiegen beide aus ihren Wagen und gingen aufeinander zu. Einen Moment lang schauten sie einander unsicher an, dann fielen sie sich mit Erleichterung in die Arme und schmiegten ihre Köpfe aneinander. Eine ganze Weile standen sie so, allmählich auftauchend aus ihrer Sehnsucht zu einander und ihre Gefühle wieder auftauend, die so lange auf Eis gelegen hatten.

Isabelle nahm sein Gesicht in ihre Hände, streichelte es und bedeckte es mit Küssen:

„Wie ist es dir ergangen? Warst du mir in der Zwischenzeit treu?"

Sie sah ihn prüfend an.

Ihr Ausschließlichkeitsanspruch machte ihn glücklich. Seine gedrückte Stimmung schmolz dahin. Statt einer Antwort gab er ihr einen innigen Kuß, aus dem sie sich beide nicht mehr lösen mochten.

Schließlich zog sie ihn an die Rückwand des kleinen Bahnhäuschens, wo sie sich auf einen schmalen Mauervorsprung setzte, seine Beine zwischen ihre Schenkel klemmend.

Eine Hand von ihm führte sie unter ihren Rock in ihren Slip, während sie mit der anderen seine Hose öffnete, um an seinen Penis zu gelangen. Unter heftigen Küssen liebkosten sie einander zwischen den Schenkeln; ihre Bewegungen wurden ständig erregter, ihr Atem heftiger. Claus suchte Zugang zu ihrer Scheide, in der seine Finger feuchte Begierde spürten. Isabelle breitete ihre Schenkel weit auseinander, um ihm Einlaß zu gewähren, als sie seinen Penis kommen fühlte. Er stieß zu

und sie preßte Claus an sich - sehr fest, wie um ihn nicht mehr zu verlieren, nachdem sie ihn nun wiedergefunden hatte.
Ab und zu erwischten sie die Scheinwerfer eines vorbeifahrenden Autos, doch sie achteten nicht darauf. Sie standen in ihrer Umklammerung an die Hütte gepreßt und ihre Körper zuckten unter den rhythmischen Stößen, mit denen er seine Begierde in ihrem Schoß zu stillen suchte, während sie laut aufstöhnte, als er sich mit einem Aufschrei in ihre Möse entleerte.
Schwer atmend hielten sie einander fest umschlungen, bis sie sich einigermaßen beruhigt hatten. Dann setzten sie sich in Isabelles Auto.
„Und du?" fragte er sie.
„Was: und du?", fragte sie ratlos zurück.
„Warst du mir treu?"
„Ich habe nicht mal mit meinem Mann geschlafen! Zum Glück bekam ich unterwegs meine Tage, " erklärte sie ungeniert. Er bewunderte aufs neue ihre sexuelle Ungezwungenheit, nachdem er sein Erschrecken überwunden hatte. Er kannte bisher nur die Verklemmtheiten seiner Frau und mußte sich erst an seine neue Rolle gewöhnen, nicht der sexgierige Wüstling zu sein, für den er sich aufgrund Martas unwilliger Reaktionen auf seine bescheidenen erotischen Wünsche selbst gehalten hatte.
Oder war Isabelle am Ende eine sexbesessene Nymphomanin, die an seiner scheuen Begierde besonderen Gefallen fand? Wer setzte die Maßstäbe? Marta? Isabelle? Er selbst? Die Kirche als selbsternannte moralische Anstalt? Welche Kirche? Die Protestantische für die Protestanten, die Katholische für die Katholiken? Und wer für die Mischehen?
Oder gar der Staat mit seinen weltlichen Gerichten, deren Instanzen die widersprüchlichsten Urteile fällten und für Recht erklärten und sich zudem anmaßten, es im Namen des Volkes zu tun; dabei geschah es ausschließlich im Namen der Staats-

raison und zur Wahrung seiner Autorität. Und woher nahmen sie ihre Maßstäbe? Aus dem, was ihnen Spaß machte? Aus der Bildzeitung?

Und was war normal? Einmal oder dreimal pro Nacht, pro Woche? Welche Stellung? Masturbation pfui Teufel? Ablecken Schweinerei? Zu zweit erlaubt, zu dritt verboten? Warum? Verboten für wen?

Schon der Herzog von Aquitanien, Guillaume IX., berichtet in einem seiner frivolen Gedichte Anfang des 12. Jahrhunderts, daß er während einer Pilgerfahrt im südfranzösischen Limousin im Laufe einer ekstatischen Woche 188 mal mit zwei Frauen geschlafen habe - wobei die Initiative von den beiden Damen ausging.

Je mehr Claus Lehmann über all das nachdachte, um so absurder erschienen ihm die zahllosen ungeschriebenen Verdikte, die man zu vermeintlichen Schutzwällen um den Sex herum aufgehäuft hatte - angeblich für die Menschen, in Wahrheit gegen sie.

Claus Lehmann dachte an seinen Vorsatz, Isabelle über die Unmöglichkeit einer Fortsetzung ihrer beider Beziehung aufzuklären.

Sie hörte ihm aufmerksam zu, als er ihr, stockend und mit großem Ernst, detailliert seine Lage schilderte, und wie wenig Hoffnung er gegenwärtig in seine Zukunft habe. Er sprach langsam und abgewogen. Sie hörte mehr auf seine Stimme als auf seine Worte und war betroffen von der Melancholie und Trauer, die sie heraushörte.

Isabelle stiegen Tränen in die Augen. War das die Liebe: Einer trage des anderen Last? Zum ersten Mal in ihrem Leben spürte sie in sich plötzlich Verantwortung für einen anderen, ebenfalls erwachsenen Menschen.

„Ich will dich nicht verlieren: Du darfst mich nicht verlassen; ich brauche dich, nicht dein Geld; davon habe ich selbst

genügend. Und du brauchst dich nicht ausgehalten zu fühlen, wenn ich mal bezahle. Das ist heute doch längst nicht mehr ungewöhnlich".
Es schien alles so einfach und klang so überzeugend und er hätte ihr gerne geglaubt; aber es wollte ihm nicht gelingen. Dennoch redete er sich ein, daß sie recht habe, - um sein Gewissen darüber hinwegzutäuschen, daß er sich selbst belog und weil auch er sie nicht aufgeben wollte.
Claus war erleichtert. Er hatte ihr die ehrlich gemeinte Chance gegeben, auszusteigen, um mit heiler Haut aus der Äffaire zu kommen.
Sie umarmten sich und fühlten sich einander noch näher als bisher.
Bevor sie sich trennten, trafen sie ihre nächste Verabredung, um nicht miteinander telefonieren zu müssen. Robert Wenndorff schien bereits mißtrauisch geworden zu sein, obwohl Isabelle dafür keine konkreten Anlässe gegeben hatte. Marta Lehmann war offenbar noch ahnungslos und es wäre unklug gewesen, diesen Zustand zu gefährden.

Isabelle und Claus trafen sich schon am übernächsten Nachmittag auf dem Parkplatz vor einem Ausflugslokal, zu dem eine Reitbahn und ein Hotel gehörten, nicht weit außerhalb der Stadt. Von dort aus fuhren sie zum nahe gelegenen Waldrand und machten einen Spaziergang durch den herbstlichen Laubwald.
Die Nässe perlte in Tropfen von den Blättern und fiel auf das sterbende Laub zu ihren Füßen. Die feuchte Luft war durchtränkt vom modrigen Duft des dahinsiechenden Lebens.
Sie gingen eine Weile schweigend, Hand in Hand, gefangen von der sie umgebenden Müdigkeit und Trauer. Dann erzählte Isabelle von ihrer Mittelmeerkreuzfahrt - von dem Luxus an Bord, den pompösen Dinners, von den erkennbar wohlhaben-

den männlichen Passagieren mit ihren reich geschmückten Frauen.

Claus hörte schweigend zu; es schnürte ihm den Hals zu. Das war ihre Welt, nicht seine. Bisher hatte er sich nie damit beschäftigt oder dafür interessiert. Er sehnte sich nicht einmal danach. Und ausgerechnet jetzt, da sein Leben an einem Tiefpunkt war, wurde er mit dieser Welt der Schönen und Reichen konfrontiert.

Es tat ihm weh, wie wenig Rücksicht Isabelle auf seine Gefühle nahm, die sie nicht kannte, die sie aber seiner Meinung nach hätte kennen müssen aufgrund der Aussprache am Bahnhof nach ihrer Rückkehr.

Er wollte bedauert werden und erwartete ihr Mitgefühl, während sie so taktlos war, laut in schönen Erinnerungen zu schwelgen.

Als habe sie seine Gedanken erraten, hielt sie plötzlich inne.

„Warum schreibst du eigentlich nicht, statt dich selbst zu bemitleiden? Du bist doch Journalist."

Er wurde verlegen. Er wollte nicht zugeben, daß die Gedanken an sie ihn die ganze Zeit über abgelenkt hatten. Das hätte lächerlich geklungen für einen über fünfzigjährigen Mann, selbst wenn es die Wahrheit gewesen wäre. Aber auch das Warten auf die Entscheidung des Verlages war kein gutes Alibi.

Statt dessen sprach er von den Schwierigkeiten, auf dem weiten Feld der Politik, das von einer Heerschar von Journalisten täglich abgegrast werde, noch interessante Brosamen zu entdecken und Abnehmer dafür zu finden.

„Jeder dieser Wegelagerer, wie sie der vorherige Bundeskanzler abschätzig bezeichnete, hat hier sein Jagdrevier und verteidigt seine journalistische Pfründe gegen jeden Eindringling.

Die sogenannten politischen Beobachter - ich nenne sie lieber politische Klugscheißer - schreiben ihre Kommentare zwar für die breite Leserschaft ihrer Gazetten; aber sie schielen dabei weit mehr hinüber zu den Kollegen in den Redaktionen, die nebenan sitzen. Und am nächsten Morgen liest man zunächst die Kommentare der Konkurrenz, um zu überprüfen, ob man selbst 'richtig' und im Trend liegt."
Claus zerstörte mit diabolischem Genuß Isabelles Bild von den unabhängigen, unbestechlich zustoßenden journalistischen Federn und klärte sie auf über die ungeschriebenen Spielregeln von gegenseitigem Geben und Vergeben, Nehmen und Vernehmen, die Symbiose zwischen Politik und Presse im Dunstkreis der Machtmetropole.
„Wer sich als Journalist nicht an die Spielregeln hält, ist schnell out; er bekommt keine vertraulichen Informationen mehr. Also läßt man das sein - aus 'journalistischer Verantwortung'.
Die Politiker andererseits benötigen die Journalisten, um sich öffentliche Aufmerksamkeit zu verschaffen. Also prostituieren sie sich vor ihnen mit Indiskretionen. Die beiderseitige Abhängigkeit wird verklärt vom Wortgeklingel des sogenannten 'gegenseitigen Vertrauensverhältnis'.
Es funktioniert übrigens nur so lange, bis ein Politiker von seinen eigenen Partei- und Fraktionskollegen fallen gelassen und zum Abschuß freigegeben wird. Dann stürzen sich die Journalisten wie die Aasgeier auf ihn, um zu zeigen, zu was sie fähig sind - natürlich nur aus journalistischer Verantwortung.
Beim Schlagabtausch in der Bundespressekonferenz handelt es sich um zeremonielles Schattenboxen zwischen Politik und Presse - ähnlich den Schaukämpfen im Bundestag zwischen Regierung und Opposition. In beiden Fällen sind es Veranstaltungen für die Öffentlichkeit - was immer man darunter zu verstehen meint -, mit denen man sich und den anderen zu

beweisen sucht, wie gut die demokratischen Mechanismen in unserem Staat angeblich funktionieren."

„Und wo war dein Platz bisher in diesem Spiel?", wollte Isabelle wissen.

„Ich gehörte zu den Raubtierfütterern. Es hat sich jedoch unter den Aasgeiern sehr schnell herumgesprochen, daß ich kein Futter mehr zu verteilen habe. Ich bin für sie nutzlos geworden."

„Wie kannst du so etwas glauben?"

„Weil keiner mehr anruft; das ist der eindeutige Beweis".

Isabelle schwieg betroffen. Sie hätte ihm gern etwas Ermutigendes erwidert, aber ihr fiel nichts dazu ein. Nach einer Weile fragte sie: „Was willst du nun tun?"

„Bewerbungen schreiben. Und mich inzwischen so viel wie möglich als freier Journalist betätigen".

Sie waren wieder bei ihrem Wagen angekommen und fuhren zurück zu dem Ausflugslokal.

„Laß uns noch etwas trinken", schlug sie vor: „Ich lade dich ein".

Er fühlte sich gekränkt: „Nein, ich lade dich ein".

„Wie du willst", lenkte sie ein: „aber ich bezahle das Zimmer!"

Sie lachten sich an und wurden wieder vergnügt.

Während Claus einen Tisch aussuchte, verschwand Isabelle auf der Toilette. Als sie zurückkam, hatte sie bereits den Zimmerschlüssel in der Hand. Anschließend bestellten sie Wein und schauten sich verliebt in die Augen. Isabelle nahm eine Hand von Claus und schob sie unter ihren Rock. Claus folgte der Einladung und fuhr unauffällig über die weiche Haut ihres bestrumpften Schenkels hinauf, bis er auf nackte Haut stieß. Seine Hand glitt weiter und als Isabelle ihre Beine leicht spreizte merkte er zu seiner Überraschung, daß sie keinen Slip anhatte; seine Finger landeten am Flaum ihrer Schamlippen.

Zögernd berührte er das warme weiche Fleisch und spielte an ihrer Scheide, bis sie feucht wurde. Er zog seine Hand fort und hielt sie an die Nase, um den bittersüßen Duft ihrer Scheide einzuatmen, dann ließ er Isabelle ebenfalls an seiner Hand riechen. Mit geschlossenen Augen sog sie den Geruch ihrer eigenen Möse ein, bevor sie seine Hand wieder zwischen ihre gespreizten Schenkel schob, damit seine Finger in ihre Scheide eindringen konnten. Erst als sie naß und schmierig waren von ihrem Scheidenwasser, zog sie seine Finger aus ihrer Vagina heraus und leckte sie gierig ab, bevor sie Claus das gleiche tun ließ.

Ihre Gesichter glühten. Sie achteten nicht darauf, ob jemand sie beobachtet haben könnte. Hastig tranken sie ihren Wein und eilten in ihr Hotelzimmer.

Isabelle streifte ihr Kleid aus, unter dem sie nur ein schwarzes Mieder mit Strapsen und Strümpfen trug, und warf sich auf das Bett. Der Anblick erregte Claus. Er zog sich ganz aus, bevor er sich über sie beugte und anfing, ihr Gesicht und ihren Körper mit Küssen zu übersäen. An ihrer Scheide angelangt, öffnete Isabelle ihre Schenkel so weit sie konnte, um ihm den ungehinderten Anblick und Zugang zu ihrer Möse zu ermöglichen. Die Geste völliger Hingabe erregte ihn ebenso sehr wie der Anblick ihrer dargebotenen Vagina mit den dunkel bewaldeten Schamlippen, die bereits feucht und geschwollen waren. Das Spiel im Café setzte Claus nun mit dem Munde fort und Isabelle unterstützte ihn dabei, indem sie mit beiden Händen ihre Schamlippen aufhielt, damit seine Lippen und seine Zunge möglichst alle Regionen ihrer Möse erreichen konnten. Als er ihren Kitzler zu lecken begann, bäumte sich Isabelles Körper in einem Feuer von Begierde auf. Sie ergriff seinen Penis, der bereits steif und geschwollen war, und begann an ihm zu saugen und zu lutschen; gleichzeitig spielte sie mit einer Hand an seinem Hodensack. Claus hielt es nicht länger aus. Er warf sich auf Isabelle, stieß ihr seinen Schwanz in die Möse und fögelte sie mit grenzenloser Begierde. Er holte ihre Brüste aus dem Mieder, um sie zu kneten und an ihren Knospen zu lecken, während Isabelle unter wollüstigem Stöhnen seinen zustoßenden Körper mit ihren Beinen an sich preßte.

Da war *Es*, wovon er immer geträumt hatte - sozusagen der absolute Fick.

„ Meine Hure, du Fotze, meine geile Fotze" - hemmungslos hörte er sich Worte rufen in einer Sprache, die er noch nie zu benutzen gewagt hatte. Doch jetzt gehörten sie dazu und steigerten seine Wollust zur Ekstase.

„Ja, ich bin deine Fotze. Fick deine geile Hure. Los, gib es mir, fögel deine geile Fotze!", flüsterte sie keuchend in sein Ohr.

Isabelle krallte sich mit wild aufgerissenen Augen an ihn. Ihr Körper war schweißnaß, ihre Schenkel umklammerten seine Hüften. Unter ihrer Begierde steigerte er noch einmal seine Anstrengungen, bis er sich mit einem langen Stöhnen in ihre Vagina entleerte. Sie fühlte den warmen Strahl in ihre Möse spritzen und mit einem Schrei löste sich ihre Spannung im ersehnten Orgasmus.

Keuchend ließ er sich neben sie fallen. Mit geschlossenen Augen genoß er seine Erschöpfung. Isabelle lag wohlig ermattet neben ihm und hielt sein erschlafftes Glied in der Hand. Nach einer Weile schob sie Claus mit seinem Kopf zwischen ihre Schenkel und legte ihr Haupt zwischen seine Beine, so daß jeder des anderen Geschlechtsteil mit seinem Gesicht berühren konnte. Claus begriff es als wortlose Geste für die totale körperliche Intimität und Harmonie zwischen ihnen beiden. Claus, der wegen seines Vokabulars mit Skrupeln aus seinem Sinnenrausch erwacht war, erkannte mit Staunen, daß es für Isabelle offenbar keine sexuellen Tabus gab, was sein Glücksgefühl noch steigerte und eine Woge zärtlicher

Dankbarkeit in ihm auslöste, die er mit sanften Küssen auf ihre Scheide ebenso wortlos zum Ausdruck brachte.

Draußen begann es schon dunkel zu werden, als sie sich endlich entschlossen, in die Wirklichkeit zurückzukehren. Mit einem langen, innigen Abschiedskuß verabredeten sie sich in einer Woche zur selben Zeit am selben Ort, bevor sie in getrennte Richtungen wegfuhren.

An jenem folgenden Nachmittag liebten sie sich nicht mit dem gierigen Verlangen, dem sie sich bei den ersten Malen fast besinnungslos ausgeliefert hatten. Viel Zärtlichkeit war da in den Berührungen ihrer Hände und Lippen, sehr viel sanfte Sinnlichkeit in den Begegnungen ihrer Körper. Es schien, als ob der erste Heißhunger auf einander gestillt war und sie nun allmählich einander bewußt wurden, nachdem sich ihre Harmonie zuvor auf den Bereich der Sprachlosigkeit beschränkt hatte. Sie lagen lange Zeit aneinander geschmiegt und erzählten sich gegenseitig aus ihrem bisherigen Leben. Denn bisher wußten sie wenig voneinander.
Ihre Lebensumstände waren sehr verschieden: Isabelle war in einem kunstsinnigen Haus groß geworden, wohl behütet von wohlhabenden Eltern, beschützt von einem älteren Bruder und nach dem Lyzeum nunmehr in einer schon fünfundzwanzigjährigen Ehe mit dem Versicherungskaufmann.
Claus kam aus kleinbürgerlichen Verhältnissen und hatte sich nach dem Abitur sein „standing" mühsam selbst erarbeiten müssen mit den Zwischenetappen einer dreijährigen Offizier-Dienstzeit und einem abgebrochenen Germanistikstudium, bevor er im Journalismus landete (er sagte „strandete"). Beide hatten sie noch die letzten Jahre des 2. Weltkrieges und die Not danach erlitten. Doch diese Jahre bildeten für Isabelle nur eine Episode, während sie auf das Leben von Claus bleibende

Auswirkungen hatten, da sein Vater beruflich nie wieder richtig Fuß faßte und sich nach seiner Frühpensionierung zu einem verbitterten Familientyrann entwickelte.

Gesundheitlich hatten beide bereits in jungen Jahren ernste Probleme gehabt, doch die waren vorüber: bei ihr eine schwere Augenerkrankung, bei ihm ein Asthmaleiden. Außerdem hatte sie einen inoperablen Herzfehler und ihn quälte seit seiner Wehrdienstzeit ein Bandscheibendefekt. (In Wahrheit hatte Claus bei dem Versuch, seine junge Frau in der Hochzeitsnacht auf Händen ins Schlafzimmer zu tragen, kläglich versagt und sich, wie viele seiner Artgenossen, dabei seinen Bandscheibenschaden zugezogen, über dessen wahre Ursache er sich wie alle seine Leidensgenossen ausschwieg, um nicht der Lächerlichkeit anheim zu fallen.)

Beide vermieden es, über ihre Ehe und Ehepartner zu sprechen, wie sie auch alles aussparten, was auf andere Beziehungen vor oder während ihrer Ehen hinweisen konnte. Ihre gegenseitige Annäherung war, bei aller Aufrichtigkeit, davon geprägt, ein möglichst unschuldsvolles Bild von sich zu entwerfen. Dabei warteten beide darauf, daß der andere ihm seine Intimsphäre offenbare.

Doch bei aller Vertrautheit miteinander blieben sie auf der Hut vor einander. Ihre geistige Beziehung hinkte weit hinter ihrer körperlichen Intimität her. Und deshalb wußten sie auch nicht, daß jeder von ihnen im Bewußtsein des anderen bereits eine größere Rolle spielte als der jeweilige Ehepartner.

Ihre komplexen psychologischen Systeme arbeiteten auf die Beantwortung der einfachen Frage hin: ja oder nein. Allerdings wurde die Entscheidung nicht mit ehrlichen Mitteln herbeigeführt, denn die elektrischen Ströme in den Regelkreisen ihrer Hirne waren bei der Entscheidungsfindung schon auf ein positives Ergebnis hin vorprogrammiert. Und so beantworteten sich beide die Frage mit einem, zwar noch leisen, Ja. Erst danach suchten sie nach einer Rechtfertigung für ihre Entscheidung, aber auch dies nur mit geringem Eifer.

Als Claus Lehmann zuhause eintraf, fand er einen Eilbrief der Einberufungsbehörde vor, daß er bereits am übernächsten Tag seine Wehrübung in einer süddeutschen Garnisonstadt antreten solle. Claus war etwas erleichtert über die Zusage. Doch nun mußte er unbedingt Isabelle informieren. Eine Verabredung war kaum noch möglich für den nächsten Tag und bei ihr Zuhause anzurufen war zu riskant. Isabelle hatte ihm angeboten, in dringenden Fällen ihre Freundin als Relais für die Übermittlung von Nachrichten zu benutzen. Claus zögerte, aber da er keine andere Lösung wußte, mußte er davon Gebrauch machen.

Er nutzte die Zeit, während seine Frau bei einer Nachbarin war, und rief Franziska Debus an.
Zunächst wollte er sich kurz vorstellen, doch das war nicht mehr nötig; sie wußte schon Bescheid über ihn. Claus bat also um Weitergabe der Nachricht an Isabelle mit dem Zusatz, daß er sich so bald wie möglich wieder bei ihr melden werde. Schon wenige Minuten später rief Isabelle ihn zurück, aufgeregt und traurig.
„Ruf mich an, wenn du kannst, hörst du? Du mußt mich unbedingt anrufen" flehte sie.
Claus mußte lachen: „Die Bundeswehr hat zwar schon Telefone, aber das Telefonieren hat man dort noch nicht erlernt. Deshalb gehen dort alle Gespräche über Vermittlung, und Privatgespräche sind nicht gestattet".
„Dann schreib mir. Hörst du, du mußt mir unbedingt schreiben. Ich erwarte von dir einen richtigen Liebesbrief! Du kannst ihn meiner Freundin schicken. Ich werde sie vorwarnen, damit sie ihn nicht aus Versehen öffnet."

Claus versprach es, aber er hatte nicht vor, die Zusage einzuhalten, weil er befürchtete, sich mit einem solchen Brief in Abhängigkeit zu begeben und erpreßbar zu werden.

Am folgenden Tag trat Claus Lehmann die Reise in die kleine Garnisonstadt in Süddeutschland an, wo er einen Kompaniechef vertreten sollte, der auf Lehrgang ging.

Er hatte nicht viel zu tun.

Am schwersten fiel ihm das frühe Aufstehen jeden Morgen. Tagsüber langweilte er sich, denn die Einheit war damit beschäftigt, ihre Fahrzeuge mit einem neuartigen Tarnanstrich zu versehen, nachdem man dreißig Jahre lang mit dem bisherigen NATO-Olivfarbton den potentiellen Gegner erfolgreich abgeschreckt hatte. Es war ein teures Abschiedsgeschenk des scheidenden Heeresinspekteurs; Kosten: 70 Millionen D-Mark.

Abends führte Claus Lehmann wehrkraftzersetzende Reden im Offizierskasino, das sich korrekt Offizierkasino nannte - die Bundeswehr hatte das Genitiv-S grundsätzlich aus allen ihren Kuppelwörtern eliminiert – anscheinend eine Sparmaßnahme.

Er rechnete seinen Kameraden vor, daß das Heer im Kriegsfall an seiner eigenen Mobilität ersticken würde: allein die zwölf Divisionen würden auf dem Marsch in ihre militärischen Verfügungsräume bereits Eintausendfünfhundert Kilometer des Autobahnnetzes zur selben Zeit wie die Flüchtlingskolonnen in Anspruch nehmen.

Die Russen seien deshalb gut beraten, an einem Wochenende während der Sommerferien anzugreifen - möglichst, wenn die Betriebsferien von VW begännen und die Betriebsangehörigen mit ihren Familien sich wie die Lemminge zusätzlich auf die Autobahnen stürzten. Auch seien die Kasernen an Wochenenden fast menschenleer und die meisten deutschen Bundesrepublikaner lägen zu dieser Zeit an den Stränden in Spanien und Italien oder an den österreichischen Seen und verspürten dann vermutlich wenig Neigung, zur Fahne und zu den Waffen zu eilen, um ihre westliche Freiheit tapfer zu verteidigen, zumal es dann ohnehin nichts mehr zu verteidigen gäbe.

Er fragte ketzerisch, wozu man in der Ostsee eine teure Flotte brauche, deren vornehmste Aufgabe es sei, vor allem sich selbst zu verteidigen. Ohne sie aber könnten die gegnerischen Schiffe nur nutzlos im Wasser dümpeln. Bekämpfen könne man diese ohnehin viel besser, schneller und preiswerter aus der Luft. Nicht ohne Grund habe die Bundesmarine bereits mehr Flugzeuge als Boote - also könne man diese Aufgabe doch gleich von der Luftwaffe mit erledigen lassen.

Er fragte hinterlistig, warum die Bundeswehr für ihre modifizierten Typenfahrzeuge eine eigene mobile Kfz-Instandsetzung brauche, da es doch heute auf fast jedem Dorf eine Kfz-Werkstatt für alle größeren Automarken gebe und die Bundeswehr angeblich keinen Krieg auf fremdem Territorium führen wolle, wo man auf eigene Instandsetzung angewiesen wäre.

Er bezweifelte den Sinn von bundeswehreigenen Krankenhäusern in Friedenszeiten, da das westdeutsche Krankenhausnetz so dicht und die Bettenkapazität so groß sei, daß es keiner besonderen Militärkrankenhäuser bedürfe. Im Kriegsfall gebe es ohnehin keinen Unterschied zwischen zivilen und militärischen Opfern.

Vor allem aber ereiferte er sich über Waffenexporte in sogenannte Nichtspannungsgebiete, weil sie dadurch zu Spannungsgebieten aufgerüstet würden.

Claus Lehmann bekam die sattsam bekannten und bereits in den 50er Jahren in westlichen Denkschulen vorgestanzten Argumente von den Welteroberungsabsichten der Sowjetunion und der Überrüstung des Warschauer Pakts zu hören.

Er wagte nicht zu erwidern, daß er dies alles für Hokuspokus und westliche Propaganda halte, die nur dazu diene, die eigene

Hochrüstung immer aufs neue politisch zu rechtfertigen, denn er wußte, daß sich die Offiziere ihre Ansichten nicht nehmen ließen, bildeten sie doch die Rechtfertigung ihrer beruflichen Existenz.

Statt dessen fragte er zurück, ob denn die USA weniger militant seien mit ihrem missionarischen Eifer, der Welt die Demokratie zu verordnen - nötigenfalls durch den Sturz von Regierungen mit Hilfe ihres CIA; quasi moderne Kreuzzüge in verdeckter Form.

Die entrüstete Antwort: Es sei doch wohl etwa anderes, ob man freiheitliche Demokratie verbreite oder kommunistische Weltherrschaft anstrebe.

Claus Lehmann behauptete unnachgiebig, für die betroffenen Völker mache es wenig Unterschied, wenn die Weltmächte ihre vorgeblichen Glaubenskriege auf ihrem Territorium austragen; in Wahrheit gehe es beiden Seiten immer nur um eigene wirtschaftliche Interessen und Ausweitung ihrer politischen Einflußsphären.

An den Wochenenden zog Claus Lehmann es vor, statt nach Hause, in die Umgebung zu fahren und seinen Gedanken an Isabelle nachzuhängen. An seinen Sohn dachte er wenigstens mit Sympathie, während Marta ihm gleichgültig war und es beunruhigte ihn nur wenig, daß er nicht einmal Schuldgefühl darüber empfand.

Am zweiten Wochenende schrieb er Isabelle voller Sehnsucht einen unvernünftigen, aber gefühlvollen Brief:

„Meine Geliebte, anstatt in meiner Freizeit zu schreiben, wie ich es mir vorgenommen hatte, laufe ich nervös und unruhig umher und kann keinen Gedanken fassen, da mein ganzes Denken um Dich kreist.

Muß ich Dir sagen, daß Du mir fehlst? Daß ich Dich liebe, Dich begehre?
Muß ich Dir erklären, wie sehr Du mir fehlst? Wie sehr ich mich nach Deinem Körper sehne, nach Deinen Umarmungen - nach Deinen Lippen und Küssen?
Ich sehne mich nach der Wärme Deines Körpers, nach der weichen Fülle Deiner Brüste, der zarten Haut Deiner Schenkel und nach der feuchten Weichheit Deiner Scheide.
Ich möchte in Deinen Armen liegen - eng verschlungen unsere Schenkel -, Deinen Körper streicheln, Deine Brüste liebkosen und Deine Scham berühren - zärtlich über sie gleiten und tief in sie eindringen.
Ich segle mit Dir von den Ufern unserer Liebe hinaus auf den Ozean des Glücks, zu den Inseln der Leidenschaft.
Aber ich möchte nicht nur gemeinsam mit Dir träumen.
Nachdem Du mir das Leben zurückgegeben hast, möchte ich die Wirklichkeit gemeinsam mit Dir bestehen und verschönen.
In Liebe, Claus."

Das Briefkuvert adressierte Claus an Isabelle ohne Anschrift und Absender und steckte ihn in einen größeren Umschlag, den er an Franziska Debus schickte.

Als der Brief im Kasten war, hätte er ihn am liebsten zurückgeholt und vernichtet. Es war nicht sein Brief; er hatte nur geschrieben, was sie seiner Meinung nach von ihm zu lesen wünschte. Es waren nicht seine wahren Gefühle, sondern solche, die sie vermutlich von ihm erwartete und in die er sich ihr zuliebe hineingesteigert hatte bis zum literarischen Erguß. Er war dreiundfünfzig Jahre alt und machte sich lächerlich mit dieser sentimentalen Gefühlsduselei. Der ganze Brief war töricht und kitschig und ihm im nachhinein äußerst peinlich.

Claus war ärgerlich auf sich; er mußte daran denken, daß Isabelle bei Erhalt des Briefes glauben werde, er habe sein Versprechen eingehalten, während er in Wahrheit seinem gegenteiligen Vorsatz untreu geworden war, den er aus Feigheit vor ihr mit einer Lüge auf den Lippen gefaßt hatte. Er konnte nur noch hoffen, daß sein Brief nicht die falsche Wirkung hatte - und in falsche Hände geriet.

Vernunft und Sprache erwiesen sich immer wieder als untauglich, menschliches Verhalten kalkulierbar zu machen; schlimmer noch: aus ihrer Legierung ließen sich die besten Waffen gegen Mitmenschen schmieden.

Beim Schreiben des Briefes war ihm bewußt geworden, daß er wieder lebte und daß er es Isabelle zu verdanken hatte. Ihre Lebendigkeit hatte etwas Ansteckendes und tat ihm angesichts seiner bedrückenden Lage besonders gut.

Auch die heftigen Debatten mit seinen Offizierskollegen belebten Claus Lehmann; sein Frust schwand in gleichem Maße, wie er sie frustrierte. Als Kamerad wurde er zwar durchaus akzeptiert, doch ideologisch war er den übrigen Offizieren eher unheimlich; sie hielten ihn für einen Wolf im Schafspelz, dabei war er weit eher ein Schaf im Wolfspelz. Jedenfalls waren sie erleichtert, als er sie nach vier Wochen verließ und der ständige Rechtfertigungszwang von ihnen genommen war, dem sie während seiner Anwesenheit permanent ausgesetzt waren. So kehrte wieder Ruhe und Ordnung ein in ihre bis dahin heile Welt der militärischen Planspiele.

Die Rückreise in seine reale Welt trat Claus Lehmann mit widersprüchlichsten Empfindungen an. Er war voller Sehnsucht nach Isabelle, gleichzeitig wuchs seine Angst vor der Ungewißheit seiner beruflichen Zukunft.

Inzwischen war ihm klar geworden, daß er nicht mehr auf die ungewisse Entscheidung des Verlages warten noch auf die Unterstützung seines befreundeten Staatssekretärs vertrauen konnte. Von nun an, das erkannte er jetzt, mußte er von der Hand in den Mund leben. Von morgen an würde er den

Stellenmarkt beobachten und sich auf geeignete Angebote bewerben.

Daheim angekommen, arbeitete er sich unverzüglich durch den Berg von Post - zumeist Zeitschriften und Pressedienste - und suchte eine Gelegenheit, mit Isabelle Kontakt aufzunehmen. Wieder nutzte er eine Abwesenheit von Marta und rief Franziska Debus an. Sie hatte schon seinen Anruf erwartet und mit Isabelle bereits ein Wiedersehen bei sich vereinbart, weil das für Isabelle jederzeit am unauffälligsten möglich war, denn sie wohnten kaum hundert Meter von einander entfernt. Claus war froh über die hilfreiche Unterstützung, die ihnen durch Isabelles Freundin zuteil wurde; andererseits behagte es ihm nicht, in ihr eine so intime Mitwisserin zu haben. Und natürlich hätte er Isabelle lieber allein wiedergesehen nach der vierwöchigen Trennung. Doch notgedrungen akzeptierte er das getroffene Arrangement.

Claus hatte für Isabelle eine transparente Bluse mitgebracht, ganz aus schwarzer Spitze, und ihn erregte die Vorstellung, Isabelle darin zu sehen - ohne BH - nachdem die so dekorierte Schaufensterpuppe schon beim Kauf seine Phantasie auf das Angenehmste angeregt hatte.

Am nächsten Nachmittag stand Claus nach kurzem Suchen am Haus der Debus. Franziska empfing ihn mit großer Herzlichkeit wie einen alten Freund und führte ihn ins Wohnzimmer, wo Isabelle ihn bereits erwartete.

Claus und Isabelle fielen sich in die Arme und küßten sich leidenschaftlich, ohne darauf zu achten, wie Franziska die Szene gierig beobachtete. Schließlich verschwand sie in die Küche, um Kaffee zu machen und ließ die beiden allein.

Claus nutzte ihre Abwesenheit, um Isabelle sein Mitbringsel zu überreichen. Isabelle war begeistert und rannte sofort zu Franziska in die Küche, um es ihr zu zeigen.

„Schau mal, was Claus mir mitgebracht hat; ist die Bluse nicht herrlich?"

Franziska zeigte sich ebenso beeindruckt: „Nein, ist die schön!"

Claus war es peinlich, daß sein sehr persönliches Geschenk so öffentlich gemacht wurde.

Sie tranken gemeinsam Kaffee und Claus versuchte, Franziska Debus sympathisch zu finden, aber es gelang ihm nicht, obwohl es keinen ersichtlichen Grund dafür gab. Er vermutete, daß er aus übertriebener Vorsicht einfach zu mißtrauisch war. Im übrigen wirkte sie auf ihn ausdruckslos, nichtssagend und langweilig, aber er bemühte sich dennoch, sehr höflich zu ihr zu sein.

Die Unterhaltung beschränkte sich auf Konversation...

Da Claus Lehmann von Isabelle das meiste über das Privatleben von Franziska Debus wußte, vermied er es, ihr irgendwelche persönlichen Fragen zu stellen, die sie in Verlegenheit bringen könnten. Er war froh, daß man sich für seine Wehrübung interessierte, so daß er nolens volens zum Alleinunterhalter wurde.

Claus blieb nicht lange. Als er sich von Isabelle an der Tür verabschiedete - endlich allein mit ihr - versuchte er eine Verabredung mit ihr zu treffen, aber sie sah für die nächsten Tage keine Möglichkeit. Ihr Mann hatte sich eine heftige Erkältung zugezogen und arbeitete Zuhause. Sie werde ihm durch Franziska Nachricht zukommen lassen, sobald wieder etwas möglich sei.

„Danke für deinen lieben Brief!", flüsterte sie ihm beim Abschied noch ins Ohr.

Claus war enttäuscht; er hatte sich das Wiedersehen anders vorgestellt. Sein Herz war voll Liebe, sein Körper voller Sehnsucht nach Isabelle, doch er mußte nach Hause fahren, ohne seine Gefühle losgeworden zu sein.

„Wie findest du ihn?" wollte Isabelle von Franziska wissen, nachdem Claus gegangen war.

„Ich hatte ihn mir größer vorgestellt nach deinen Schilderungen", erwiderte sie.

„Du meinst wohl, weil ich ihn großartig finde?", lachte Isabelle.

„Er scheint sehr lieb zu sein", ergänzte Franziska sich.

„Täusche ihn nicht; er scheint dich wirklich zu lieben".

„Meinst du, ich spiele nur?", reagierte Isabelle heftig.

„Liebst du ihn denn?"

Isabelle schwieg zunächst. „Ich bin verrückt nach ihm, das weiß ich. Und ich glaube, daß ich ihn liebe. Ja, ich liebe ihn. Ich liebe ihn mehr, als ich jemals einen anderen Menschen geliebt habe."

„Weiß er das?", fragte Franziska.

Isabelle überlegte: „Ich bin mir nicht sicher, aber ich glaube schon".

„Und wie soll es mit euch weitergehen?", wollte Franziska wissen.

„Frag mich etwas leichteres. Ich weiß es nicht. Kommt Zeit kommt Rat. Gegenwärtig hat er berufliche Probleme, die er erst bewältigen muß".

Franziska wechselte das Thema.

„Am nächsten Wochenende möchte ich wieder mal Tanzen gehen; würdest du mich begleiten? Du kannst ja Claus mitbringen".

Isabelle haßte diese Ausflüge mit Franziska in irgendwelche mittelmäßige Tanzlokale, um Männer kennenzulernen. Aber der Gedanke, mit Claus zusammen sein zu können, versöhnte sie. „Samstag oder Sonntag wird Claus nicht ohne weiteres von zu hause verschwinden können - höchstens Freitag abend. Das wäre auch für mich günstiger, weil Robert dann zur Chorprobe geht. Ich sage dir Bescheid, sobald ich mit Claus darüber gesprochen habe."

Damit trennten sich die beiden Freundinnen.

Claus Lehmann begann seinen Tagesablauf neu zu organisieren.

Er machte sich zur Pflicht, viele Pressekonferenzen zu besuchen, um an Informationen heranzukommen. Aber er wußte sie selten umzusetzen, dann er hatte kaum Abnehmer für die vielfältigen Themen und Sachgebiete. Die meisten Redaktionen hatten ihre eigenen Korrespondenten oder zumindest freie Mitarbeiter als ständige Lieferanten. So verbrauchte Claus Lehmann außer viel Zeit zur Informationsbeschaffung auch noch Zeit und Geld für meist vergebliche Telefonate, um Abnehmer zu finden.

Die negativen Erfahrungen deprimierten ihn zunehmend. Er schränkte seine Aktivitäten ein und begann, das Manuskript zu einem Buch in Angriff zu nehmen, für das er bereits seit zwei Jahren Material gesammelt hatte. Diese Arbeit am Schreibtisch entsprach weit mehr seinem Naturell und seinen Neigungen - und er konnte sich von Marta in sein Arbeitszimmer zurückziehen.

Hatte die äußere Geschäftigkeit ihn noch auf Trab gehalten und ihm dadurch wenig Zeit für trübe Gedanken gelassen, so überkamen sie ihn jetzt um so heftiger, je mehr er sich in die selbst gewählte innere Emigration begab.

Seine aktuellen Geldsorgen verbanden sich mit den Sorgen um die berufliche Zukunft; die Sehnsucht nach Isabelle steigerte seine Abkehr von Marta zur Abneigung gegen sie.

Er war froh, wenn es ihm gelang, sich auf die Arbeit an seinem Buch zu konzentrieren. Dabei war er wenig überzeugt, bald einen Verleger dafür zu finden und stellte sich schon jetzt auf eine zeitraubende Suche ein - zumal er nur ein Exemplar hatte,

so daß er das Manuskript nicht mehreren Verlagen gleichzeitig anbieten konnte.
Daneben schrieb er kurze Artikel auf seinem Fachgebiet für verschiedene Zeitschriften und Pressedienste - und hin und wieder eine Bewerbung, wenn ihm ein Angebot verlockend genug erschien.

Mit Isabelle kam Claus erst nach einer weiteren Woche wieder zusammen. Sie fuhren wieder in das Waldhotel, wo sie sich heftig und hemmungslos liebten. Ihre körperliche Begierde zu befriedigen war jedoch nicht mehr Selbstzweck, sondern eher selbstlos - die Hingabe an das Verlangen des anderen; der Wunsch, den anderen glücklich zu machen, ihm körperliche Erfüllung zu schenken. Und es war zugleich eine Gier nach dem anderen, der einem so lange gefehlt hatte und den man nicht mehr entbehren konnte.
Mit hingebungsvoller Leidenschaft boten sie einander ihre Körper dar und wollten sich kaum beruhigen unter den Liebkosungen des anderen. Wortlos erkannten sie, daß die lange Trennung sie einander näher gebracht hatte.

Bevor sie auseinander gingen, berichtete Isabelle ihm von Franziskas Vorschlag, sie zu einer Tanzveranstaltung zu begleiten. Claus willigte ein, aber mit Unbehagen. Er fand, Franziska bekomme allmählich einen zu großen Einfluß und Einblick in ihre Beziehung.
Isabelle beruhigte ihn, Franziska sei absolut verläßlich, sei ihr Gegendienste schuldig - und außerdem müßten sie froh sein, sie als „Vermittlung" zu haben. Claus sah es ein. Also Freitag abend.

*

Die beiden Freundinnen kamen mit Isabelles Wagen zu dem vereinbarten Treffpunkt, wo Claus dazu stieg. Isabelle wirkte auf Claus etwa einsilbig während der Fahrt. Sie fuhren zu einem außerhalb gelegenen Tanzlokal, das Franziska ausgewählt hatte.

Vor dem Lokal parkten bereits viele Fahrzeuge. Als sie eintraten war Claus geschockt. Es herrschte die typische Atmosphäre von „Ball der einsamen Herzen" mit volkstümlicher Musik und billigem Ambiente.

Claus und Isabelle schauten sich verstohlen an, während Franziskas Augen bereits glänzten; sie nahm sofort Witterung auf und suchte zielstrebig einen Tisch, an dem sie alle Platz fanden und schon mehrere Männer saßen. Claus und Isabelle folgten ihr zögernd.

Als Franziska ihren Mantel auszog traute Claus seinen Augen nicht: Sie trug die schwarze Spitzenbluse, die er Isabelle von seiner Wehrübung mitgebracht hatte. Isabelle hatte es gewußt und beobachtete jetzt seine Reaktion. Ihre Blicke trafen sich - ihrer flehend, seiner voll Empörung.

Der letzte Rest seiner Laune war dahin.

Schweigend saß er da und beobachtete das Treiben, vor allem Franziska, und pflegte seine Antipathie gegen sie. Wenigstens gelang es ihm, sich so weit zu beherrschen, seinen Zorn auf Franziska nicht an Isabelle auszulassen. Claus mißfiel immer mehr die Abhängigkeit vom Wohlwollen dieser Frau, wofür dieser Abend für ihn symptomatisch war.

Für Isabelle und Claus schien der Abend endlos.

Sie fühlten sich unwohl in diesem Milieu, während Franziska aufblühte. Sie turtelte mit allen Männern, von denen sie zum Tanzen aufgefordert wurde.

Schließlich schälte sich ein etwa sechzigjähriger Bonvivant heraus, dessen besonders intensives Interesse sie sofort deutlich erwiderte, indem sie sich beim Tanzen an ihn hängte, während seine Hände auf ihrem winzigen Hintern landeten, nachdem sie vergebens so etwas wie einen Busen unter der ausgeliehenen Spitzenbluse gesucht hatten.

Die Frage, die Franziska ihr gestellt hatte, beschäftigte auch Isabelle selbst zunehmend: Wie sollte es mit ihnen weitergehen?
Claus war zunächst überrascht. Er hatte nicht angenommen, daß es Isabelle so ernst sein könne, obwohl er es insgeheim gehofft hatte; allzu häufig schon hatte er sich dabei ertappt, wie er sich eine gemeinsame Zukunft mit ihr ausmalte und die Möglichkeiten der Realisierung durchspielte.
Doch: was wußte er von ihr - und sie von ihm?
Die sexuelle Leidenschaft, die sie einander ständig in die Arme trieb - reichte das zu mehr als dem stürmischen Abenteuer, das sie gegenwärtig miteinander erlebten?
Er war sich der Ernsthaftigkeit seiner Gefühle sicher. Für sie aber konnte es wohl kaum mehr sein als eine Eskapade - vermutlich eine in einer langen Kette von Affären, die ihr bisheriges Leben so farbig gemacht hatten. Doch auch dies wäre er bereit gewesen, inkauf zu nehmen, wenn dem so wäre.
Was für ihn zählte, waren die vielen Übereinstimmungen mit ihr, die er immer wieder mit Verblüffung und Freude entdeckte - mental, geschmacklich, geistig und kulturell. War die Harmonie in diesen Kategorien, die die zwischenmenschliche Beziehung im Alltag wesentlich bestimmten, nicht wichtiger als finanzielle Ebenbürtigkeit und gesellschaftliche Gleichrangigkeit?
Claus beantwortete sich die Frage mühelos zu seinen Gunsten.

Sie beschlossen, draußen etwas frische Luft zu schöpfen und gingen hinaus auf den dunklen Parkplatz, wo die Autos unter

ihren runden Buckeln mit blicklosen Scheinwerfern vor sich hin dösten.
Isabelle zog Claus zu ihrem Wagen und sie setzten sich hinein. Plötzlich begann sie zu schluchzen:
„Bitte hol mich da raus!"
Claus glaubte, sie wolle von dem Tanzlokal fort.
„Wir können deine Freundin doch nicht zurück lassen", wandte er ein.
„Nein - ich meine von Zuhause. Ich halte es dort nicht mehr länger aus".
Zum ersten mal sprach sie von ihrem Mann und ihrer Ehe.
Eigentlich berichtete sie nur von dem gemeinsamen Haus, seiner Einrichtung und ihren Lebensgewohnheiten - aber gerade sie beherrschen ihr Leben.
Es war eine alte Villa aus der Gründerzeit, in der sie lebten, mit einem kleinen Park mit altem Baumbestand. Innen gab es ein Barockzimmer, ein Rokokozimmer, ein Louis XV.-Zimmer, ein Renaissancezimmer, ihr Zimmer war im Biedermeier-Stil, sein Arbeitszimmer im englischen Regency. Modern durfte nur sein, was zumindest teuer war - also die Küche. Auf diese Weise glaubte er der Familie nachträglich die fehlende Tradition zu verleihen und sich ein Flair von Solidität zu verschaffen, das von seiner beruflichen Profitgier ablenken sollte.
Alles war streng geplant, Spontaneität verpönt.
Ihr Privatleben erstarrte in Etikette und Konventionen, die ihr Mann mit großem Ernst ritualisierte - was seiner Ansicht nach ihrem Familienleben Stil gab, sie aber einschnürte. Isabelle sah in ihrem Mann nur noch den arglistigen, geschäftstüchtigen Langweiler, der hoch hinaus wollte und sich sein gesellschaftliches Prestige mit Geld erkaufte. Sie hatte alles oder konnte es sich zumindest leisten, aber sie hatte kein Bedürfnis mehr danach und keine Freude daran. Sie wollte einfach nur noch

weg. Es war im Grunde der gleiche Verdruß und Überdruß am bisherigen Leben, der sich auch in ihm immer mehr ausgebreitet hatte.
„Bitte - hol mich da raus. Ich möchte wieder atmen; ich möchte wieder leben. Mit dir könnte ich es, das weiß ich".
Isabelle lehnte sich weinend an seine Schulter.
Claus war bestürzt über ihre seelische Verfassung, von der er bisher nichts geahnt hatte, - und glücklich darüber, daß sie ihre Zukunft ihm anvertrauen wollte.
Dennoch: Angesichts seiner gegenwärtigen beruflichen Situation verlangte sie Unmögliches von ihm. Sie hätte es wissen müssen. Aber er kam sich schäbig vor, als er sie daran erinnerte.
„Oh ja, ich weiß es ja", schluchzte sie, „bitte verzeih mir. Ich bin unvernünftig!"
Die neue Verantwortung wog schwer und machte ihn vorsichtig.
„Laß mir Zeit, bis ich wieder einen Job habe und damit Boden unter Füßen. Außerdem sollten wir warten, bis unsere Söhne das Abitur gemacht haben; dann gehen sie ohnehin aus dem Haus und haben uns nicht mehr nötig.
Dies eine Jahr sollten wir durchhalten. Bis dahin hat sich mit Sicherheit auch meine berufliche Situation geklärt."
Isabelle nickte zustimmend. Sie lächelte ihn hoffnungsfroh an.
Es war ein guter Plan - und das Versprechen einer gemeinsamen Zukunft.
Alles wurde damit klarer, übersichtlicher, überschaubarer. Man hatte Zeit gewonnen, doch das Ende - oder besser: der Neubeginn rückte damit in greifbare Nähe, hatte gewissermaßen ein festes Datum bekommen, auf das man hinarbeiten konnte und das dem Warten einen Sinn gab.
Beide waren glücklich über die neue Perspektive, die ihr Leben plötzlich bekommen hatte.

Sie streichelten und küßten sich lange zärtlich. Isabelle erneuerte ihr verschmiertes Make-up, dann kehrten sie zurück in den rauchigen Tanzschuppen, der ihnen jetzt noch trister erschien als zuvor; aber es störte sie nicht mehr.

Franziska saß bereits bei ihrem Tanzpartner am Tisch. Claus ging hin, um ihr die Heimfahrt vorzuschlagen, doch sie wollte noch nicht. Statt dessen forderte sie Claus und Isabelle auf, sich zu ihnen zu setzen, aber beide lehnten dankend ab. Das Problem löste sich schließlich in der zu erwartenden Weise: Der Bonvivant erbot sich höflich, Franziska jederzeit nach Hause zu fahren.

Claus und Isabelle waren erleichtert, endlich heimfahren zu können. Sie kamen sich plötzlich wie ein altes Ehepaar vor und mußten über ihr moralisches Naserümpfen lachen, mit dem sie auf Franziskas frivolen Zeitvertreib reagierten.

Auf die Sache mit der Spitzenbluse kam Claus nicht mehr zurück; nicht aus Großmut, wie Isabelle glaubte, sondern weil er nicht mehr daran gedacht hatte, so lange sie zusammen waren. Erst auf dem Heimweg fiel sie ihm wieder ein und seinen Zorn auf Franziska Debus ließ er am Gaspedal seines Wagens aus, der mit lautem Brüllen auf die Züchtigungen reagierte. Claus war froh, als er Zuhause war und Marta schon im Bett vorfand, so daß ihm erspart blieb, Fragen nach dem Grund seiner späten Heimkehr beantworten zu müssen.

Claus verbrachte den nachfolgenden Samstag wie üblich hinter seinem Schreibtisch - eine Angewohnheit, die er auch oder gerade trotz seiner neu gewonnenen, unfreiwilligen Freiheit nicht ablegte. Die Ruhe des Wochenendes schien ihm noch immer besonders geeignet für ungestörtes Arbeiten, während Marta all jene Arbeiten erledigte, zu denen sie wochentags angeblich „nicht kam".

Dieses Gerüst aus Gewohnheiten, das ihre Werktage und Wochenenden säuberlich trennte, gab ihrem Lebensrhythmus Halt, verlieh ihm Stabilität und den Anschein von Normalität - worauf es Claus Lehmann jetzt mehr als je zuvor ankam, wie er zur eigenen Überraschung feststellte.
Da er es durchschaute, konnte es kein Selbstbetrug sein. Dennoch vermutete er, daß er sich und anderen damit vorspielen wollte, daß sich „eigentlich" nichts an seinem Leben geändert habe. Dabei bewies es jedoch um so mehr, wie wenig er mit seiner neuen Freiheit anzufangen wußte, um die ihn seine Nachbarn laut beneideten - während sie in ihn innerhalb der eigenen vier Wände bei ihren Frauen als Arbeitslosen verächtlich machten und beide Zustände gegeneinander aufrechneten, um die eigene Unfreiheit als die bessere Situation ins rechte Licht zu rücken.

Als gegen Abend das Telefon schrillte, erschrak Claus. Wie üblich, wenn Marta Zuhause war, nahm sie das Gespräch an.
„Es ist eine Frau, die dich sprechen möchte", sagte sie mit unverhohlenem Befremden.
Claus war unbehaglich zumute. Am liebsten hätte er sich verleugnen lassen, doch nun mußte er ans Telefon gehen. Isabelle war es, wie er befürchtet hatte.
„Ich muß dich dringend sprechen". Sie klang verstört.
„Was ist passiert?", fragte Claus beunruhigt.
„Mein Mann weiß alles. Er hat deine Visitenkarte und er hat deinen Liebesbrief gefunden. Es ist alles aus. Ich weiß nicht, was ich tun soll. Du mußt mir helfen!"
Sie sprach gehetzt und weinerlich.
Claus erstarrte. Wie sollte er reagieren, was konnte er tun? Noch gestern abend hatte er gegenüber Isabelle kühn erklärt: „Was auch geschieht - ich werde für dich da sein" - oder so ähnlich. Er hatte nicht damit gerechnet, so bald schon und

unvorbereitet mit einer Situation konfrontiert zu werden, in der er dieses Wort einlösen müßte. Er fühlte sich in der Falle sitzen.

Ohne Martas konsternierten Gesichtsausdruck zu beachten, zog er wortlos seinen Mantel über, verließ das Haus und fuhr los, um Isabelle zu treffen.

Er war zu keinem klaren Gedanken fähig. Sein Geist war in den Stricken ihrer Sätze gefangen, die er sich während der Fahrt ständig wiederholte, ohne sich aus ihnen befreien zu können. Er verfluchte, daß er sich zu dem Liebesbrief hatte hinreißen lassen, verfluchte Isabelles Leichtsinn, durch den ihr Mann ihn finden konnte.

Isabelle war bereits an der verabredeten Stelle, einer Waldlichtung in der Nähe ihres Wohnortes.

Ihr Gesicht war grau trotz des Make-up, ihre Augen flackerten. Ihre Hände waren kalt, als sie sich begrüßten; der Kuß war flüchtig; nur die Umarmung war heftig: auf der Suche nach Schutz und Sicherheit.

Robert Wenndorff hatte seine Frau bereits nach ihrer Heimkehr von dem Tanzabend mit seiner Entdeckung konfrontiert, doch sie war ausgewichen und hatte alles bestritten, es als kurze Leidenschaft eines verliebten Narren versucht darzustellen, allerdings mit geringer Überzeugungskraft. Schließlich hatte ihr Mann vorgeschlagen, gemeinsam am Montag zu der Adresse auf der Geschäftskarte zu fahren, um die Angelegenheit in einer persönlichen Aussprache zu klären. Nach einer schlaflosen Nacht war der Nervenkrieg zwischen den beiden Wenndorffs dann am nächsten Morgen weitergegangen und ständig eskaliert, bis Isabelle aus dem Haus gerannt war und von ihrer Freundin aus Claus angerufen hatte.

Franziska Debus war also schon auf dem Laufenden, wie Claus mißmutig aus Isabelles Schilderung folgerte.

„Ich habe Angst, daß er mich schlägt. Es wäre nicht das erste Mal. Robert kann sehr jähzornig werden. Was soll ich tun? Sag mir, was ich tun soll!"
Isabelle wurde vor Angst allmählich hysterisch, wie Claus mit Entsetzen bemerkte.
Sie sah nur ihre eigene Situation, er dachte an seine Lage, aber letztendlich betraf es sie beide gemeinsam.
Claus nahm Isabelle am Arm und ging mit ihr einen Waldweg, um sie etwas zu beruhigen. Die Abenddämmerung verwischte die Konturen der Bäume; die kühle Abendluft war getränkt vom fauligen Geruch des sterbenden Laubes und erinnerte ihn an ihren letzten Waldspaziergang vor wenigen Wochen.
Damals waren sie sehr glücklich gewesen.
Jetzt war mit einem Male alles ganz anders, ihr gemeinsamer Plan durch einen dummen Zufall Makulatur geworden.
Gab es noch etwas zu retten?
Eine Weile gingen sie schweigend, jeder mit seinen Gedanken krampfhaft auf der Suche nach einer Lösung, einem Ausweg, einem Rettungsanker zumindest.
Claus gab als erster auf.
„Es hat keinen Sinn. Wir müssen es unseren Ehepartner sagen: du deinem Mann und ich meiner Frau. Und dann müssen wir unsere Konsequenzen ziehen".
Es klang heroisch, aber er wußte, daß es leichtsinnig war.
Isabelle fiel ihm um den Hals und weinte, ohne ein Wort zu sagen.
Claus fühlte sich elend unter der Last, die er sich nun aufgebürdet hatte. Selbst zum Kneifen war er zu feige gewesen.

Schweigend gingen sie zurück zu ihren Fahrzeugen, währen die Dunkelheit sie einholte.
Sie waren sich einig, daß sie noch an diesem Abend Klarheit schaffen wollten. Claus bot Isabelle an, mit ihr zu fahren und

draußen vor ihrem Haus zu warten, damit er in ihrer Nähe sei, falls sie ihn brauche. Sie nahm dankbar an und so folgte er ihrem Wagen und sah auf diese Weise zum ersten Mal ihr Haus, daß er bisher nur von ihren Beschreibungen kannte.

Isabelle ging langsam die Steintreppe hinauf und winkte ihm müde zu, bevor sie im Innern verschwand.

Claus richtete sich auf eine unbestimmte Wartezeit in seinem Wagen ein. Sein Blick blieb unentwegt mit gespannter Aufmerksamkeit auf die hell erleuchtete Eingangshalle gerichtet - ständig bereit einzugreifen, falls dies erforderlich werden sollte.

Claus Lehmann erwachte allmählich aus seiner Erstarrung. Was tat er hier? Welcher Teufel hatte ihn geritten; wie, um Gottes Willen, hatte er sich in eine solche Lage hineinmanövrieren können?

Gab es denn keinen Ausweg mehr?

Er wußte keinen.

Zuhause saß Marta, ahnungslos - oder auch nicht?

Heute noch würde er mit seinem Geständnis ihr gewohntes Leben zerstören. Vielleicht gab es noch einen Aufschub, aber daran glaubte er kaum mehr. Isabelles Leichtsinn hatte alles verdorben.

Isabelle - war sie ihm wirklich den Preis wert, den er für sie nun zu zahlen hatte?

Er war nicht der Aussteiger, für den ihn Bewunderer halten mochten. Seine berufliche Existenz und die bürgerliche Welt verließ er ohne weltanschauliche Ambitionen. Sie dienten nur als Tünche gegenüber eventuellen Kritikern.

Und mit welchem Recht drang er in eine andere Ehe ein, zerstörte ein intaktes Familienleben? Wo waren seine Skrupel geblieben? Sein zielstrebiges Glücksverlangen fegte jeden

Einwand beiseite, machte ihn taub für jeden Widerspruch. Gegen Gefühle haben Argumente wenig Chancen.
War es vielleicht doch nur eine midlife crisis? Aber was verbarg sich hinter diesem geschmähten und viel belächelten Anglizismus? Ein letztes Aufbegehren gegen alles bisherige, das man nur mit ständigen Zugeständnissen und Kompromissen mühsam ertragen hatte - ein aufgezwungenes Leben, das nicht das eigentlich eigene war? Das angebliche Recht auf Selbstverwirklichung blieb auf der Strecke bei diesem erodierenden Prozeß der Gleichschaltung, an dessen Ende die Grabsteinaufschrift stehen würde: „Hier ruht C.L.; er hat nie gelebt". Denn das Leben ist schon verloren, wenn man nicht so gelebt hat, wie man leben wollte.
Sein bisheriges Leben erschien ihm so substanzlos wie der Mikrokosmos, so leer wie das Weltall: zusammengesetzt aus einer Unzahl von Veranstaltungen zu unterschiedlichsten Anlässen an wechselnden Orten zu verschiedenen Zeiten, zusammengehalten von den kurzen Wegstrecken, miteinander verknüpft durch die Autofahrten - Vernissagen, Kongresse, Vorträge, Diskussionen, Buchpräsentationen, Empfänge, Pressekonferenzen; am Ende lösten sich alle in Nichts auf, verflüchtigten sich zu vagen Erinnerungen, die von nachfolgenden Ereignissen schließlich ausgelöscht wurden; künstliche Wirklichkeiten, immateriell und ohne bleibende Spuren. Er konnte keinen höheren Sinn in all dem erkennen.
Er selbst bekritzelte Papiere mit Schriftzeichen, die vielleicht gedruckt wurden, bevor sie in irgendwelchen Papierkörben landeten, vielleicht auch nachgedruckt wurden. Das war alles. Lohnte ein ganzes Menschenleben dafür?
Er war noch nicht so weit zu glauben, daß es kein Entrinnen geben sollte aus dieser Abdrift ins Namenlose, Gesichtslose, Geschichtslose. Er weigerte sich, zu den Herden von Zombies zu gehören, die die Straßen und Büros in den Städten bevölker-

ten, legitimiert nur durch Geburtsurkunde und Personalausweis, Führerschein und Trauschein, Steuererklärung und Wehrpaß, eingezwängt in den täglichen Rhythmus aus Arbeitszeit, Essenszeit und Schlafenszeit - in der selbst der eheliche Beischlaf heruntergekommen war zur gymnastischen Pflichtübung.
Aber was wollte er?

Claus Lehmann sah zwei Schatten in der Diele. Die Haustür wurde geöffnet. Die beiden Gestalten kamen auf Claus zu.
Es waren Isabelle und ihr Mann.
Als sie an seinen Wagen herantraten, kurbelte Claus das Seitenfenster herunter.
„Sind Sie Herr Lehmann?" fragte Robert Wenndorff. Seine Stimme klang rauh.
„Ja", erwiderte Claus. Er spürte sein Herz heftig klopfen.
„Würden Sie bitte mit herein kommen?"
Claus stieg wortlos aus und folgte Robert Wenndorff schweigend ins Haus, während Isabelle an seiner Seite ging.
Man ging in den riesigen Wohnraum, dessen Leere wirkungsvoll beherrscht wurde von einem teuren Persertepppich.
Erst jetzt, im Licht mehrerer Stehlampen und Wandleuchten, nahm Claus Lehmann wahr, daß Robert Wenndorff untersetzt und von kräftiger Statur war und einen Kinn- und Oberlippenbart trug. Hinter seinen Brillengläsern saßen ein Paar listige Knopfaugen. Er trug eine Hausjacke, eine bunte Jogginghose und seine Füße steckten in einem Paar alter, ausgetretener Hausschuhe. Der Gesamteindruck enttäuschte ihn.
An seinem linken Handgelenk befand sich eine monströse Armbanduhr - ein Girard-Perregaux Chronograph: 'männlich essentiell in der Form, vereinigt diese Uhr klare Linienführung mit funktioneller Strenge. Kostbar in Rosagold. Klassisch in der Kombination Stahl/Gold. Verblüffend in der ausgesuchten

Harmonie von Rosagold und Silber. Überzeugend einfach in Stahl. Mit einem Armband aus handgenähtem, exklusivem Leder`, hieß es in einer Werbeanzeige, die er mit Mißvergnügen kürzlich gelesen hatte.
Man setzte sich, weit getrennt von einander, in Sesseln an verschiedenen Seiten des Raumes.
Claus hatte angesichts der enttäuschenden Statur dieses Mannes, den er sich aufgrund Isabelles Schilderungen groß und stattlich vorgestellt hatte, schnell seine Fassung wieder gefunden. Er fühlte sich mit einem Mal nur noch als Beobachter, bestenfalls Mitspieler eines improvisierenden Schauspiels, in dem zwar jeder seine fixierte Rolle hatte, die Dialoge aber noch erfunden werden mußten.
Und ein kleiner Spießer war dabei, die Hauptrolle in diesem Drei-Personen-Stück zu übernehmen - auf einer viel zu großen Bühne, deren Ausstattung ihn zur Lächerlichkeit verdammte.

Claus häufte alle negativen Vorurteile über Robert Wenndorff, deren er habhaft war, um ihn beherrschbar zu machen: Das war er also - ein neureicher Stutzer, der trotz seines Asthmas im Kirchenchor sang als dankerheischende Geste gegenüber dem unbekannten Gott, den er fürchtete - denn als guter Katholik glaubte er auch daran, daß die ewige Seligkeit nur auf dem lästigen Umweg durch das Fegefeuer zu erreichen sei - und dem er deshalb, um ihn gnädig zu stimmen, alljährlich zu Weihnachten einen Rollstuhl opferte (den er von der Steuer absetzte); dem er jeden Sonntag mit scheinheilig niedergeschlagenen Augen den Empfang der heiligen Sakramente quittierte, und der sich anschließend unverzüglich in sein Büro begab, um sich wieder intensiv dem Geschäft des Geldverdienens auf Kosten anderer Menschen zu widmen.
Claus fürchtete in dieser Auseinandersetzung nur die bauernschlaue Geschäftstüchtigkeit dieses Mannes, vor der ihn

Isabelle gewarnt hatte und der er sich keinesfalls gewachsen wußte, wenn er sie gegen ihn ausspielen würde.

Robert Wenndorff starrte ins Leere. Sein Gesicht war grau. Er atmete schwer. Dann, zu Claus Lehmann gewandt:

„Isabelle hat mir alles gestanden."

Seine Stimme klang heiser. Nach einer Weile des Schweigens:

„Ich habe Sie hereingebeten, weil ich wissen möchte, wer der Mann ist, den meine Frau über alles liebt, wie sie sagt".

Wieder trat Schweigen ein. Claus und Isabelle schauten sich an. Claus fühlte sich zu einem Kommentar herausgefordert.

„Ja, wir lieben uns. Es tut uns beiden leid, daß wir Ihnen weh tun müssen".

Nach einer weiteren Pause fragte Robert Wenndorff:

„Wie soll es nun weitergehen?"

Es war die Frage, die Claus am meisten gefürchtet hatte. Er wollte nicht zugeben, daß er es nicht wußte, wollte aber auch nicht lügen oder Robert Wenndorff an seinen Überlegungen teilhaben lassen oder gar an seinen Plänen - so er denn welche hätte.

„Wir haben darüber noch nicht gesprochen", erwiderte er. Es sollte unverbindlich klingen, wirkte aber eher dümmlich.

Wieder trat Schweigen ein.

„Weiß es Ihre Frau schon?", fragte Robert Wenndorff nach einer Weile.

„Ich werde sie anschließend informieren."

Dann, nach längerem Schweigen, wieder Robert Wenndorff:

„Unter anderen Umständen hätten wir vielleicht gute Freunde werden können... Ich gebe ihnen das Liebste, das ich besitze. Behandeln Sie Isabelle gut." Er erhob sich.

„Ich nehme Ihnen nichts weg, was Sie nicht schon längst verloren haben", erwiderte Claus Lehmann im Aufstehen.

Damit war die Männerfeindschaft besiegelt.

Isabelle brachte Claus zur Haustür. Zum Abschied gaben sie einander stumm die Hand. Sie blieb an der Haustür stehen bis er davonfuhr.

Claus Lehmann fand, daß die Szene mit Noblesse über die Bühne gegangen sei. Auch einen gewissen Respekt vermochte er seinem Gegenspieler für dessen Contenance nicht abzuerkennen.
Ihm selbst stand das Schwierigste noch bevor.
Heiß war ihm, als habe er Fieber, nur seine Hände waren kalt und feucht. Er fuhr betont langsam und vorsichtig, um Zeit zu gewinnen und sich zu beruhigen, bevor er seiner Frau unter die Augen trat.
Er wollte Marta möglichst schonen, aber er wußte, daß die Wahrheit letztlich erbarmungslos war.
Mußte er ihr überhaupt etwas sagen? Er hatte es zwar so mit Isabelle verabredet, doch sah er für sich eigentlich keinen Sachzwang wie bei ihr. Nur sein unvermittelter Aufbruch nach Isabelles Anruf konnte bei Marta Verdacht geweckt haben.
Claus nahm sich vor, die Situation zu Hause abzuwarten. Er liebte zwar die Wahrheit, doch sie belohnte in nicht. Wozu also ehrlich sein, wenn es ihn nur Unbill eintrug? Und so hatte er sich angewöhnt, seine Frau zu belügen, da sie ihm die Wahrheit nicht glaubte, um wenigstens nicht als Lügner zu gelten: Kam er erst spät in der Nacht nach Hause, was nicht allzu häufig vorkam (aber immer öfter), hatte sie ihre Erklärung schon griffbereit, wenn er den Raum betrat („Bei welcher Nutte warst du heute wieder?"). Anstatt zu widersprechen oder gar empört aufzubrausen, pflegte er dann mit nachsichtigem Lächeln zu „gestehen" – in der Hoffnung, sie auf diese Weise ruhig zu stellen. Denn Recht zu haben und sich moralisch zu entrüsten boten Marta mehr Genugtuung als der Eifersucht den gehörigen Tribut zu zollen und ihrem Manne das erbärmliche Schauspiel

der betrogenen Ehefrau zu bieten (dessen Berechtigung sie nicht absolut sicher sein konnte angesichts seiner irritierenden Geständnisse). Wenn der Karren mit gegenseitigen Gehässigkeiten dann im Morast ihrer Ehe feststeckte, verschwand Claus hilflos in das Bibliothekzimmer – Zufluchtstätte und Verließ, wo er sich beim Whisky genussvoll seinen dampfenden Rachegelüsten hingab.
Aber diesmal war alles ganz anders.

Marta empfing ihn mit gespannter Aufmerksamkeit, doch ohne Fragen zu stellen. Sie wartete offensichtlich darauf, daß Claus von sich aus eine Erklärung für sein Verhalten gab. Es blieb ihm keine Wahl.
Er bat Marta, mit ihm am Kamin Platz zu nehmen.
„Ich habe dir etwas zu sagen."
Marta wurde blaß, als sie sein aschgraues Gesicht sah.
„Es gibt da seit einiger Zeit eine andere Frau, die mir sehr viel bedeutet; heute Abend hat es eine Aussprache mit ihrem Mann gegeben..."
Marta begann zu zittern. Sie sprang auf. Mit einem lauten Stöhnen rannte sie aus dem Zimmer.
Es war der Aufschrei der Klytämnestra, als sie die Nachricht vom Tode ihres geliebten Gatten erhielt.
„Was habe ich getan? Warum hilft mir denn niemand?"
Martas Schreie gellten durchs Haus und schnitten Claus ins Herz. Er lief ihr nach, aber er vermochte ihr nicht zu helfen. Er betrachtete sie stumm und wußte, daß er sich schuldig machte.
Ja, sie hatten sich in den zwanzig Jahren ihrer Ehe gegenseitig häufig genug gemartert und gequält: die Machtkämpfe aus nichtigen Anlässen hatten sich mit verbissenem Schweigen oft über Monate hingezogen. Dennoch: hatte sie eine solche Strafe verdient? Dazu noch aus scheinbar heiterem Himmel?

Das Telefon schrillte. Claus zuckte zusammen. Isabelle rief von ihrer Freundin aus an.

„Bitte hol mich hier weg. Es ist furchtbar", stieß sie hervor.

„Was ist denn passiert?"

„Er hat mich geschlagen!"

„Ich hole dich gleich ab".

Als Claus mit einer Reisetasche in der Hand das Haus verließ, ahnte er, daß sein bisheriges Leben hinter ihm ins Schloß fiel.

Zurück blieb eine verzweifelte Frau und ein Haus, auf das sie beide im Laufe der Jahre ihre ganze Liebe konzentriert hatten statt auf einander.

Er fühlte nichts außer einer großen Leere und Verlorenheit. Er wußte, daß sie weiter schreien würde, verzweifelt, ohne jede Hilfe und ohne jeden Trost.

Es war spät geworden. Claus hatte nichts im Magen. Er schaute während der Fahrt auf die Uhr. Es war die Zeit, zu der das Wort zum Sonntag auf die deutschen Fernsehzuschauer hernieder ging und ein Vertreter der beiden großen christlichen Kirchen mit salbungsvollen Worten in allem, was auf diesem Globus passierte, die Existenz Gottes und sein wundersames Wirken bestätigt fand - und dies öffentlich und ungestraft glauben machen durfte. Es war die beste Sendezeit mit den höchsten Einschaltquoten: Samstag abend, zwischen Sportschau und Spät-Krimi.

Doch die händereibenden Amtskirchen mit Sitz und Stimme in allen öffentlich-rechtlichen Sendeanstalten hatten ihre Rechnung ohne den Teufel gemacht: Die öffentlichen Versorgungswerke hatten landesweit einen rätselhaften plötzlichen Anstieg des Wasserverbrauchs jeden Samstag just um diese Zeit aufgedeckt: Die fernsehende Nation nutzte die Zeit nach der Sportschau, um vor dem Spät-Krimi noch rasch aufs Klo zu gehen und verwässerte so dem Klerus die Milch der frommen Denkart.

Als Claus vor dem Haus der Debus stand, wußte er nicht, wie er dorthin gekommen war.
Franziska Debus öffnete ihm mit ernster Miene. Isabelle saß in der Küche, mit einem nassen Handtuch in der Hand, und kühlte sich ihr Gesicht, das verquollen war.
Als Claus sie in die Arme nahm, begann sie laut zu schluchzen. Claus konnte sie nur mühsam beruhigen.
Franziska Debus wollte Kaffee machen, doch Claus bat um einen Cognac, auch für Isabelle. Nachdem sie sich etwas gefangen hatte, berichtete sie ihm kurz, was sie bereits ausführlich ihrer Freundin geschildert hatte:
Schon bald, nachdem Claus gegangen war, hatte Robert Wenndorff die Wut gepackt und sie angeschrien, sie als undankbares Flittchen tituliert und, nachdem er alle Einzelheiten über Claus aus ihr herausgebohrt hatte, ihn einen „linken Taugenichts und Habenichts" tituliert. Als Isabelle ihn gegen diese Angriffe verteidigen wollte, hatte ihr Mann die Beherrschung verloren und war auf sie los gegangen.
Mit Schlägen ins Gesicht und dem Ruf: „Verschwinde, du Miststück!" hatte er sie aus dem Haus gejagt.
Claus schwieg betreten. Die Situation begann ihm bereits über den Kopf zu wachsen. Es galt zunächst, für diese Nacht eine Bleibe für sie beide zu finden.
Bei Franziska Debus zu übernachten war weder möglich noch angebracht. Zum einen hatte sie kein Gästezimmer, des weiteren wußte sie nicht, ob ihr Mann noch heimkommen werde und schließlich hatte sie Angst, eine so weitgehende Parteinahme für ihre langjährige Freundin zu riskieren. Claus lehnte von sich aus eine solche Möglichkeit ab, weil er die

Abhängigkeit von Franziska Debus und deren Intimkenntnisse von ihrer Situation nicht weiter vertiefen wollte.
Sie vereinbarten, daß sie nichts wisse, falls Robert Wenndorff von ihr etwas erfahren wolle.
Claus bat, ein Hotel anrufen zu dürfen. Wegen der späten Stunde bekam er erst beim dritten Versuch ein Zimmer für Isabelle und sich in einer Nobelherberge.
Franziska versorgte Isabelle mit den notwendigsten Utensilien, dann fuhren Claus und Isabelle mit ihren beiden Wagen zu dem Hotel, das sich im Stadtzentrum befand.
Der Nachtportier betrachtete sie mit diskretem Mißtrauen, als er sah, wie wenig reisetypisch ihre Garderobe und das wenige Handgepäck war. Ihre aschgrauen Gesichter machten ihn jedoch ahnungsvoll dienstbeflissen und zuvorkommend.
Auf ihrem Zimmer angekommen, ließen sie sich erschöpft auf die Betten fallen und nahmen sich schweigend in die Arme.
Während sie zur Decke starrten, tobten in ihren Hirnen die Schlachten weiter, die sie am Abend auf den verschiedenen Kriegsschauplätzen geschlagen hatten und bei denen es nur Verlierer gab.
Sie hatten zwar ihre Freiheit erkämpft, aber um welchen Preis! Und sicherlich war der Krieg noch nicht zu Ende. Claus hatte eine neue Verantwortung übernommen, in die er erst hineinwachsen mußte. Die erste Bewährungsprobe galt es bereits jetzt zu bestehen. Sie brauchten ein Domizil, wenn sie nicht reumütig heimkehren wollten.
Isabelle lehnte eine Rückkehr mit überraschender Vehemenz ab. In ihr war bereits der Widerstand gegen ihren Mann erwacht, dem sie keinen Triumph über sie gönnte.
Sie nahmen sich vor, am nächsten Morgen den Wohnungsmarkt der Wochenendzeitung durchzusehen und möglichst noch an diesem Sonntag eine möblierte Wohnung zu suchen.

Als sie zusammen ins Bett krochen wurde ihnen bewußt, daß es ihre erste gemeinsame Nacht war, aber sie wurden nicht froh bei diesem Gedanken.
Isabelle schmiegte ihren nackten Körper an Claus, um seine Wärme zu spüren, und auch er suchte in ihren Armen mehr Trost, als er ihr Schutz bieten konnte.

Sie erwachten am Morgen nach einer von fiebrigen Träumen durchlittenen Nacht, fröstelnd und mutlos. Dennoch nahmen sich beide vor, „den Kopf nicht hängen zu lassen". Der Vorabend wurde totgeschwiegen, damit er nicht Macht über sie bekam. Bereits beim Frühstück machten sie sich über die Wohnungsannoncen in der Lokalzeitung her, markierten kurzfristige Angebote, vereinbarten vom Hotelzimmer aus telefonisch Termine und begaben sich anschließend sofort auf Besichtigungstour.
Sie waren sich einig, daß es sich nur um eine vorübergehende Bleibe handeln sollte, bei der weniger Lage und Komfort als baldiger Einzugstermin und günstiger Preis entscheidend sein würden.
Schon beim dritten Angebot fanden sie das Richtige - eine möblierte Mansardenwohnung, bestehend aus Wohn-/Schlafzimmer mit Eßecke, Küche und Bad; die Einrichtung war spartanisch - eine Doppelbettliege, Kleiderschrank, Kommode, Tisch mit zwei Stühlen und ein altes Schwarzweiß-Fernsehgerät. Immerhin war die Küche voll funktionsfähig und mit allem ausgestattet, was man zum Kochen und Essen benötigte; und es war billig, und so schlossen sie sofort den Mietvertrag, der ihnen den Einzug in zwei Wochen erlaubte.
Claus und Isabelle empfanden so etwas wie Stolz auf das bisher Geleistete. Und jeder bewunderte den anderen: Isabelle das entschlossene, zielstrebige Handeln von Claus, und dieser den Mut von Isabelle, mit dem sie sich ohne Zögern von ihrem

bisherigen Leben trennte. Eine Heimkehr blieb ihnen zwar nicht erspart, doch erschien sie ihnen nicht mehr so beängstigend und unentrinnbar.
Inzwischen war es bereits wieder früher Abend geworden und sie hatten seit dem Frühstück im Hotel nichts mehr gegessen. Deshalb beschlossen sie, gemeinsam chic zu dinieren, denn - so ihre übereinstimmende Überzeugung - sie hatten es sich redlich verdient und hatten Grund zum Feiern.
Sie waren zwar alles andere als frisch, aber wenigstens einigermaßen gut gekleidet.
Isabelle lud Claus in ein winziges, feudales Restaurant ein, das sie mit ihrem Mann des öfteren besuchte, wenn sie gute Geschäftsfreunde auszuführen hatten.
Isabelle genoß die Verunsicherung des Besitzers, als sie in Begleitung des ihm fremden Mannes das Lokal betrat und auch am Tisch recht ungeniert mit Claus umging.
Allmählich wurde ihre Stimmung heiter. Sie gewannen erstmals Zuversicht in ihre Zukunft angesichts der Solidarität, die sie in dieser ersten schwierigen Situation bewiesen hatten.
Plötzlich lachte Isabelle laut auf. Claus war irritiert.
„Entschuldige bitte; ich mußte soeben an die Gesichter denken, die unsere Gäste bei meiner Geburtstagsparty am kommenden Wochenende machen werden, wenn ich ihnen eröffne, daß ich Robert verlasse".
Sie lachte erneut laut auf. Claus erschrak.
Er hatte bisher Isabelles Geburtstagsdatum nicht gewußt. Vor allem aber war er erschrocken über das geringe Unrechtsbewußtsein dieser Frau, während ihn sein Schuldkomplex fast in die Knie zwang. Und schließlich nahm sie die Lage für seinen Geschmack allzu leicht, zumal ihre Situation finanziell katastrophal war.
Er versuchte ihr beide Gedanken nahezubringen, doch sie war im Moment zu glücklich, um dafür zugänglich zu sein.

Es schien ihm ein allzu oberflächliches Glück, das sie im Augenblick genoß; vielleicht war es die Reaktion auf die Anspannung, unter der sie nahezu 24 Stunden gestanden hatte. Die Erschöpfung und der Wein sorgten gemeinsam dafür, alle schweren Gedanken abzuschütteln und sich einem provisorischen Glücksgefühl hinzugeben - im Vertrauen darauf, daß der Wechsel nicht platzte, mit dem sie es bezahlen wollten.

Die Müdigkeit zwang sie schließlich zum Aufbruch. Claus folgte dem Wagen von Isabelle, um festzustellen, ob sie in ihr Haus hineinkommen würde. Mit Erleichterung sah er, daß die Haustür ihrem Schlüssel nachgab und so konnte er sich auf der Heimfahrt wieder seinem eigenen Problem zuwenden. Er zog es vor, nicht darüber nachzudenken, welchen Empfang Robert Wenndorff seiner Frau möglicherweise bereitete und sie sich der Ablauf der Nacht dort gestalten könnte. Es war Mitternacht, als Claus Zuhause eintraf. Das Haus lag in Dunkel gehüllt, auch innen brannte kein Licht, wie sonst üblich. Claus schaute ins Schlafzimmer. Das Bett war unberührt. Auch in den übrigen Räumen fand er keinen Hinweis auf Martas Anwesenheit. Schließlich legte er sich, mehr erleichtert als beunruhigt, in sein Bett und schlief sogar bald ein.
Auch am nächsten Morgen gab es kein Lebenszeichen von Marta, so daß Claus ziemlich sicher war, daß sie zu ihrer Mutter gefahren sei - wie das Frauen zu tun pflegen, wenn sie erfahren haben, daß ihr Mann sie betrügt.

(Der Leser verzeihe mir, daß ich Marta Lehmann fast ebenso schlecht behandle wie ihr Mann, indem ich sie ins Exil geschickt habe. Aber im Augenblick weiß ich wirklich nichts mit ihr anzufangen, denn ihre mutmaßlichen, hysterischen Ausbrüche - berechtigt und begreiflich allemal - würden den Fortgang der Geschichte nur stören, ohne ihn aufhalten zu

können. Denn Marta hat hier nur das Schicksal einer Randfigur - weniger handelnd als behandelt, und schlecht dazu. Und ich habe über Marta eigentlich alles gesagt, was an Wesentlichem über sie zu sagen war.
Wo sie sich im Augenblick auch aufhalten mag, - sie sollte unseres Mitgefühls sicher sein. Aber hilft das dieser gequälten Frau?
Wenden wir uns also wieder den Verstrickungen von Claus Lehmann zu. Wir – das bin ich und Sie, der Leser, dem ich erlaube, mir ständig über die Schulter zu schauen, solange ich Ihr stillschweigendes Einverständnis habe bei allem, was ich tue; nur unter dieser Bedingung gestatte ich Ihnen, mich auf Schritt und Tritt weiter zu begleiten – bis zum bitteren Ende, wenn sie wollen).

Claus war froh, als Isabelle anrief und vermeldete, daß nach ihrer Heimkehr die Unterhaltung mit ihrem Mann in höflicher Sachlichkeit und die Nacht ruhig verlaufen sei. Nachdem Claus ihr berichtet hatte, daß seine Frau verschwunden sei, schlug Isabelle ihm vor, am Mittag gemeinsam essen zu gehen. So geschah es.
Während des Essens in einer italienischen Pizzeria berichtete sie, Robert habe ihre Geburtstagsparty abblasen wollen, sie aber habe darauf bestanden, daß sie stattfinde, denn schließlich sei es *ihr* Geburtstag. Und sie hätten über ihre Abfindung gesprochen, die zwar nicht üppig ausfallen werde, aber ausreichend für sie beide. Alle Einzelheiten sollten umgehend notariell geregelt werden.
Claus stellte keine Fragen. Es war eine Angelegenheit zwischen Isabelle und Robert Wenndorff, aus der er sich heraushalten wollte, um nicht in den Verdacht des Mitgiftjägers zu geraten. Die diffuse Generosität, wenn sie denn wahr sein sollte, paßte nicht in sein Bild von diesem Mann und irritierte ihn. Er war

dennoch bereit, sein Urteil über Robert Wenndorff ein weiteres Mal zu dessen Gunsten zu revidieren.

Seine Hauptsorge galt der eigenen beruflichen Situation, deren Aussichten ihm mit jedem Tag, der ohne positive Nachricht verging, düsterer erschienen. Isabelles Optimismus wirkte in dieser Hinsicht nicht ansteckend auf ihn. Die ersten Reaktionen auf seine bisherigen Bewerbungen waren negativ; nicht einmal zu Vorstellungsgesprächen wurde er eingeladen, was bewies, daß er nicht einmal in die engere Wahl gezogen worden war. Drei Erklärungen gab er sich dafür, die, zusammengenommen, seine Chancen auch künftig minimal erscheinen ließen: relativ hohe Spezialisierung, relativ hohes Alter und relativ hohe Position. Er mußte sich also auf eine lange Durststrecke einstellen und Isabelle mußte dies wissen. Doch sie ließ sich davon nicht einschüchtern.

„Gemeinsam werden wir es schon schaffen", war ihre überzeugte Antwort darauf.

Als sie sich nach dem Essen trennten, weil er an einer Pressekonferenz teilnehmen wollte, fragte er sich, wann sie beide zuletzt miteinander geschlafen hatten.

Der Weg zu seinem Wagen führte ihn an einem Reisebüro vorbei, das seine Aufmerksamkeit auf eine große Schaufensterwerbung lenkte. Es ging um verbilligte Restplätze für einen 14-tägigen Charterflug nach Cuba ab Köln/Bonn, schon in einer Woche, einen Tag nach Isabelles Geburtstagsparty. Die Reiselust überfiel ihn mit aller Macht. Bis jetzt hatte er in diesem Jahr allen Versuchungen aufgrund seiner wirtschaftlich ungesicherten Situation und der notwendigen Gegenmaßnahmen erfolgreich widerstanden. Aber der Preis war verlockend niedrig, das Ziel verlockend exotisch, die Zeit denkbar günstig, um allem so schnell als möglich zu entfliehen. Und er hätte einen Urlaub dringend nötig.

Sicher würde es Isabelle auch so sehen.

Claus ging hinein und ließ sich über Einzelheiten informieren. Zwei Plätze standen noch zur Verfügung. Das Visumproblem wäre trotz der Kurze der Zeit lösbar, da die Cubanische Botschaft am Ort war; im Zweifelsfall würde Claus den dortigen Presseattaché um kollegiale Hilfe bitten.

Noch vom Reisebüro aus versuchte Claus, Isabelle telefonisch Zuhause zu erreichen, aber sie meldete sich nicht. Schließlich buchte er die beiden Restplätze mit Rücktrittsrecht bis zum Abend.

Claus war ziemlich aufgeregt - und glücklich. Er meinte, erneut die Fähigkeit zu entschlossenem Handeln und Mut zur Entscheidung bewiesen zu haben. Dabei unterschlug er jedoch, daß die damit erkaufte Fluchtmöglichkeit sein Tun beflügelt, wenn nicht gar bestimmt hatte. Sie würden für die Zeit bis zum Umzug in ihre Fluchtburg, wie sie es nannten, der jetzigen häuslichen Unerträglichkeit entronnen sein.

Als Claus das Reisebüro verließ, stellte er fest, daß es für die Pressekonferenz zu spät war, also fuhr er nach Hause und versuchte erneut, Isabelle zu erreichen. Sie war inzwischen ebenfalls daheim und reagierte auf Clausens Vorschlag voller Begeisterung. Sie versprach Claus, nichts ihrer Freundin zu sagen, dann verabredeten sie sich am Reisebüro, um ihre Touristenvisa zu beantragen.

Auch Isabelle war bereits vom Reisefieber gepackt. Der Gedanke, den ersten gemeinsamen Urlaub mit Claus zu verleben, zudem weitab von allen gegenwärtigen Unbilden, erfüllte sie mit besonderen Glückserwartungen. Den Rest des Nachmittags benutzten sie, um sogleich einige notwendige Einkäufe für den Urlaub zu tätigen, wobei sie die Wege durch die Innenstadt Arm in Arm und Hand in Hand gingen - sichtbar für jedermann und vollen Stolz auf ihr Glück.

Zum Abschluß setzten sie sich in den dunkelsten Winkel eines kleinen Lokals in der Altstadt, um beim Essen möglichst ungestört miteinander schmusen zu können. Sie saßen nebeneinander und Isabelle nahm Clausens Hand, führte sie unter ihren Rock und legt sie auf ihren leicht gespreizten Oberschenkel. Er fühlte die zarte Haut des Strumpfes, der das warme, weiche Fleisch umspannte. Langsam glitt seine Hand, ihrer Einladung willig folgend, hinauf zu ihrer Scham, die sich in einem eng anliegenden Slip aus Seide und Spitze verbarg und nur ihre hügelige Form seinen suchenden Fingerspitzen preisgab.
Zwischen Vorspeise und Hauptgericht verschwand Isabelle kurz auf der Toilette. Als sie zurückkam, trug sie ihren knallroten Spitzenslip als Ziertüchlein in der Brusttasche ihres blauen Blazers. Triumphierend machte sie Claus auf die zum Zeichen ihrer Liebesbereitschaft gehißte Flagge aufmerksam und schob unverzüglich seine Hand wieder unter ihren Rock, den sie diesmal etwas hoch schob, um ihm den Zugang zu dem dargebotenen Dreieck ihrer Scham zu erleichtern.
Diesmal fanden seine Fingerspitzen sofort das flauschige Haarbüschel, wo sie nur kurz verweilten, bis sie sich den Weg gebahnt hatten zu der frei daliegenden Scheide, die er sanft liebkosend streichelte.
Isabelle hatte währenddessen seine Hose geöffnet und seinen Penis umfaßt, der unter ihren Berührungen hart wurde und sich steif aufrichtete. Isabelle schloß die Augen. Während sich ihre Schenkel weiter öffneten fühlte er, wie ihre Möse allmählich naß wurde. Beiden wurde zunehmend heiß; ihre glühenden Wangen hatten sie aneinandergepreßt. Ihre Lippen vereinigten sich und ihre Zungen verschmolzen miteinander. Sie lösten sich aus ihrer Umklammerung erst, als die Kellnerin das Essen geräuschvoll auf den Tisch stellte und dabei länger hantierte als üblicherweise notwendig. Mit rotglühenden Gesichtern und in erwartungsvoller Vorfreude auf ihren baldigen gemeinsamen

Urlaub vertilgten sie das deftige Gericht mit sichtlich gutem Appetit, wie sie ihn beide seit Tagen nicht mehr hatten.

Marta Lehmann war noch immer nicht zurückgekehrt, als Claus heimkam, während Robert Wenndorff schon seine Frau erwartete, um ihr kühl mitzuteilen, daß sie am nächsten Vormittag einen Termin beim Notar hätten. Er eröffnete Isabelle außerdem, daß er von seiner ihr ursprünglich zugesagten Unterhaltssumme abrücke, weil er künftig auch den Sohn zu versorgen habe (was er bisher ohnehin getan hatte). Isabelle unterdrückte nur mühsam einen wütenden Kommentar, um die Stimmung nicht unnötig aufzuheizen, nahm sich aber vor, bei dem Notar mit Nachdruck auf Einhaltung der ursprünglichen Zusage zu beharren.

Noch zu später Stunde rief Isabelle von ihrer Freundin aus Claus an, um ihn über den neuen Stand und Fortgang ihrer Angelegenheit zu informieren, und sie verabredeten sich in einem Café gegenüber der Kanzlei, wo Claus auf sie warten solle.
Claus stellte fast mit Genugtuung fest, daß sein ursprüngliches Bild von Robert Wenndorff doch noch stimmte und damit seine Berechenbarkeit wieder hergestellt war. Offenbar hatte Isabelles Mann seine generöse Attitüde, mit der er ihr gegenüber wohl mehr kokettiert hatte, um sie zu bewundernder Umkehr zu bewegen, ohne diesen Wunsch auszusprechen, als wirkungslose Fehlinvestition erkannt. Da er nun mal nur kaufmännisch zu denken vermochte, war dieser Rückzieher eine logische und zwingende Konsequenz für ihn, zu der es keinerlei Alternative gab. Im Gegenteil: Es galt jetzt, ein Höchstmaß an Geschäftstüchtigkeit in Hinblick auf die kommenden Verhandlungen um Haben und Behalten zu entwickeln.

Claus wartete am folgenden Tag zwei Stunden auf Isabelle in dem vereinbarten Café. Als sie endlich kam war sie bleich und verschlossen. Claus bestellte ihr einen Cognac.

Die Verhandlung beim Notar - ein entfernter Verwandter des verschollenen Verfassungsrechtlers Friedrich Gottlieb Nagelmann - hatte insgesamt drei Stunden gedauert. Aber nach allem, was Isabelle in Bruchstücken darüber hervorbrachte, war es wohl eher eine Schlacht gewesen, in der keiner den anderen schonte und jeder Vermittlungsversuch des Notars unter den ungezügelten Ausbrüchen von Wut und Haß der Parteien gegeneinander zerschellte.

Jeder hatte mit aller verfügbaren Kraft und Gewalt um seine Ansprüche gegen den anderen gekämpft, was zu einer ständig fortschreitenden Eskalation der Auseinandersetzung führt - mit zunehmender Lautstärke und wachsender Aggressivität bei der Wahl der Argumente aus dem Waffenarsenal, das jeder von ihnen im Laufe ihrer Ehe heimlich angesammelt hatte.

Natürlich war Isabelle ihrem Mann nicht gewachsen, obwohl der die Verhandlung wegen seiner Asthmaanfälle mehrmals unterbrechen mußte. Als Isabelle am Ende den Entwurf der Trennungsvereinbarung unterschrieb, gehörte ihr nur noch ihre Garderobe, ihr Schmuck und ihr Auto. Von dem ursprünglich zugesicherten monatlichen Unterhalt war gerade noch die Hälfte übrig geblieben - den zur Hälfte das Auto monatlich schlucken würde - und unter dem moralischen Druck ihres Mannes hatte sie sogar auf ihre Altersversorgung verzichtet und ihren Anteil am Wohnhaus den Söhnen überschrieben.

Beim Verlassen der Notarkanzlei hatte Robert Wenndorff seine Frau noch zum Essen eingeladen - wie man das nach einem erfolgreichen Abschluß unter Geschäftsfreunden zu tun pflegt. Zu seiner Verblüffung hatte ihm seine generöse Geste jedoch eine Ohrfeige auf offener Straße eingebracht.

Es war die einzige Genugtuung, die Isabelle geblieben war.

Claus war wie benommen, nachdem er alles erfahren hatte. Zwar fühlte er sich in seiner Einschätzung von Robert Wenndorff bestätigt, doch nützte ihnen das wenig; der hatte offensichtlich Isabelle psychologisch völlig im Griff und finanziell sogar im Würgegriff.
Claus mußte sich beherrschen, seine ohnmächtige Wut laut hinaus zu schreien. Er hatte sich vorgenommen, sich nicht in die Auseinandersetzung zwischen Isabelle und Robert Wenndorff einzumischen und wollte dies auch weiterhin so halten, obwohl es ihm schwerfiel.
Statt dessen versank er in verzagtes Schweigen angesichts der zunehmend prekärer werdenden wirtschaftlichen Situation, in der sie sich befanden. Er dachte an ihre bereits eingegangenen finanziellen Verpflichtungen mit der Urlaubsreise und dem Mietvertrag - Investitionen in die gemeinsame Zukunft - und fragte sich, wie lange sie das mit seinen Ersparnissen durchhalten würden, die er zudem noch mit Marta teilen mußte - einvernehmlich und fair, wie er sich vorgenommen hatte.

Er vermied es, Isabelle jetzt mit seinen Befürchtungen zu konfrontieren; sie war ohnehin am Ende ihrer psychischen Kraft.
Claus wußte im Moment nicht weiter; aber einen Weg zurück gab es jetzt nicht mehr. Er bekam auch Zweifel, ob es ihnen gelingen werde, in dem geplanten Urlaub ihren Sorgen davon zu laufen.
Sie gingen zum Reisebüro, um ihre Flugtickets und Visa abzuholen. Dann verabredeten sie sich für den Sonntag morgen im Flughafen am Schalter ihrer Fluggesellschaft. Sie trennten sich mit schweren Herzen und ohne Vorfreude auf ihre gemeinsame Reise in eine exotische Welt, die Sommerfreuden

versprach, während sie eine Welt winterlicher Gefühle und Kälte hinter sich lassen würden.

Davor lag noch Isabelle Geburtstagsparty, auf der sie nun erst recht beharrte, obwohl für Claus alle Gründe dagegen sprachen, ein solches Abenteuer zu riskieren.

Isabelle ging in die Stadt, um letzte Einkäufe und Vorbereitungen für die Party zu tätigen, die am übernächsten Tag, dem Vortag der Abreise, stattfinden sollte.

Party war eigentlich eine unzutreffende Bezeichnung dessen, was sich im Hause Wenndorff bei solchen Anlässen abspielte; es handelte sich vielmehr um Treffen des Wenndorff-Clans, die dem Hausherrn als Staffage für seine Selbstdarstellung dienten, um die Bewunderung zu genießen, die seine Familie ihm als ihrem erfolgreichsten Sproß entgegenbrachte.

Auch diesmal hatte sich die Familie am Nachmittag wie üblich im Hause Wenndorff eingefunden und, nachdem sie ihre Geschenke abgeliefert hatte, an der Kaffeetafel Platz genommen. Nur - und das war ungewöhnlich - Robert Wenndorff fehlte, was zu mehreren Fragen an Isabelle führte. Als sie wahrheitsgemäß antwortete, sie wisse nicht, wo er sei und wann er komme, war die Gesellschaft noch irritierter.

Aber dann kam Robert Wenndorff doch noch. Mit einem Kopfnicken grüßte er die Versammlung, verschaffte sich rasch einen Überblick über die Tafel und ging dann zielstrebig auf Isabelles Freundin zu, küßte sie auf beide Wangen und setzte sich wortlos neben seine Frau, als habe er den Raum nur mal kurz verlassen.

Franziska Debus bekam ein rotes Gesicht. Isabelle erstarrte. Sie schaute mit gefrorenem Lächeln um sich, ob jemand es bemerkt hatte, und begegnete den konsternierten Blicken der Umsitzenden.

Eine Weile saß Robert Wenndorff schweigend da, dann erhob er sich und klopfte an sein Glas, um die Aufmerksamkeit auf sich zu lenken, was allerdings nicht mehr nötig war, denn inzwischen beobachteten ihn alle mit verstohlener Aufmerksamkeit.
„Ich habe Euch etwas mitzuteilen: Isabelle hat beschlossen, uns zu verlassen."
Er sagte „uns" und nicht „mich", um der Familie zu signalisieren, daß sie mit einer Abtrünnigen, Fahnenflüchtigen am Tisch sitze und um sie in sein Unglück einzubinden, damit alle daran tragen sollten, nicht nur er für sich allein. Und er wollte des solidarischen Mitleids aller sicher sein. Denn bei genauerem Nachdenken wären jedem von ihnen Gründe genug eingefallen, die Isabelle zu einem solchen Schritt veranlaßt haben könnten und für die er die Ursache gewesen wäre.
Betretenes Schweigen trat ein. Die Überraschung war zu groß, um darüber hinweggehen zu können. Robert ließ dem einen Satz auch keine weitere Ausführungen folgen, die ihnen Zeit zum Wiederfinden ihrer Fassung gelassen hätte.
Isabelle war blaß geworden. Sie ärgerte sich, daß Robert ihr mit der Mitteilung zuvor gekommen war, obwohl sie selbst dazu sicherlich keinen Mut gefunden hätte. Doch es ging ihr ums Prinzip und um den Widerspruch zu Robert.
Schweigend stocherten die Familienmitglieder in ihren Kuchenstücken herum, tranken ihren Kaffee aus und verabschiedeten sich vorzeitig unter den fadenscheinigsten Vorwänden von den Gastgebern. Dabei schauten viele Isabelle tief in die Augen, drückten ihr nachdrücklich, aber möglichst unauffällig die Hand und flüsterten ihr ein „Alles Gute!" ins Ohr.
Trotzdem erkannte Robert, was ihm bisher verborgen geblieben war: Er hatte den Respekt und die Bewunderung, Isabelle jedoch die Sympathie seiner Familie. Er war zwar das Opfer,

aber man gönnte ihm die Niederlage. Denn den meisten wurde plötzlich bewußt, daß ihnen Roberts Unfehlbarkeit eigentlich schon immer unerträglich war.

Auch die Rolle des Märtyrers würde er mit Perfektion spielen, beifall- und mitleidheischend, und der Clan würde, wie üblich, seinen Part mitspielen - pflichtgemäß, voll moralischer Empörung, aber ohne echte Begeisterung.

Das vorbereitete, bei diesen Anlässen obligatorische gemeinsame Abendessen entfiel diesmal.

Isabelle war nicht unzufrieden mit dem Ergebnis der Veranstaltung, zumal sie keine klare Vorstellung von ihrem Ablauf gehabt hatte. Es war ihr erspart geblieben, die unangenehme Nachricht selbst zu verkünden, war aber Zeugin ihrer Veröffentlichung gewesen und hatte die Genugtuung gehabt, daß Robert daraus keinen persönlichen Gewinn ziehen konnte, wie es wohl seine Absicht gewesen war - und sie hatte sogar noch Sympathie- und Solidaritätsbekundungen erhalten, womit sie am wenigsten gerechnet hatte.

Isabelle rätselte lediglich, welche Bedeutung das völlig ungewohnte Verhalten Roberts gegenüber ihrer Freundin hatte. Wollte er Isabelle eifersüchtig machen? Das wäre einfach lächerlich; allerdings hätte sie etwas dagegen, wenn Franziska ihre Nachfolge antreten und sich quasi ins gemachte Bett legen würde.

Isabelle fand, daß ihre Phantasie mit ihr durchging und zog es daher vor, diese Vorstellung aus ihren Gedanken zu verscheuchen. Es war schlicht absurd.

Aber was sonst konnte es bedeuten?

Isabelle nahm sich vor, mit Claus darüber zu sprechen und anschließend den Vorfall zu vergessen.

Isabelle nutzte die Zeit des ausgefallenen Abendessens zum Packen und um damit der Nähe ihres Mannes zu entfliehen.
Doch nach einer Weile stand er in der Tür. Als er Isabelles im ganzen Schlafzimmer ausgebreiteten Kleidungsstücke und die Koffer sah, schien er überrascht.
„Was machst du da?"
„Das siehst du doch: Ich packe."
„Und was soll das?"
Isabelle wurde gereizt.
„Du mußt dich daran gewöhnen, daß ich dir keine Rechenschaft mehr ablegen werde!"
„Oh doch! Noch sind wir nämlich verheiratet!" Roberts Stimme überschlug sich. Er packte Isabelle am Arm:
„Was hast du vor? Los, sag es mir, sonst ...!"
„Sonst was?"
Isabelle versuchte vergebens, sich von seinem harten Griff zu befreien. Robert warf sie aufs Bett.
„Noch bin ich dein Mann!". Seine Stimme klang heiser. Er versuchte ihren Rock hochzuziehen, aber Isabelle wehrte sich mit aller Kraft. Ein wildes Handgemenge entstand. Robert versuchte immer wieder, Isabelle die Strumpfhose herunterzureißen, doch vergebens. Schließlich gelang es ihr, ihn in die Hand zu beißen, mit der er sie noch immer festhielt. Mit einem Aufschrei ließ er sie los. Isabelle nutzte den Moment, aufzuspringen, griff nach einem ihrer Schuhe und hielt ihn drohend hoch.
„Versuch das nicht noch einmal!", schrie sie ihn an.
Robert rappelte sich auf. Atemlos, mit einem verlegenen Lachen, räumte er das Feld.
Isabelle setzte sich auf die Bettkante, um wieder zu Luft zu kommen. Ihre Strumpfhose war zerrissen.
Als sie sich etwas beruhigt hatte, rief sie Claus an.

„Ich muß schnellstens hier raus. Laß uns bitte heute Nacht in ein Hotel gehen!"

Sie verabredeten sich im jenem Hotel, in dem sie bereits einmal übernachtet hatten.

Isabelle warf in aller Eile ihre Sachen in die beiden Koffer und rannte mit ihrem Gepäck in Panik aus dem Haus.

Robert erschien ihr inzwischen als Ungeheuer und sie fragte sich, wie sie es über zwanzig Jahre mit diesem Mann aushalten konnte ohne daß ihr jedesmal schlecht wurde, wenn er sie anfaßte.

*

Claus erwartete sie in der Hotellobby und brache sie aufs Zimmer. Als er bemerkte, wie verstört sie war, legte er sie wortlos aufs Bett und zog ihr die Schuhe aus. Nun sah er auch ihre zerrissene Strumpfhose. Er stellte keine Fragen.

„Ich kümmere mich um dein Gepäck", sagte er und verließ das Zimmer. Als er mit ihren Koffern zurückkehrte, lag sie noch so da wie zuvor.

Er legte sich neben sie.

Schweigend hingen sie ihren Gedanken nach, die ähnlich waren, ohne sich zu berühren.

Unaufhaltsam entfernten sie sich von ihrem bisherigen Leben und wußten nicht, wie das andere aussah, dem sie zustrebten. Da war ein finsterer Tunnel, in den sie hineinfuhren ohne zu wissen, was sie am anderen Ende erwartete; sie wußten nicht einmal, wie lang der Tunnel war. Sie vertrauten nur einander und darauf, daß dies Vertrauen nicht enttäuscht werde. Sie hatten jetzt niemand mehr außer sich und einander. Sie hatten inzwischen alle Grenzen überschritten.

Jenseits des Horizonts lag Cuba - nicht Ziel, sondern Fluchtpunkt für eine Verschnaufpause. Hier wollten sie Abstand gewinnen, nachdenken, sich finden und Kräfte sammeln für den Neubeginn.

Als ihre Maschine abhob und Höhe gewann, fiel von Claus der Druck ab, der sich in den letzen Wochen in ihm aufgestaut hatte. Und als sie den wolkenverhangenen Novemberhimmel durchstießen und eine strahlende Sonne sie über den Wolken in Empfang nahm, schauten sie sich lächelnd an und schmiegten sich aneinander.

In diesem Moment erfüllten sie wieder Mut und Vertrauen, und neues, trotziges Selbstbewußtsein begleitete sie auf ihrem Flug nach Havanna, dessen nächtlicher Flughafen sie mit fiebriger Hitze in Empfang nahm.

Castros finster blickende Soldaten wußten mit dem Lächeln nichts anzufangen, das Isabelle ihnen schenkte; die Personen- und Gepäckkontrolle verlor dadurch nichts von ihrer furchteinflößenden Strenge. Es gab schließlich ein Verhör über Clausens Berufsangabe, das wegen Verständigungsschwierigkeiten recht mühsam und in zunehmend gereiztem Ton verlief. Der örtliche Reiseleiter wurde hinzugezogen, doch auch ihm gelang es nicht, die Kontrolleure davon zu überzeugen, daß Claus nur als Urlauber kam und nicht, um dem spätkapitalistischen Deutschland aus der Perspektive des Klassenfeindes über Castros Sozialismus zu berichten. Am Ende wurde aus dem Touristenvisum in seinem Reisepaß ein Drei-Tage-Visum. Claus war bestürzt. Weitere Komplikationen waren zu befürchten.

Die nächtliche Busfahrt zum Hotel über holprige Straßen schien endlos; von Cuba war nichts zu sehen außer hin und wieder einer Bodega im grellen Neonlicht am Straßenrand in irgendwelchen dunklen, gottverlassenen Nestern.

Als sie im Morgengrauen ihr Hotel am Strand von Varadero erreichten, schwamm die Sonne noch im Meer.

An der Hotelrezeption verursachte die Ankunft der Reisegruppe ein mittleres Chaos, das sich lautstark und wortreich in Spanisch zwischen dem Hotelpersonal entlud, ohne daß erkennbar etwas geschah; das Gepäck stand herum, Zimmerschlüssel bekam man nicht.

Während einige der übermüdeten Ankömmlinge begannen, ihrem Unmut laut aber wirkungslos Luft zu machen, gingen Isabelle und Claus an den Strand und legten sich zu Füßen der aufgehenden Sonne in den Sand, um sich etwas auszuruhen.

Gegen Mittag, von der Sonne fast gar gekocht, erwachten sie schweißnaß. Das Chaos an der Rezeption hatte sich indessen aufgelöst und nachdem sie ihre Reisepässe gegen den Zimmerschlüssel eingetauscht hatten, folgten sie einem breit grinsenden jungen Cubaner samt Gepäck zu ihrem Appartement.

Das Zimmer war armselig ausgestattet, der klapperige Schrank ohne Kleiderbügel und viel zu klein für die vielen Kleidungsstücke, die sie dabei hatten. So blieb ein Teil der Garderobe in den Koffern, was das Auspacken verkürzte. Danach sprangen sie gemeinsam unter die großräumige Dusche und ließen das lauwarme Wasser über ihre Körper rieseln, während sie sich umschlungen hielten.

In den folgenden Stunden bemühten sie sich, Urlaubsstimmung zu entwickeln, was ihnen nicht recht gelingen wollte, denn noch stand Claus die Auseinandersetzung mit dem Officio turistico im Innenministerium bevor, dessen Ausgang ungewiß war. Aber sie genossen die Sonne, das Meer, die Freiheit von allem Zwang und jeder Verantwortung. Erst jetzt merkten sie, wie sehr ihre Gefühle in den letzten Wochen unter den bedrückenden Ereignissen erstarrt waren. Die Wärme des cubanischen Sommers taute den Eispanzer langsam auf, der ihre Seelen eingeschlossen hatte.

Mit gemischten Gefühlen ließen sie sich am dritten Urlaubstag von einem fetten Taxidriver in einem uralten Chevrolet zum

deutschen Reisebüro in Havanna chauffieren, um sich weitere Informationen zu holen.
Die Reiseleiterin empfing Claus höchst ungnädig mit der mißbilligenden Frage, wie er denn dazu komme, bei einer Reise in ein sozialistisches Land als Beruf Journalist anzugeben. Trotz dieser Einschüchterung wagte Claus einzuwenden, daß es zweckmäßiger gewesen wäre, wenn man ihn im heimischen Reisebüro vor diesem Fehler bewahrt hätte. Doch das focht die energische Dame wenig an. Statt dessen betonte sie, daß sie seinem Urlaub geringe Chancen einräume. Immerhin war sie bereit, Claus auf seinem Weg durch die cubanischen Institutionen einen dolmetschenden Cubaner als Begleiter mitzugeben, sobald dieser im Büro eintreffe. In der Zwischenzeit durfte Claus mehrere Formulare ausfüllen, die wiederum von der Reiseleiterin ergänzt und beglaubigt wurden. Schließlich kam der junge Mann, der als Dolmetscher fungieren sollte und brachte sie zu Fuß zum nahegelegenen Officio turistico, wo er einem bewaffneten Wachsoldaten die Papiere übergab und auf Spanisch Claus etwas zu erklären versuchte, was dieser nicht verstand, und sodann auf Nimmerwiedersehen verschwand.
Der Wachsoldat bedeutete Isabelle zu warten, während er Claus über den Innenhof, an zahlreichen bewaffneten Soldaten vorbei in ein Hinterhaus führte und ihn dort durch mehrere Gänge schließlich in einen großen Saal brachte, ausgestattet mit vielen offenen Schrankregalen, aus denen Aktenberge hervorquollen, dazwischen zahlreiche Schreibtische, nur zum Teil mit Beamten besetzt, verteilt nach einem rätselhaften System, das die zahlreichen Besucher - oder sollte man Bittsteller sagen?, zumeist jugendliche Ausländer, zwang, sich zwischen ihnen hindurchzuwinden.
Der Wachsoldat gab Claus seine Papiere zurück und zeigte auf einen der Schreibtische, vor dem bereits eine längere Men-

schenschlange anstand. Claus schloß sich an, andere kamen hinzu, die bereits mehrere andere Stationen hinter sich hatten, wie er herausbekam. Das System blieb rätselhaft. Schließlich kam Claus an die Reihe. Der Beamte wies auf einen Eingangskorb, in den er seine Papiere legen solle, dann nahm er ein weiteres Formular, übertrug Angaben aus Lehmanns Papieren und schickte Claus damit zu einem anderen Schreibtisch, an dem wiederum eine Menschenschlange wartete. Der Mann hinter diesem Schreibtisch trug die Angaben von dem Formular seines Kollegen in ein Buch ein, dann stempelte er das Formular ab, wozu es eines heftigen Schlages mit dem Stempel auf das altersschwache Stempelkissen bedurfte. Danach mußte Claus zurück zu dem ersten Schreibtisch, wo er warten mußte, bis seine Papiere wieder auftauchten, denn von Zeit zu Zeit wurde ein Packen in einen anderen Raum getragen, aus dem dann ein anderer Packen zurückgebracht wurde; dort fielen offenbar die Entscheidungen. Um den Schreibtisch herum standen die Wartenden dicht gedrängt und versuchten begierig, ihre eigenen Papiere in dem Haufen zu erspähen. Entdeckte einer seinen Namen, machte er sehr höflich und devot den Beamten darauf aufmerksam, der sich erst dann erneut damit befaßte, wenn er wieder ein paar Eingänge erledigt hatte. Anschließend mußte man mit seinen Papieren an einem dritten Schreibtisch eine Gebühr bezahlen. Danach landete Claus in dem geheimnisvollen Raum, wo ein streng blickender Beamter hinter einem Schreibtisch saß und die Papiere sorgfältig prüfte, bevor er Claus Lehmanns Reisepaß in die Hand nahm und ihn ebenfalls gewissenhaft studierte. Alles geschah wortlos. Claus wagte kaum zu atmen. Schließlich versah der Beamte den Paß mit einem Stempel, reichte ihn über den Schreibtisch an Claus zurück und wies ihn mit einer stummen Handbewegung aus dem Raum.

Claus konnte gerade noch ein „Gracias, Senior!" stammeln. Er war sehr aufgeregt. Niemand hatte ihm auch nur eine Frage gestellt, niemandem hatte er sein Problem vortragen können; alles war anonym abgelaufen. Er sah in seinen Paß und versuchte die Bedeutung des Stempels zu enträtseln. Ein anderer Tourist half ihm schließlich dabei.
Ja, er hatte sein Urlaubsvisum bekommen.
Claus bemühte sich, beim Verlassen des Gebäudes nicht zu rennen. Draußen wartete Isabelle blaß vor Angst. Eine Stunde hatte alles gedauert.

Nachdem Claus in dem Amtsgebäude verschwunden war, kam Isabelle beim Anblick einer Telefonzelle auf die Idee, ihre Freundin Franziska in Deutschland anzurufen. Zur eigenen Überraschung bekam sie schon beim zweiten Versuch eine Verbindung.
Franziska war über ihren Anruf ebenfalls überrascht.
„Wo steckt ihr?", fragte sie direkt als wüßte sie, daß Claus dabei sei. Als Isabelle ihr Cuba nannte, herrschte am anderen Ende einen Moment lang Schweigen.
„Wo seid ihr?", fragte sie gedehnt zurück.
„Auf Cuba; im Augenblick in Havanna", erwiderte Isabelle.
„Mein Gott, Robert läßt mir keine Ruh. Ständig fragt er mich aus, ob ich nichts wüßte. Er hat mich außerdem schon ein paar mal zum Essen eingeladen und ins Konzert soll ich auch mit ihm gehen. Ich weiß gar nicht, wie ich mich verhalten soll. Er sieht übrigens schlecht aus; er tut mir richtig ...".
In diesem Augenblick brach das Gespräch ab, und da Isabelle kein Kleingeld mehr hatte, konnte sie Franziska nicht mehr in die Pflicht nehmen, gegenüber Robert nichts über ihren Aufenthaltsort zu erwähnen. Jetzt mußte sie damit rechnen, daß er, wenn er wollte, alle Einzelheiten über das Reisebüro oder

die cubanische Botschaft herausbekommen und plötzlich vor ihnen stehen könnte.

Andererseits verstand sie ihren Mann nicht: Wieso kümmerte er sich plötzlich so intensiv um diese blöde Kuh! Isabelle fand es empörend und eine Geschmacksverirrung obendrein.

Triumphierend schwenkte Claus seinen Reisepaß und fiel Isabelle mit einem Jubelschrei um den Hals.
Während Isabelle ihn mit einem langen, wilden Kuß umschlungen hielt, suchten ihre Blicke die Umgebung ab. Schließlich packte sie Claus am Ärmel und zog ihn ein paar Häuser weiter in eine Toreinfahrt, eine Art offenes Gewölbe, an beiden Seiten vollgestellt mit stinkenden Mülltonnen. Isabelle zog Claus in eine schummrige Nische, faßte unter ihren Rock und zog rasch ihren Slip aus. Dann legte sie seine Hand auf ihre Brust und küßte ihn erneut stürmisch. Während er ihren Busen knetete überließ er es ihr, seinen Penis aus der Hose zu ziehen und ihn zu reiben bis er hart in die Höhe ragte und sie ihn, wenn auch mühsam, unter ihrem Rock einführen konnte. Er fickte sie im Stehen so gut es ging und beide genossen mehr die Verwegenheit ihres Tuns als den eigentlichen Liebesakt; das ängstliche Bewußtsein, jeden Augenblick von vorbeigehenden Passanten ertappt zu werden, steigerte seine Erregung zu einem raschen Erguß, der bei ihr ebenfalls einen heftigen Orgasmus auslöste.
Sie stopfte den Slip in ihre Handtasche, dann schlichen sie sich auf die belebte Straße zurück, auf der schrottreife amerikanische Limousinen aus den 50er Jahren mit lautem Hupen die Szene beherrschten.
Endlich hatten sie ihren Urlaub.
Sie bummelten durch die Straßen und Parks von Havanna mit den barocken, verfallenen Fassaden seiner Patrizierhäuser im spanischen Kolonialstil, zum Teil versteckt hinter hohen

Mauern mit reich verzierten schmiedeeisernen Toren, teilweise mit romantischen andalusischen Hinterhöfen, drapiert von üppiger tropischer Blumenpracht, die eine strenge Gartenarchitektur kaum zu bändigen vermochte.
Sie waren sehr verliebt und sehr glücklich.
Wenn Isabelle stehen blieb, fielen zwischen ihren Beinen Tropfen auf das Pflaster. Belustigt machte sie Claus darauf aufmerksam, wie an der Innenseite ihrer nackten Beine eine dünne Bahn aus Sperma und Scheidenwasser herunter rann - leicht rötlich, was auf ihre einsetzende Periode hindeutete.
Der Anblick erregte beide. Zum ersten Mal seit sie sich kannten wurde Claus mit Isabelles Menstruation konfrontiert und sie wartete begierig auf seine Reaktion.
In der Gartenanlage der Plaza de la Revolution, im Angesicht des Monumento a José Martí, setzten sie sich auf eine Bank. Claus nutzte die Situation und fuhr Isabelle mit der Hand zwischen die nassen Schenkel, dann verrieb er die aufgefangene Flüssigkeit in ihrem Nacken, was sie mit genüßlichem Stillhalten über sich ergehen ließ, schließlich leckte er seinen Handteller ab.
„Ich freue mich auf die heutige Nacht mit dir", sagte er.
„Ich auch", erwiderte sie und küßte die Innenfläche seiner klebrigen Hand.

Die Mittagshitze legte sich schwer über die Stadt. Die Menschen verzogen sich in die Häuser. Isabelle und Claus fanden eine kühle Bodega und bestellten Picadillo, ein gut gewürztes Rinderhackfleisch. Danach ließen sie sich von ihrem Taxidriver nach Varadero zurückfahren, um den Rest des Tages am Strand zu dösen.
Nach dem Abendessen tranken sie sich unter dem nächtlichen Himmel der Strandbar einen Schwips an und stolperten

schließlich frohgelaunt auf dunklen Pfaden zu ihrem Appartement.

Ihr Glücksgefühl und der Alkohol steigerte in dieser Nacht ihren Liebesrausch zur Ekstase; ihre Begierde befriedigten sie mit Wollust. Jede Körperöffnung hatte Anteil daran und alle Körpersäfte wirkten dabei mit; auf Isabelles Drängen gelang es ihm sogar, ihr seinen Urin in die Möse zu spritzen, was sie mit einem zusätzlichen Orgasmus quittierte. Schließlich waren ihre Leiber bis in die Haare verschmiert mit Speichel und Sperma, Urin, Menstruationsblut und Scheidenwasser, und so schliefen sie völlig erschöpft aber glücklich ein.

Als sie beim Aufwachen am Morgen sahen, wie verschmiert ihre Bettbezüge waren, ließen sie ihrer Erregung erneut freien Lauf bis sie wieder erschöpft einschliefen. Erst das hartnäckige Klopfen des Zimmermädchens brachte sie auf die Beine.

Isabelle zeigte ihr ohne Scheu das Bettzeug, um ihr klar zu machen, daß frische Bezüge nötig seien. Für sie waren Domestiken Lebewesen, die man auch als Domestiken behandelt. Sie drückte dem Mädchen zehn Dollar in die Hand und damit war für sie die Angelegenheit erledigt.

Nach dem Frühstück legten sie sich an den Strand und überließen sich ihrer müden Trägheit.

„Weißt du, daß du der erste Mann außerhalb meiner Ehe bist, mit dem ich einen Urlaub verlebe?"

Claus wußte es nicht, hatte aber auch nichts anderes vermutet.

„Ist das so ungewöhnlich?", fragte er zurück.

„Ich weiß nicht. Mir fiel es nur gerade ein, weil ich mit den Männern, die ich kannte, nie in Urlaub war - jedenfalls nicht allein".

Claus horchte auf. Zum ersten mal deutete Isabelle an, daß es auch andere Männer in ihrem Leben gegeben habe. Es war eigentlich das Natürlichste von der Welt - natürlich auch unmoralisch. Für Claus aber kam das Geständnis vor allem

völlig überraschend. Dabei hatte er eigentlich schon früher damit gerechnet, daß eine derart attraktive Frau wie Isabelle ihre Liebhaber hatte; er selbst war ja schließlich einer von ihnen, wenn auch mit beiderseitigem Ausschließlichkeitsanspruch.
Er nutzte ihre träge Redseligkeit, um mehr aus ihr herauszulocken, und sie gab auf seine vorsichtigen Fragen ausführliche Schilderungen, wie auf der Couch eines Psychiaters. Claus glaubte, sie auszuhorchen, aber er irrte sich. Isabelle hatte ihm in blindem Vertrauen ihre Zukunft geschenkt und nach dieser Nacht, in der sie ihm alles gegeben hatte und von ihm alles bekommen hatte, was ihre Körper zu bieten vermochten, hatte sie den Wunsch, ihm auch ihre Vergangenheit anzuvertrauen und damit allen Ballast abzuwerfen vor ihrem gemeinsamen Ballonflug in die Zukunft. Es war zugleich das Bedürfnis nach einer Ohrenbeichte als gläubige Katholikin, die sie war.

*

Franziska Debus konnte kaum die Gelegenheit abwarten, Robert Wenndorff über Isabelles Anruf zu informieren. Sie tat es, seiner Wißbegier gewiß, in epischer Ausführlichkeit und nicht ohne Mißbilligung für Isabelle und Bedauern für Robert in der Stimme.
„Deine Frau weiß anscheinend nicht, was sie tut, noch was sie an dir hat."
Sie hatte sich diesen Satz zuvor sorgfältig zurecht gelegt; er war sibyllinisch mehrdeutig, mit absichtsvoll versteckter Kritik an Isabelle und unausgesprochener Bewunderung an Roberts Adresse gerichtet.
Robert war zu deprimiert, um die Feinheiten zu erfassen, aber dankbar für jede Tröstung. Er hatte das Gefühl, Franziska bisher Unrecht getan zu haben. Wiedergutmachung war nicht

nur notwendig, sondern auch zweckmäßig, um durch Kontaktpflege zu ihr über Isabelles Treiben auf dem Laufenden zu bleiben und dadurch mögliche Chancen zum Eingreifen rechtzeitig auszumachen.
Er lud Franziska zum Abendessen am nächsten Tag ein. Franziska fühlte sich geschmeichelt und war glücklich. Sorgfältig bereitete sie sich auf den Abend vor, indem sie sich einer kosmetischen Behandlung unterzog, zum Friseur ging und einen schwarzen, mit Pailletten besetzten Hosenanzug kaufte, der alle ihre körperlichen Schwachstellen vorteilhaft verbarg.
Robert war an diesem Abend die Liebenswürdigkeit in Person, ohne allerdings den Aufwand, den sie für ihn getrieben hatte, wahrzunehmen, geschweige zu würdigen. Er schien nervös, wirkte traurig und war voller Selbstmitleid und wollte vor allem von ihr bedauert werden.
Noch einmal ließ er sich von Franziska die telefonische Unterhaltung mit Isabelle in allen Einzelheiten berichten und alles, was Franziska sonst noch über das Verhältnis seiner Frau wußte.
Franziska genoß die ihr zugewachsene ungewohnte Wichtigkeit, registrierte aber auch mit Enttäuschung, daß Roberts Aufmerksamkeit weniger ihr selbst als ihrem Wissen über seine Frau galt. Doch die Freude über ihre Aufwertung überwog, nachdem Robert sie mit schwermütigem Händedruck, begleitet von einem keuschen Wangenkuß, verabschiedet hatte. Zuhause fiel Franziska glücklich und mit aufgewühlten Gefühlen in ihr Bett und nahm sich vor, sich künftig vermehrt um Roberts Wohlergehen zu kümmern. Sie war überzeugt, daß sie den Platz an seiner Seite besser ausfüllen könne als Isabelle es getan hatte.
Als erstes beschloß sie, ihr langjähriges Urteil über Robert zu revidieren und das schlechte Verhältnis zwischen ihnen

unglücklichen Umständen zuzuschreiben. Es kam ihr sogar der Verdacht, daß Isabelle sie bei Robert fortwährend schlecht gemacht haben könnte, weil sie in ihrer Freundin möglicherweise eine Nebenbuhlerin witterte. Warum sollte Isabelle so, wie sie ihren Mann permanent betrog, nicht auch ihre beste Freundin ständig verleumdet haben?
Kurzum: Robert verdiente eine bessere Frau als jene, die ihn schnöde verlassen hatte. Und Franziska erschien die Chance, diese Frau zu sein, einmalig günstig, die Umstände vom Schicksal gefügt. Den Schlüssel zu seinem Haus hatte sie bereits, den zu seinem Herzen würde sie noch finden.
Schon am nächsten Morgen begann Franziska, sich intensiv um Roberts Haushalt zu kümmern, so daß er am Abend das Haus aufgeräumt und sauber, seine Hemden gewaschen und gebügelt vorfand und ein Abendbrot im Eßzimmer bereitgestellt war mit einer Flasche Chateauneuf-du-Pape aus seinem Weinkeller.
Mit Rührung in der Stimme rief er Franziska an, um sich zu bedanken - und um sie nach Neuigkeiten von Isabelle zu befragen.
Wieder erlebte Franziska ein Wechselbad aus freudigem Herzklopfen und Enttäuschung. Doch schließlich wußte sie sich einzugestehen, daß Roberts Interesse an Informationen über seine Frau ganz natürlich und allzu begreiflich war. Die Zeit der Trennung war noch zu kurz, der Schmerz über den Verlust noch zu frisch nach fast 25 Ehejahren und dem dramatischen Auseinandergehen, das erst eine Woche zurücklag.
Immerhin hatte er Franziska wiederum eingeladen - diesmal, das nächste Wochenende mit ihm zu verbringen - wie immer das zu verstehen war - und sie hatte ohne Nachdenken sofort zugesagt.
Es lief darauf hinaus, daß Robert sie am Samstag abend wieder zum Essen ausführte, um sich von ihr bedauern und trösten zu

lassen. Am Sonntag spielte sie die liebevolle Hausfrau, indem sie die drei Männer bekochte - beide Söhne waren gekommen, ihrem Vater Gesellschaft zu leisten - und an dem gemeinsamen Mittagessen teilnahm. Robert bemerkte nicht die erstaunten Blicke der beiden Söhne, als Franziska wie selbstverständlich auf dem Stuhl ihrer Mutter am Tisch Platz nahm.

An den folgenden Tagen war Franziska Debus auch ohne ausdrückliche Aufforderung oder Einladung häufig im Hause Wenndorff und nahm dort die hausfraulichen Aufgaben mit größter Gewissenhaftigkeit wahr und, wie sie mit Genugtuung feststellte, mit größerem Vergnügen als in ihrem eigenen Haus.

Robert gewöhnte sich sehr schnell an Franziskas unsichtbare wie sichtbare Präsenz. Seine Dankbarkeit stattete er in Form von häufigen gemeinsamen Essen ab, die sich mehr und mehr von teuren Restaurants in das häusliche Eßzimmer verlagerten und schließlich beim Wein vor dem Kaminfeuer endeten. Auch die Abschiedsrituale wurden von Mal zu Mal vertraulicher und inniger.

Doch die Unterhaltungen kreisten sehr zum Verdruß von Franziska nach wie vor überwiegend um Isabelle, sobald die haushälterischen Themen zwischen ihnen abgehandelt waren. Aber die Fortschritte in ihrer persönlichen Beziehung, die sie mit größter Aufmerksamkeit registrierte, trösteten sie darüber hinweg.

Dennoch sah sie mit wachsender Nervosität Isabelles bevorstehenden Rückkehr entgegen, weil sie nicht wußte, wie sie ihrer Freundin, die sie doch war, gegenübertreten sollte. Und angstvoll stellte sie sich die Frage, wie Isabelle auf die veränderte Situation reagieren werde. Auch in Roberts Verhalten glaubte sie eine zunehmende Anspannung zu bemerken. Beide vermieden jedoch, das anstehende Ereignis zu erwähnen, dessen genauer Zeitpunkt ihnen unbekannt war.

*

Isabelle hatte sich vorgenommen, Claus ihre ganze Vergangenheit zu offenbaren und sich damit zu erleichtern. Und so schilderte sie ihm, ruhig und sehr sachlich, ihre Ehe als Jahrzehnte eines ständigen Ehebruchs, der eigentlich schon vor der Hochzeit begonnen hatte. Im Laufe der Jahre waren zu den bestehenden Liebschaften kürzere Affären hinzugekommen, die allmählich kumulierten und erst kurz vor ihrem Kennenlernen jäh von ihr abgebrochen worden waren.
Alle Männer, die ihr begegnet waren, schilderte sie als glänzende Liebhaber. Isabelle hatte die erlesensten, delikatesten und verwegensten Liebespraktiken mit ihnen erlebt und genossen. Sie bereute nichts, aber sie war dessen überdrüssig, weil sie darin das Gesuchte nicht gefunden hatte. Es war, als habe sie auf der Suche nach Glück ständig neue Verbindungen ausprobiert – immer gieriger und süchtiger nach Liebe; nicht nacheinander, sondern durcheinander, immer mehr und immer häufiger, bis zum Überdruß und bis zum Erbrechen – nach einer Überdosis Schlaftabletten, als man sie mit Blaulicht ins Krankenhaus gebracht und dort ihren Magen ausgepumpt hatte.
Am Tag ihrer ersten Begegnung hatte Isabelle zum ersten Mal wieder das Haus alleine verlassen und sie hatte die Begegnung später als schicksalhaft empfunden.

Da Robert Wenndorffs streng katholische Erziehung ihm Sex vor der Ehe verbot, vergnügte sich Isabelle während der einjährigen Verlobungszeit mit anderen jungen Männern; in zahlreichen Praktika eignete sie sich mit großem Fleiß und voller Hingabe die Finger- und Zungenfertigkeiten an, deren Hauptzweck es ist, tätige Nächstenliebe zu einem lustvollen Vergnügen für alle Beteiligten zu machen. Dabei verschmähte Isabelle auch den jüngeren, wenigerstrenggläubigen Bruder ihres künftigen Ehemannes nicht - angeblich, um sich der Richtigkeit ihrer Entscheidung zu vergewissern. Erst später bereute sie ihre Wahl, die nicht mehr umkehrbar war, nachdem der Schwager ebenfalls geheiratet hatte. Das instinktive Mißtrauen der Schwägerin konnte allerdings nicht verhindern, daß die beiden auch weiterhin jede Gelegenheit nutzten, ihren Erfahrungsschatz an intimen Praktiken und Gebräuchen liebevoll miteinander auszutauschen.

Der Beichtvater der Wenndorffs, ein junger Jesuitenmönch namens Pater Basilius Stumpf, schloß nicht nur die Ehe von Robert und Isabelle, sondern entflammte selbst sehr bald in irdischer Leidenschaft zu ihr. Sie hatte wenig Skrupel, seinen heftigen Annäherungen während der regelmäßigen Ohrenbeichten auf der Wohnzimmercouch nachzugeben und so bestand fortan eine intime Dauerbeziehung zwischen ihnen.

Pater Stumpf, der tagsüber als Religionslehrer an einem Internat unterrichtete, war mit Robert Wenndorff befreundet, seit sie zusammen als Meßdiener sich zumindest einen Stehplatz im Himmel erhofften ergaunern zu können. Inzwischen gehörte er fast zur Familie und kam regelmäßig wöchentlich einmal abends, um sich am Whisky des befreundeten Hausherrn zu berauschen. Danach hatte er einen guten Grund, seine karge Klosterklause mit dem bequemen Gästezimmer der Wenndorffs zu vertauschen, um sich am folgenden Morgen, wenn Robert arglos das Haus verlassen hatte, von Isabelle auf die überirdischste Art wecken zu lassen, indem sie per Hand oder Fellatio seine männliche Spannkraft wiederbelebte, und anschließend das Lager liebevoll mit dem Gast teilte, auf dem sie gemeinsam ihre sexuellen Begierden austobten, während ihr Mann gewinnsüchtig seinen Geldgeschäften nachging und den Gottesmann mit frommen Dingen beschäftigt wähnte.

So ganz unchristlich war dessen Tun allerdings auch nicht zu nennen, wenn man es mit jesuitischem Scharfsinn als tätige christliche Nächstenliebe interpretiert. Isabelle wiederum hatte Moses auf ihrer Seite mit seiner Weisung: *Wenn ein frembdling bey dir jnn ewrem lande wonen wird / den solt jr nicht schinden / Er sol bey euch wonen / wie ein einheimischer vonter euch / vnd solt jn lieben wie dich selbs* (so Luthers Eindeutschung des 3.Buchs, Kapitel 19, Satz 18); und das Gebot des alttestamentarischen Patriarchen und Religionsstifters befolgte Isabelle mit leidenschaftlicher Hingabe.

Isabelle war es als einziger Frau gestattet, Pater Stumpf alljährlich im Frühjahr und Herbst zu seinen Jugendlagern zu begleiten - angeblich, um die jungen Leute zu betreuen, vor allem aber zu seiner eigenen Betreuung - speziell nachts. Da ihr Sohn Marcus, den er besonders ins Herz geschlossen hatte und fast wie einen eigenen Sohn behandelte, ebenfalls an den Ferienlagern teilnahm, machte seine Anwesenheit Isabelles Teilnahme besonders unverdächtig.

Während Isabelle sicher war, daß Michael, ihr erster Sohn, Robert zum Vater hatte, vermutete sie, daß der jüngere von Pater Basilius stammte. Doch sie hütete diese Ungewißheit, um keine Unannehmlichkeiten zu bekommen. Zwischen ihr und Pater Basilius schien es eine stillschweigende Übereinkunft zu geben, diese Frage nicht zu berühren.

Eine kurze, aber heftige Episode hatte sie mit einem ungarischen Austauschstudenten im zwölften Semester, der sie ständig bedrängt hatte, mit ihm an den Sexparties in einem Swinger-Club teilzunehmen. Doch dazu war Isabelle nicht bereit gewesen – nicht wegen moralischer Skrupel, sondern aus Angst, dort einem der Geschäftsfreunde ihres Mannes zu begegnen. Die multilateralen Liebesspiele, die ihr dadurch entgangen waren, spielten in Isabelles erotischen Phantasien seither eine um so größere Rolle.

Mit dem Zustecken seiner Visitenkarte beim Verlassen einer Prunksitzung im Kölner Gürzenich während des alljährlichen Karnevals begann die Affäre mit einem Diplomingenieur, der an jenem Abend eine Tischreihe von Isabelle entfernt, ihr gegenüber saß und sie ständig im Visier hatte. Josef Walterscheid war ein Hüne von Gestalt, leitete ein eigenes Vermessungsbüro und besaß außer seiner Villa in Köln ein romantisches Ferienhaus mit Rietdach auf Sylt, versteckt in den Dünen gelegen. Als sich dieser Zwei-Zentner-Mann zum ersten mal auf Isabelle legte, schrie sie vor Schmerz auf. Ursache war nicht sein Gewicht, sondern die Größe seines Penis, dessen Länge und Stärke sie bereits zu fürchten begann, als sie ihn erigiert in den Mund nahm und seine Eichel mit ihrer Zunge liebkoste. Doch die Lust überwog den Schmerz. Deshalb sorgte sie dafür, daß ihre Familie die folgenden Sommerferien auf Sylt verbrachte, wo sie unter immer neuen Vorwänden zu dem Haus in den Dünen verschwand und sich von dem riesigen Schwanz ihres Hengstes unter lustvollen Qualen wundreiben ließ.

Natürlich hatte sie auch ein Verhältnis mit ihrem Hausarzt. Dr. Schäfer pflegte sie nach seinen Sprechstunden abends zur Massage in seine Praxis zu bestellen, um sie dann zu verführen. Dazu mußte sie stets ein hautenges Trikot tragen. Unter Androhung von Liebesentzug hatte Isabelle ihn sogar dazu gebracht, bei ihrer Freundin die Folgen eines leichtsinnigen Fehltritts zu beseitigen.
Die Affäre mit Dr. Schäfer, der rund zehn Jahre älter war als Isabelle, hatte allein durch seinen überraschenden Tod ein plötzliches Ende gefunden.

Als ihre romantischste Beziehung schilderte Isabelle ihr Verhältnis zu einem zehn Jahre jüngeren Mann, der geschieden war und in der Deutschland-Niederlassung eines japanischen Elektronic-Konzerns vor den Toren von Köln in der Marketing-Abteilung arbeitete. Matthias Lange war der zärtlichste ihrer Liebhaber und machte ihr bei ihren Nachmittagsbesuchen in seinem mondän eingerichteten Appartement immer wieder vergebliche Heiratsanträge. Sie wollte den Zauber dieser Stunden, die sie meist in japanischen Seidenkimonos verbrachten, nicht dem grellen Licht des Alltags aussetzen. Außerdem wäre eine Heirat aus einem ganz anderen Grund unmöglich gewesen:
Seit fast zwanzig Jahren wurde ihr Leben bestimmt von einem ehe-ähnlichen Verhältnis mit Dr. Joseph Arnold, einem Beamten im Finanzministerium.
Die Affäre hatte sich aus nachbarschaftlichen Kontakten der beiden Familien unter den Augen der Ehepartner herausdestilliert, die es nicht verhindern, aber auch nichts beweisen konnten. Die offiziellen Beziehungen wurden wie zuvor gepflegt, und alle Beteiligten taten in wortloser Übereinkunft so, als wenn noch nichts passiert sei.
Die schleichende Annäherung der beiden Menschen wurde allmählich von allen, die sie miterlebten, als normal akzeptiert. So fand niemand etwas dabei, daß sich die beiden bei allen Geselligkeiten wie ein Paar benahmen, während ihre Ehepartner versuchten, es zu ignorieren und durch ihr hilfloses Verhalten auf ihre Umgebung eher komisch als mitleiderregend wirkten.
Die Versetzung von „Jupp" Arnold zum NATO-Hauptquartier in Brüssel schien der Affäre ein natürliches Ende zu setzen. Tatsächlich wurde sie dadurch zwar kompliziert, aber auch intensiviert. So pflegten sie sich jeden Morgen, nachdem

Isabelles Mann das Haus verlassen hatte und Pater Stumpf nicht anwesend war, am Telefon gegenseitig bis zum Orgasmus aufzugeilen. Sein Sperma fing er in Fläschchen oder in Taschentüchern auf und brachte sie ihr mit in das Kölner Hotel, wo sie sich regelmäßig freitags in einem Zimmer mit großen Spiegelwänden trafen, vor denen sie sich austobten, bevor sie zu ihren Ehepartnern heimkehrten. Die Taschentücher pflegte Isabelle Zuhause aufzuweichen und in ihre Scheide einzuführen, um seinen Samen länger in sich zu spüren. Der Inhalt der Fläschchen landete, zusammen mit einer Rose des Samenspenders, in einer kleinen Vase und zierte das Wochenende über den Eßzimmertisch, ständig gut sichtbar auch für die ahnungslosen Familienmitglieder, - bis Pater Basilius bei seinem nächsten wöchentlichen Besuch wieder sein Gewohnheitsrecht bei Isabelle ausüben durfte, bevor er ihr zum Abschied die Ohrenbeichte abnahm.

Unternahm ihr Mann eine mehrtägige Dienstreise, nutzte Isabelle die Gelegenheit und raste mit ihrem Wagen nach Brüssel, wo Jupp Arnold eine komfortabel eingerichtete Wohnung unterhielt, in deren Wohn- und Schlafräumen die Portikussäulen des klassizistischen Hauses sich wiederholten. Die gemeinsamen Nächte hier waren erfüllt von Gier nach Lust, zu deren Erfüllung sie keine Mühe scheuten und gemeinsam ständig extremere Formen der Sexualität erfanden. Es gehörte schließlich zu den Selbstverständlichkeiten ihrer Sexorgien, daß Isabelle sich zunächst zur Wehr setzte, um sich dann von ihm um so brutaler schlagen und vergewaltigen zu lassen. Sie ließ sich ans Bett, auf Stühle und an die Säulen fesseln und von ihm mit Urin vollspritzen, was sie im Verlaufe ihrer sexuellen Exzesse, auf ihm sitzend, ebenfalls mit ihm machte.

Da er eine zu enge Vorhaut hatte und sich aus Angst nicht beschneiden ließ, bereitete ihm jede Erektion heftige Schmer-

zen, die er beim Ficken hinausbrüllte, was ihre Erregung zusätzlich steigerte.
Wenn ihr Mann nach seiner Heimkehr an ihr die Spuren der Mißhandlungen und ihre Erschöpfung bemerkte, wurde jeweils Gartenarbeit von ihr dafür verantwortlich gemacht, die sie verabscheute, soweit sie übers Blumenschneiden hinausging.
Isabelle wurde im Laufe der Jahre süchtig nach diesen erotischen Ausschweifungen. Die sexuelle Besessenheit beruhte allerdings auf Gegenseitigkeit. Den Bann brach Jupp Arnold ungewollt, als er von Isabelle ultimativ verlangte, sich scheiden zu lassen, um ihn zu heiraten, andernfalls er dies erzwingen wollte, indem er ihren Mann über ihre langjährige Affäre aufklären würde. Vor diese Alternative gestellt, erkannte Isabelle doch noch rechtzeitig, daß sie beides nicht wollte und flüchtete in Ermangelung eines anderen Auswegs in jene Überdosis Schlaftabletten, von der bereits die Rede war.

*

Claus starrte in den Sand. Er war nicht mehr der arglistige Psychologe, für den er sich hielt, sondern nur noch bestürzter Zuhörer einer Lebensbeichte. Aber es war eine Beichte, die keine Spur von Reue enthielt; vielmehr der voller Stolz vorgetragene Bericht weiblicher Triumphe. Claus hörte zu und beobachtete sich. Er war schockiert, aber nicht eifersüchtig, wie er mit Verwunderung und Erleichterung feststellte. Wie anders hätte er das überraschende Geständnis sonst verkraftet?
Und er war neidisch auf diese Männer; neidisch darauf, daß sie jahrelang ihre mächtigen Schwänze, wie Isabelle sie geschildert hatte, in diese geile Möse hineinstoßen, sich dort ihre Lust stillen und in ihr entleeren durften. Er stellte sich vor, wie Isabelle über sie gebeugt dalag, immer wieder von einem anderen Mann den Penis in der Hand und ihn mit ihrem Mund

ablutschte, während jeder dieser Männer ihre Möse leckte. Doch anstatt Ekel und Abscheu darüber und über diese Frau zu empfinden, bereitete ihm die Vorstellung eine ungeahnte sinnliche Erregung, für die er keinerlei Entschuldigung fand. Vielmehr hatte er den gierigen Wunsch, möglichst viele Einzelheiten zu erfahren. Und so ermutigte er Isabelle, ihm ständig weitere Details zu berichten.

Auch ihr schien es Spaß zu machen, sie geradezu zu erregen, nachdem sie bemerkt hatte, wie lüstern Claus reagierte. Es gehörte daher bald zu ihrem Liebesspiel, ihn in die sexuellen Praktiken seiner Vorgänger einzuweihen. So dienten sie jetzt als nützliche Werkzeuge zum Zwecke ihrer Lustmaximierung und verloren damit ihre dämonischen Kräfte über Isabelle.

Die lustvolle Umsetzung in tätige Nächstenliebe steigerte nicht nur ihre gemeinsamen Sinnesräusche, sondern war auch für beide die beste Art, Isabelles Vergangenheit gemeinsam zu bewältigen, zumal Claus nur ein paar banale Lustbarkeiten entgegenzusetzen hatte und sich deshalb von seinem besseren Ich leicht zu pharisäerhaften Reaktionen hätte hinreißen lassen können. Statt dessen wurde ihm mehr denn je bewußt, daß das sinnliche Leben bisher an ihm vorbei gegangen war und Isabelle ihm jetzt das Tor in eine neue Freiheit geöffnet hatte, die er nun gemeinsam mit ihr erlebte, frei von Scham und Prüderie, hemmungslos und jenseits aller Sündhaftigkeit. Erst jetzt, mit Isabelle, lernte er die Wonnen der Wollust kennen. Aber er wußte auch, daß es keinen Weg zurück in das Reich der Unschuld gab und daß er künftig verlegen reagieren werde, wenn sie ihn aus Kinderaugen anblicken würde.

In ihren wilden Sexerzitien offenbarten sich ihm ungeahnte himmlische Freuden auf Erden. Isabelle ließ nichts aus, was der sexuellen Raserei dienen konnte. Lediglich ihren After erklärte sie zur Tabuzone – sehr zu Clausens Verwunderung und

Enttäuschung – und eines Nachts gestand sie ihm auch den Grund: Sie leide an Hämorrhoiden.
Er mußte daran zurückdenken, daß er sich am Beginn ihrer Bekanntschaft die Frage gestellt hatte, ob Isabelle eventuell eine sexbesessene Nymphomanin sei und gab sich jetzt, nachdem er alles von ihr über sie wußte, seltsamerweise ein deutliches Nein darauf zur Antwort, aber es klang trotzig und nach Selbstrechtfertigung. Was bedeutete schon der Stempel Nymphomanin, außer, daß sie sich das Gleiche herausnahm wie unzählige Männer, und mit ebenso wenig schlechtem Gewissen. Was Männern erlaubt schien, machte Frauen im Urteil der Mitmenschen entweder zu heimlich bewunderten Emanzipierten oder zu lauthals verachteten „läufigen Hündinnen". Dabei folgen Männer wie Frauen nur dem gleichen biologischen Impetus: der Arterhaltung durch Fortpflanzung, nach zwei unterschiedlichen Prinzipien, die einander sinnvoll ergänzen: das männliche, seinen Samen weit zu streuen, um möglichst viel Nachwuchs zu zeugen; das weibliche, unter den Bewerbern eine Bestenauswahl zu treffen – Qualität gegen Quantität. Jetzt also hatte Ralf Lehmann seine zweite Chance bekommen – ohne dabei allerdings an Fortpflanzung zu denken.
Doch indem er Isabelle zum Maßstab dessen erhob, was menschliches Leben ausmache, mußte er gleichzeitig an die zig-Millionen denken, die unterhalb dieser Meßlatte vor sich hin vegetierten und in ihrer unbedarften, anspruchslosen Schlichtheit vermutlich mehr Erfüllung fänden als sie beide in ihrer unersättlichen Lebensgier - dabei fleißig und produktiv, während sie unnütze Parasiten waren und sich zugleich autoritäre Instanzen der Menschheitsfragen dünkten. Wer erlöste also wen? Wer trug wessen Last? Oder gab es weder Erlösung noch Belohnung? Die Masse wußte mit diesen Vokabeln ohnehin nichts anzufangen; also konnten diese

Begriffe für sie keine Gültigkeit haben, mithin keine Anwendung finden. Aber gab es Menschen erster und zweiter Klasse, höherer und niederer Ordnung - nicht im sozialen Wertesystem, das mehr von Zufällen abhing, sondern im Denken? War das einzig Verbindende etwa der genetische Code, wie er in der Doppelhelix abgespeichert war, zum Zwecke der Reproduzierbarkeit des Spezies auch noch unter widrigsten Umständen - egal, wes' Geistes Kind daran mitwirkte?

Ihre nächtlichen Exzesse ermatteten sie dermaßen, daß sie tagsüber meist am Strand vor sich hin dösten. Das Zimmermädchen kam morgens strahlend und so spät wie möglich, und brachte jedesmal frische Bettwäsche, um sich mit Dollars dafür belohnen zu lassen.
In der zweiten Urlaubswoche war Isabelles Periode vorüber und beide gingen nun häufig ins Wasser, nachdem ihr sexueller Heißhunger inzwischen gestillt war. Die Erholung konnte beginnen.
Mit einem Mietwagen unternahmen sie an einem der folgenden Tage eine Tour ins Landesinnere. Erst hier bemerkten sie die verheerenden Spuren, die ein Hurrikan wenige Wochen zuvor bei seinem Weg über die Insel hinterlassen hatte: umgemähte Palmenwälder, zerstörte Häuser und Hütten, umgeknickte Leitungsmasten entlang der Küstenstraße, dann überschwemmte Felder, bevor der Weg ins Landesinnere abbog und zu einem kleinen Ort führte.
Sie fuhren auf der holprigen Hauptstraße vorsichtig bis zu einem belebten Platz mit einer Kirche, offenbar der Mittelpunkt des Dorfes. Sie stiegen aus, um durch den Ort zu schlendern, doch sie kamen nicht weit. Als sie bei einem Schuhputzer auf der Straße stehen blieben, einem uraltem Mann mit einem zahnlosen Grinsen im faltigen Gesicht, sammelte sich eine Menschenmenge um sie, die ständig größer wurde. Die Menge

wurde dichter und dichter, bevor Isabelle aufmerksam wurde. Erschrocken merkte sie, daß sie eingekeilt waren. Isabelle packte Claus am Arm. Ihr Griff war hart und schmerzhaft.
„Claus, komm schnell hier weg. Ich habe Angst. Was wollen die vielen Menschen von uns?"
Claus schaute sich überrascht um.
„Bleib ganz ruhig; die sind vermutlich genau so neugierig auf uns wie wir auf sie", bemühte er sich, sie zu beruhigen.
Er versuchte sich auf Englisch bei Umstehenden verständlich zu machen, aber er bekam nur ein freundliches Kopfnicken zur Antwort. Er stellte ihnen verschiedene typische Touristenfragen mit jeweils gleichem Mißerfolg. Immerhin war der Bann des Schweigens gebrochen. Man betrachtete sie nun genau, insbesondere Isabelle schien zu faszinieren, denn man tuschelte über sie mit grinsenden Gesichtern. Schließlich nahm Claus sie an der Hand, die sie krampfhaft festhielt, und bewegte sich mit ihr langsam eine Kolonnade entlang, während ihnen ein Pulk von Dorfbewohnern langsam folgte. In den Kolonnaden befand sich ein offener Friseurladen, der sich mit großen Lettern sogar für Cosmetic und Maniküre empfahl. Als sie neugierig vor dem Geschäft stehen blieben, wurden sie von der Chefin freundlich hereingewunken. Claus und Isabelle schauten sich schmunzelnd an. Obwohl Isabelles Haare vom Meerwasser völlig stumpf und kraus waren - dieser Frisiersalon ließ nur noch Schlimmeres befürchten.
Claus war inzwischen neugierig eingetreten und inspizierte den Salon mit seinen weichen, zerfetzten Polstersesseln, grauen Porzellanbecken, blinden Spiegeln mit herausgebrochenen Ecken und die Wärmehauben mit ihren verchromten Krallenarmen, deren glänzende Zeiten schon lange zurück lagen. Isabelle nahm es als Ermutigung, ihm zu folgen und bald waren drei Friseusen um sie herum, befühlten mißbilligend ihre Haare und ermunterten sie, Platz zu nehmen.

Isabelle sträubte sich. Sie fragte nach dem Preis, signalisierte mit Gesten, daß sie kein Geld habe, doch es half nichts. Die Mädchen, unterstützt von der Autorität ihrer üppigen Chefin, bugsierten sie schließlich in einen der altersschwachen Sessel, während draußen die Menge neugierig und geduldig das Geschehen verfolgte. Isabelle hatte sich wieder gefangen und betrachtete nun das ganze als ein köstliches Urlaubsabenteuer - egal, wie es ausgehen würde. Nachdem sie den Mädchen klar gemacht hatte, daß sie zunächst ihre Haare waschen sollten, wurde sie in den hinteren Raum umquartiert, weil nur dort Wasser lief. Es kam als dünnes Rinnsal aus einem normalen Wasserhahn und war kalt. Das Waschmittel sah undefinierbar aus und roch ebenso. Nachdem eines der Mädchen mit Hingabe die Haare mehrmals gewaschen hatte, wurde ein altersschwacher Föhn bemüht, der röchelnd ein laues Lüftchen erzeugte und zur geringen Erheiterung von Claus und Isabelle das Haaretrocknen zu einer halbstündigen Prozedur werden ließ. Das anschließende Wellen der Haare zu einer Frisur mißriet völlig. Doch Isabelle ließ es tapfer über sich ergehen. Nachdem sie abschließend in einer Spiegelscherbe ihren Hinterkopf betrachten durfte, warteten beide gespannt auf die Rechnung, doch es geschah nichts. Man schüttelte ihnen mit glücklichem Lächeln die Hände und versuchte sie freundlich hinauszugeleiten. Isabelle und Claus schauten sich ratlos an. Es gab da offenbar irgendein Mißverständnis.

Claus zog seine Brieftasche und hielt Dollarnoten hoch, doch er stieß auf entschiedene Ablehnung. Richtig, er hatte vergessen, daß die Cubaner keine Devisen annehmen durften, sondern nur Cubanische Währung, die sie jedoch nicht hatten. Schließlich entsann sich Isabelle der Naturalwirtschaft von Naturvölkern und bot ihre Halskette an, aber auch das war vergebens. Es blieb ihnen am Ende nichts übrig als anzunehmen, daß die

Friseusen es als eine große Ehre angesehen hatten, ein Wesen aus einer anderen Welt als Kunden gehabt zu haben.
Draußen wurde Isabelle von der wartenden Menge mit begeistertem Beifall wieder in Empfang genommen. Sie wußte die Arbeit ihrer sozialistischen Schwestern offensichtlich positiver einzuschätzen als die Fremden von Nirgendwo.
Inzwischen war es späte Mittagszeit; Claus und Isabelle hatten ziemlichen Hunger und hielten vergebens Ausschau nach einem Restaurant oder einer Bodega. Claus schilderte den gaffenden Dorfbewohnern mit beredten Gesten sein Anliegen. Man schien das Problem untereinander zu diskutieren, bis ein junger Mann ausgeguckt war, dem sie folgen sollten. Er führte sie um mehrere Ecken schließlich zu einem Eingang, der in einem großen Raum führte, wo etliche Menschen an Metalltischen saßen und aßen. Der Jüngling winkte sie hinein und verschwand wieder. Claus und Isabelle traten ein und setzten sich an einen freien Tisch. Auf dem Tisch lag sogar so etwas wie ein Speiseplan, ohne Preisangaben. Sie bestellten aufs Geradewohl und bekamen ein Gericht mit schwarzen Bohnen. Doch zum Essen kamen sie nicht.
In der Tür tauchten plötzlich mehrere Männer auf. Einer von ihnen trat an Claus heran und gab ihm zu verstehen, daß er mit Isabelle hinauskommen sollte. Claus erschrak. Draußen empfing ihn ein vierschrötiger Kerl in Uniform, mit Stahlhelm auf dem Kopf und Schlagstock am Koppel und einem grimmigen Ausdruck im Gesicht. Er stellte sofort irgendwelche Fragen, die Claus nicht verstand. Einer der Männer versuchte mühsam zu dolmetschen. Claus begriff wenigstens, daß sie ihre Personalien angeben sollten, woher sie kamen und warum sie hier im Dorf seien. Das Verhör war streng und kompliziert, die Staatsgewalt mißtrauisch gegenüber den Klassenfeinden, die sich hier im Ort herumtrieben. Die Männer bemühten sich offensichtlich, das Problem zu entschärfen und den martiali-

schen Ordnungshüter zu besänftigen, was ihnen schließlich gelang. Claus wurde in scharfem Ton verwarnt, so jedenfalls sein Eindruck, dann durften sie zu ihrem Menü zurückkehren, das inzwischen kalt war.

Isabelle zitterte vor Angst und bekam nur mühsam ihr Essen hinunter. Claus ging es kaum besser, aber er bemühte sich, Isabelle davon nichts merken zu lassen. Nachdem sie eine Weile in ihren Essen herumgestochert hatten, aufmerksam beobachtet von den Umsitzenden, besonders von dem aus der Küche hereinlugenden Personal, bestellte Claus zwei Tassen Kaffee und machte sich ans Bezahlen. Das Mädchen schrieb ihm eine Zahl auf einen Zettel und er gab ihr die entsprechende Summe in Dollarnoten. Auch hier ablehnende Reaktion. Er versuchte zu erklären, daß er kein anderes Geld habe. Der Chef, mit blutverschmierter Küchenschürze um den dürren Leib, kam persönlich, mit einem Küchenmesser in der Hand. Claus wiederholte den Versuch, ihm seine Dollar anzudrehen - vergebens. Der Mann drückte ihm freundlich die Hand und verschwand wieder in der Küche.

Claus und Isabelle saßen, tranken ihren Kaffee und überlegten. Dann glaubte Claus, die richtige Idee gefunden zu haben: Seine billige Digitalarmbanduhr war hier sicherlich ein heiß begehrter Artikel. Er schob sie diskret unter den Rand seiner Untertasse, dann verschwanden sie rasch aus dem Lokal. Als sie um die nächste Ecke bogen, liefen sie dem Küchenchef in die Arme, der ihnen durch einen Hintereingang den Weg abgeschnitten hatte. Er hielt die Uhr in der Hand und gab sie Claus mit wortreichen Erklärungen zurück, die sie nicht verstanden. Ein letzter Versuch, die Uhr an Geldes statt dem guten Mann anzudienen, scheiterte. Dennoch schieden sie als Freunde.

Claus und Isabelle zogen es vor, schleunigst das Dorf mit seinen rätselhaften Menschen zu verlassen. Als sie zu ihrem

Fahrzeug zurückkamen, erkannten sie zu ihrem neuerlichen Entsetzen, daß sie es vor der Polizeistation abgestellt hatten. Doch der schreckliche Polizist kam erst aus seiner Tür, als der Motor des Wagens lief und sie davon fuhren - zurück zu ihrem Hotel, das sie künftig nicht mehr auf eigene Faust verlassen wollten.

Nachdem es Claus nicht gelungen war, noch vor Ort im unweit gelegenen Hotel International ein Zimmer zu bekommen, wollte er zumindest mit Isabelle dort einmal gepflegt Essen gehen. Es sollte das beste Hotel an diesem Küstenabschnitt sein und selbst zum Diner mußte man Tische vorbestellen, was Claus über die Hotelrezeption für den folgenden Abend tat, an dem dort eine Revue-Show stattfinden sollte, für die er ebenfalls Karten reservieren ließ.

Es sollte eine Geste der Liebe und der Dankbarkeit gegenüber Isabelle sein und sie freuten sich beide auf den Abend. Sie kleideten sich elegant, Isabelle trug ein schulterfreies weißes Sommerabendkleid aus Seide, unter dem sich ihr Körper abzeichnete, und im Gegenlicht der tiefstehenden Abendsonne konnte man ihre Beine erkennen.

Sie flanierten zunächst durch die großzügige Hotelanlage und Isabelle zog dabei die Blicke der Männer auf sich. Im Restaurant empfing sie die eisige Kälte einer auf Hochtouren laufenden Klimaanlage. Es war eher ein großer Speisesaal, ganz in weiß, mit weißen Tischen und Polsterstühlen auf Chrombeinen, die die Kälte des Raumes vervielfachten. Sie waren die einzigen Gäste bis auf ein älteres Paar, das schon kurze Zeit später frierend den Raum verließ. Der Kellner brachte ihnen die Speisekarte, die nur in Spanisch abgefaßt war. Ihre gemeinsamen Bemühungen, irgendein Gericht sprachlich zu identifizieren, mißlang. Auch der Kellner war allen Bemühungen in Deutsch und Englisch unzugänglich. Also bestellten sie aufs Geradewohl.

Es kam zunächst eine lauwarme Fischsuppe, es folgte eine Vorspeise aus Meerestieren und danach ein Salat, ebenfalls aus Meerestieren zubereitet. Dazwischen entstanden größere Pausen, in denen sie vor allem fröstelten und Claus nervös auf die Uhr schaute in Hinblick auf die näherrückende Revue-Show. Schließlich kam als Hauptgericht ein Rindersteak, das ebenso kalt wie zäh war. Claus war empört. Er ließ das Essen stehen, schimpfte laut und wartete auf den Kellner, der in der Küche verschwunden war. Währenddessen verrann die Zeit. Endlich zeigte sich der Kellner. Claus rief und winkte ihn heran, zeigte auf den Teller, demonstrierte die Zähigkeit des Fleisches, zeigte auf die Uhr. Der Kellner verfolgte die mit Worten unterlegte Pantomime von Claus mit interessierter Aufmerksamkeit, schließlich nahm er kopfnickend Clausens Teller und marschierte Richtung Küche. Claus schrie ihm nach und hielt Isabelles Teller in die Höhe. Verständnisinnig kam der Kellner zurück und nahm nun auch diesen entgegen.

Isabelle grinste, Claus schaute auf die Uhr. Beide tranken sie in großen Zügen den Rotwein, von dem Claus in falscher Einschätzung der zur Verfügung stehenden Zeit eine ganze Flasche bestellt hatte. Nach einer Weile kam der Kellner mit den beiden Tellern zurück. Das angebrochene Essen war lediglich etwas aufgewärmt worden. Claus beschimpfte wortreich und laut den Kellner, der nichts verstand, schob ihm schließlich die Teller vor die Nase und verlangte die Rechnung. Es war höchste Zeit für die Revue-Show.

Als sie wortlos das Restaurant verließen, schwitzte Claus trotz der Kälte in dem Speisesaal. Er fühlte sich blamiert und gedemütigt und empfand die ganze Veranstaltung als eine persönliche Niederlage. Er hatte Isabelle zeigen wollen, daß er neben ihren weltmännischen Liebhabern bestehen konnte, doch es war ein Fiasko geworden. Isabelle hatte seinen Versuch durchschaut und sein linkisches Verhalten mit süffisantem

Lächeln verfolgt. Aber ihre Liebe zu ihm verzieh ihm alles. Doch er wollte ihre Nachsicht nicht, die er spürte, und war wütend auf sich und alles und bemühte sich verzweifelt, mit einem ironischen Lächeln Überlegenheit zu demonstrieren. Isabelle hängte sich beim ihm ein, um ihn zu trösten, aber er schüttelte sie schroff ab. Hinterher tat es ihm leid, doch es war geschehen.

Sie kamen in den Theatersaal, wo die Show bereits begonnen hatte und sie mit dröhnender Musik aus riesigen Lautsprecherbatterien empfing. Sie wurden zu ihrem Tisch geführt, ziemlich nah an der Bühne, wo eine Unterhaltung ausgeschlossen war. Wohlgeformte, langbeinige Girls sangen und tanzten routiniert und unkonzentriert ihre Couplets nach einer banalen Choreographie, umgarnt und umfaßt von schlanken Beaus in weißen Smokings, die dabei mit ebenso weißen Zylindern in der Hand wackelten und ein zur Grimasse erstarrtes Lächeln im Gesicht trugen. Claus war deprimiert und litt unter der Lautstärke der Musik. Isabelle bemühte sich, es amüsant zu finden, in der Hoffnung, damit Claus einen Gefallen zu tun. Und sie dachte an das Telefongespräch mit ihrer Freundin Franziska, von dem sie Claus bisher ebenso wenig berichtet hatte wie von dem damaligen Vorfall während ihrer Geburtstagsfeier.

Sie verließen vorzeitig das Spektakel und machten einen Spaziergang am Strand, um sich von dem Lärmterror zu erholen. Ihre Stimmung normalisierte sich wieder und sie faßten sich an den einander suchend entgegengestreckten Händen. Sie spürten den salzigen Geschmack des Windes auf ihren Lippen und betrachteten schweigsam den nächtlichen Sternenhimmel, der hier näher schien als auf der nördlichen Halbkugel. Schließlich kehrten sie zur Hotelterrasse zurück, um noch einen Drink zu nehmen und dem Abend damit einen versöhnlichen Abschluß zu geben.

Da kein Tisch mehr frei war, setzten sie sich zu einem distinguiert wirkenden Herrn von etwa sechzig Jahren, wie Claus schätzte. Isabelle kam sofort mit ihm ins Gespräch und sehr bald entdeckten die beiden zahlreiche gemeinsame Erinnerungen an Länder und Landschaften, die sie schon bereist, Städte und Hotels, in denen sie gewohnt hatten. Kaum eine Nobeladresse fehlte darunter - das „Oriental" in Bangkok, das „Shangri La" in Singapur, das „Gritti" in Venedig, das „Mandarin" in Hongkong. Und selbstverständlich hatte jeder von ihnen bereits auf der Terrasse des Royal Sheraton auf Key West dem Sonnenuntergang applaudiert.

Claus saß stumm daneben; er hatte dieser Art von Unterhaltung nichts beizusteuern und fühlte sich daher zunehmend unwohl und überflüssig. Als die beiden schließlich begannen, die Qualitäten seines 8-Zyllinder-Cadillac mit dem Mercedes 380 ihres Mannes zu vergleichen, stand er auf und ging hinab zum Strand.

Es sollte eine Demonstration sein, die allerdings völlig unbeachtet blieb und somit wirkungslos war. Claus erfuhr auf schmerzliche Weise erstmals bewußt die verbindende Kraft gemeinsamer Erinnerungen, indem er von ihnen ausgeschlossen war.

Und er hatte soeben eine völlig andere Isabelle erlebt, als die er bisher kannte - geltungssüchtig, prahlerisch und großsprecherisch seit dem Augenblick, da der Gentleman den Duft der großen Welt um sie verbreitete, der ihr so vertraut war und den sie seit ein paar Wochen nicht mehr geschnuppert hatte - und er wußte nicht, welches die wahre Isabelle war. Vielmehr wollte er es nicht wissen, weil er fürchtete, daß es diese Isabelle sei, die einige Nummern zu groß für ihn wäre.

Claus zog die Schuhe aus, um den körnigen Sand unter seinen Füßen zu spüren. Er fragte sich verstört, ob er alles richtig gemacht habe. Er wußte, daß Isabelle bisher nur Luxus kannte und Armut lediglich als etwas, womit man Mitleid haben mußte und bestenfalls Erbarmen hatte. Vermutlich hatte sie noch nie in einem solch mittelmäßigen Hotel gewohnt wie dem jetzigen Urlaubsdomizil, zu dem es glücklicherweise keine teure Alternative gegeben hatte, so daß Isabelle sich gegenüber ihrem Gesprächspartner mit der kurzfristigen Buchung entschuldigen konnte, was dieser Reise wiederum einen unbestimmten Hautgout verlieh, mit dem sich trefflich kokettieren ließ.

Als Claus nach längerem Strandspaziergang an den Tisch zurückkehrte, nahm der Gentleman dies zum Anlaß, sich sehr höflich und mit Handkuß von Isabelle zu verabschieden, um sich zur Ruhe zu begeben, während Isabelle aufstand und zur Toilette ging. Obwohl zunächst in verschiedene Richtungen auseinanderstrebend, sah Claus den Mann plötzlich aus Richtung Toilette kommend zur Hotelhalle gehen, bevor Isabelle an den Tisch zurückkam.

Claus hatte den Verdacht, daß beide noch etwas Vertrauliches verabredet hatten, doch er stellte Isabelle keine Frage, um sich nicht möglicherweise lächerlich zu machen oder gar belogen zu werden. Er sah sie nur forschend an, konnte aber von ihrem Gesicht nichts Verdächtiges ablesen.

Isabelle fand sein Verhalten an diesem Abend unmöglich, aber sie wagte nichts zu sagen, um ihn nicht unnötig zu reizen. Und so saßen sie sich stumm gegenüber.

Während Claus seine Angst mühsam zu beherrschen versuchte und Isabelle unauffällig beobachtete, schienen ihre Gedanken noch ganz mit dem Manne beschäftigt zu sein, so daß ihr das Schweigen nicht auffiel. Claus bezahlte schließlich und sie ließen sich von einem Taxi zu ihrem Hotelappartement fahren, wo sie sofort zu Bett gingen und nach einem flüchtigen Gute-Nacht-Kuß zu schlafen versuchten.

Dankbar und mit Erleichterung nahm er ihre Hand, die sie nach einer Weile nach ihm ausstreckte, und bedeckte sie wie trostsuchend mit Küssen, während Isabelle an ihre Freundin und ihren Mann denken mußte und überlegte, was sich zwischen ihnen wohl abspielen mochte.
„Verzeih mir", unterbrach Claus ihr Grübeln.
„Es ist schon gut", erwiderte sie und streichelte sein Haar.

*

Je mehr sich ihr Urlaub dem Ende näherte, um so stärker drängten sich ihnen die Probleme ins Bewußtsein, die sie bisher erfolgreich verdrängt hatten. Daheim erwarteten sie die noch nicht beendeten Auseinandersetzungen mit ihren Ehepartnern; der Auszug aus dem bisherigen Heim war bei beiden noch ungeklärt: Zunächst mußte man zumindest das Nötigste mitnehmen.
Beiden grauste vor den zu erwartenden Schwierigkeiten, die ihnen ihre Ehepartner machen würden. Claus und Isabelle hatten den Vorsatz, alles möglichst mit Anstand und Großzügigkeit zu regeln, aber sie hatten Mühe, zu glauben, daß ihnen das gelingen werde. Und zwei Wochen nach ihrer Rückkehr war Weihnachten. Der Gedanke hieran machte ihnen zusätzlich zu schaffen. Sie waren sich nach ausführlicher Erörterung dieses Themas einig, daß sie ihren Familien anbieten wollten, Heiligabend bei ihnen zu verbringen. Danach wollten sie zu zweit die Christmesse in der Bonner Münster-Basilika besuchen, um gemeinsam das Requiem von Verdi zu hören - bei dem Isabelles Mann vermutlich im Chor mitwirken würde.

Beim Abflug von Havanna begegnete ihnen in der Abfertigungshalle der Gentleman vom Hotel International, der offenbar ebenfalls nach Deutschland zurückkehrte. Claus sagte nichts, sondern beobachtete argwöhnisch sein und Isabelles Verhalten. Aber beide taten, als kennten sie sich nicht und ignorierten sich, wie er fand, auf geradezu auffällige Weise.

Es war Sonntag Morgen, als sie in Köln landeten. Auf den Straßen lag Schneematsch und es regnete. Sie fuhren zunächst in ihre angemietete bescheidene Behausung und stellten dort ihre Koffer ab. Sie fühlten sich beide elend und ihre Gesichter waren grau. Sie umarmten sich, bevor sie sich trennten, um nach Hause zu fahren und Garderobe und andere Dinge zu holen, die sie sich notiert hatten.

Isabelle bezog ihre Tapferkeit aus ihrem Glauben an Clausens Mut und Stärke, weil sie seine Schwäche und Verzagtheit nicht bemerkt hatte, die er mühsam unterdrückte, um in ihr keine Angst aufkommen zu lassen.

Als beide nach etwas drei Stunden wieder in ihrem Domizil eintrafen, waren ihre Gesichter noch fahler. Isabelle zitterte, Claus starrte vor sich auf den Fußboden. Sie brauchten geraume Zeit, um sich zu beruhigen, bevor sie wieder miteinander sprechen konnten.

Robert Wenndorff hatte Isabelle zunächst nicht ins Haus lassen wollen, es sich dann aber doch anders überlegt, nachdem sie ihm gesagt hatte, daß sie nur gekommen sei, um ihre Garderobe zu holen. Dann hatte er ihre Kleiderschränke aufgerissen und sämtliche Sachen vor ihr auf einen Haufen geworfen und sie dabei schreiend als Hure, Nutte und Flittchen beschimpft. Zitternd vor Angst hatte sie von dem wilden Durcheinander so viel wie möglich in alle verfügbaren Koffer geworfen und in ihr Auto geschafft, während die Nachbarn, aufgescheucht von dem Lärm, neugierig hinter den Fenstern zusahen.

„Sag mir bitte ehrlich: Bin ich eine Hure und Nutte?"

„Meine Frau hat mich als geilen Hurenbock bezeichnet, das kommt aufs selbe hinaus. Ich kann damit leben und ich hoffe, du kannst es auch."
Claus nahm Isabelle in seine Arme. Er hatte ihre Frage eigentlich nicht beantwortet, aber sie gab sich damit zufrieden. Es interessierte sie mehr, was er Zuhause erlebt hatte.
Marta war inzwischen wieder heimgekehrt. Sie saß am Kamin, als Claus das Wohnzimmer betrat. Er fand, daß sie schlecht aussah und sie schien getrunken zu haben. Claus setzte sich zu ihr und sie überraschte ihn mit der Frage: „War es schön auf Cuba?"
Statt einer Antwort hatte er ihr mitgeteilt, daß er ausziehen und im Laufe der nächsten Wochen nach und nach seine Sachen holen werde. Marta hatte heftig zu weinen begonnen und Claus hatte hilflos dagesessen und sie schließlich zu beruhigen versucht, was ihm selbst wie Hohn vorkam. Dann hatte er im Schlafzimmer einige Anzüge, Hemden und etwa Unterwäsche gepackt, Post und Akten aus dem Arbeitszimmer geholt und sich von Marta verabschiedet, wobei sie einen Heulkrampf bekam. Er hatte sie deshalb noch zu ihrem Bett gebracht und war dann losgefahren.
Isabelle hatte seinem Bericht mit wachsendem Unmut zugehört.
„Du hast also vor, deine Frau regelmäßig zu besuchen, wenn ich dich richtig verstanden habe?"
„Ich will nur meine Post holen und dabei meine Sachen peu à peu mitnehmen - nichts weiter."
„Deine Post kannst du auch per Nachsendeantrag bekommen. Ich will nicht, daß du noch regelmäßig deine Frau siehst", erwiderte sie scharf.
Claus erschrak über ihren Ton.
„Was ist denn dabei? Ich denke, wir wollten uns möglichst gütlich von unseren Ehepartnern trennen!"

„Gütlich trennen heißt nicht, daß man sich regelmäßig treffen muß".
Isabelles entschiedene Reaktion bestürzte ihn. Er ging hinaus und holte die Sachen aus ihren beiden Autos, um sich abzulenken. Er hoffte, daß Isabelle nur aufgrund ihres eigenen schrecklichen Erlebnisses so eifersüchtig reagiert hatte. Er dachte an den Gentleman vom Hotel International und verglich Isabelles Verhalten soeben mit seinem eigenen dort. Beide waren gleichermaßen berechtigt und unberechtigt, und mit Erleichterung stellte er fest, daß ihre Ursachen sich gegenseitig aufhoben: Eifersüchtig kann man nur sein, wenn man das Subjekt seiner Eifersucht liebt und nicht einen anderen.

Während Isabelle versuchte, ihre Garderobe zu glätten und in dem viel zu schmalen Schrank unterzubringen, der ihnen zur Verfügung stand, weinte sie still vor sich hin. Sie hatte vergebens gehofft, zuhause Sohn Marcus wiederzusehen, nach dem sie sich sehnte. Nach der dort erlebten Szene schien er ihr in unerreichbare Ferne gerückt zu sein.
Claus mutmaßte, die miefige kleinbürgerliche Enge der armselig möblierten Wohnung bedrücke sie, und nahm sie schweigend in die Arme und streichelte ihr Haar. Doch sie fand keinen Trost darin.
„Ich mache uns einen Kaffee", sagte sie und löste sich aus seiner Umarmung.
Es war der erste Schritt zur Inbesitznahme der Wohnung; sie mußte sich in der Küche zunächst zurechtfinden, aber schließlich gelang es ihr, alles nötige auf den Tisch zu bekommen.
Es war eine bedrückende Freiheit, in der sie sich zurechtfinden und einrichten mußten.
„Der Kampf ums Überleben hat begonnen", versuchte Claus zu scherzen, um Isabelle ein wenig aufzuheitern. Dann wurde er wieder ernst: "Ich frage mich, woher Marta unseren Aufent-

haltsort wußte. Ich hatte sie seit jenem Abend nicht mehr gesehen und gesprochen, als ich sie über uns informiert habe. Hast du vielleicht eine Erklärung?".
Claus schaute Isabelle dabei fragend an.
Isabelle zögerte. „Ich muß dir etwas gestehen: Ich habe von Cuba aus Franziska angerufen, während du im Ministerium für Touristik warst, und habe ihr gesagt, wo wir seien."
Claus unterdrückte seine Verärgerung.
„Das erklärt noch nicht, wie meine Frau es erfahren hat."
„Es beweist, daß Franziska es meinem Manne gesagt hat und inzwischen auch Kontakt zwischen ihm und deiner Frau besteht. Die Urwaldtrommeln schlagen vermutlich auch jetzt wieder in alle Himmelsrichtungen.".
Nach einer kurzen Pause schweigenden Nachdenkens: "Ich werde jetzt meine Freundin anrufen; ich will wissen, was hier vorgeht".
„Du wirst es nicht erfahren; aber tu, was du nicht lassen kannst", kommentierte Claus grimmig.
Doch der Apparat war tot. Die Vermieterin hatte ihn abgemeldet, da sie vergessen hatten, seine Übernahme zu vereinbaren. Sie kamen sich plötzlich völlig abgeschnitten von der Außenwelt vor.
„Der Kampf ums Überleben geht weiter", scherzte Claus erneut.
„Ich brauche frische Luft; laß uns bitte einen Spaziergang machen", bat Isabelle.
Claus machte sich erste Sorgen um Isabelles Durchhaltekraft. Die kommenden Wochen und Monate konnten schwer werden für sie beide und dabei mußte jeder sich auf den anderen verlassen und nötigenfalls abstützen können. Claus sagte es Isabelle und sie verstand ihn.
„Mach dir keine Sorgen", erwiderte sie, und hängte sich strahlend bei ihm ein, als sie draußen im Schneeregen gingen.

Sie fanden bald eine Telefonzelle und Isabelle rief von dort aus ihre Freundin an.

„Franziska? Hier ist Isabelle. Wir sind zurück und uns geht es gut. Wie geht es dir? Was gibt es Neues?"

Franziska schien etwas verwirrt, aber nicht überrascht, als sie antwortete: „Ach danke, das Wetter hier ist ja zur Zeit ziemlich häßlich. Wo steckt ihr denn?"

Isabelle ging nicht auf die Frage ein: „Wie das Wetter hier ist, weiß ich selbst. Mich interessiert, wie es dir inzwischen ergangen ist, was du getrieben hast, erzähl doch mal!". Isabelle versuchte, sie herauszufordern und es gelang ihr.

„Ja, weist du, ich habe mich inzwischen häufig um deine Familie kümmern müssen. Robert hat mich oft rübergebeten. Na ja, du weist ja, wie hilflos Strohwitwer meist sind."

„Nein, ich weiß es nicht, aber du kannst es mir ja sagen", antwortete Isabelle provokativ.

Franziska bemerkte einen Ton in Isabelles Stimme, den sie von ihr nicht kannte.

„Sag mal, hast du etwas?", fragte sie verunsichert.

„Nein, ich wollte nur wissen, worin deine Lebenshilfe für Robert bestand - das darf ich doch, oder?"

„Na ja, ich habe mich halt ein wenig um ihn gekümmert, weil du nicht da warst und weil er mich darum gebeten hat, das ist alles. Du kannst mir das doch nicht vorwerfen; schließlich hast du ihn ja verlassen". Es klang nach schlechtem Gewissen.

„Ich werfe dir nichts vor", erwiderte Isabelle gereizt, „ich will nur wissen, woran ich bin. Das verstehst du doch hoffentlich als meine Freundin, oder?"

„Ja, natürlich. Glaub mir, es ist nichts passiert zwischen uns. Er hat mich zwar häufig eingeladen, aber ich habe alle sonstigen Annäherungsversuche zurückgewiesen. Du kannst es mir glauben". Franziska hatte sich gefangen.

„Es ist gut", sagte Isabelle, „ich muß Schluß machen; Claus steht draußen im Schneeregen und wartet auf mich."
„Wieso; habt ihr denn kein Telefon?"
„Noch nicht. Ich rufe dich wieder an, sobald es angemeldet ist."
Als Isabelle aus der Telefonzelle kam, wirkte sie in sich gekehrt. Claus fragte sie nach dem Grund und Isabelle berichtete ihm von ihrem Eindruck, daß Robert sich mit Franziska zu trösten beginne.
Claus lachte schallend. „Das darf doch nicht dein Ernst sein. Glaubst du wirklich, daß er aus Verzweiflung plötzlich einen solch schlechten Geschmack entwickelt? Entschuldige, daß ich über deine Freundin genau so denke, wie dein Mann. Ich glaube weit eher, daß er sie als nützliche Idiotin benutzt: Um so viel wie möglich über dich - und uns - zu erfahren und um dich auf sie eifersüchtig zu machen. Beides scheint ihm bereits zu gelingen, wenn ich es richtig sehe."
Isabelle sah ihn ungläubig an. Dennoch schien sie erleichtert zu sein, was ihn nachdenklich stimmte.
Er war froh, als sie wieder in ihrer Fluchtburg waren. Es war ein schwerer Tag gewesen, den sie nach der langen und anstrengenden Reise zu bestehen hatten. Sie krochen hundemüde in das schmale Bett, - die umgeklappte Couch, auf der man sich nicht drehen konnte, ohne den anderen zu stören - und Claus dachte im Einschlafen, daß es eine Strafe sein müsse für zwei Menschen, die sich nicht lieb haben.

Sie schliefen sich gründlich aus und liebten sich am Morgen lange und heftig, bevor sie aufstanden und den Beginn des Alltags akzeptierten, für dessen Ablauf sie sich erst eigene Rituale erfinden mußten. Isabelle war mit Einrichten beschäftigt, Claus arbeitete die angesammelte Post durch. Unter den Briefen befanden sich mehrere Absagen auf Bewerbungsschreiben, die ihn deprimierten.

„Nimm es nicht tragisch", meinte Isabelle tröstend, „du wirst schon bald etwas Neues finden, glaube mir."
Aber Claus vermochte ihren Optimismus, für den es keinerlei sachliche Berechtigung gab, nicht zu teilen.
Nach der ersten gemeinsamen Mahlzeit in ihrer neuen Behausung gingen sie los, um die Postnachsendung und einen Telefonanschluß zu beantragen und bei der Bankfiliale um die Ecke ein gemeinsames Konto einzurichten.
Vom Postamt aus rief Isabelle zuhause an in der Hoffnung, Sohn Marcus zu erreichen, den sie seit vier Wochen nicht mehr gesehen und gehört hatte. Sie hatte Glück.
Marcus schien sich sehr über den Anruf seiner Mutter zu freuen. Isabelle schlug ihm ein Treffen vor. Nach kurzem Zögern stimmte Marcus zu und sie verabredeten sich für einen Vormittag in der folgenden Woche in einem Café in der Nähe seiner Schule, da er dann zwei Freistunden hatte.
An den folgenden Tagen arbeitete Claus zumeist an seinem Buchmanuskript, das er bis Weihnachten abschließen wollte, um es dann einem Verlag anbieten zu können, und am Wochenende wertete er die Stellenanzeigen der großen Tageszeitungen für Bewerbungen aus.

Isabelle war meist mit der Wohnung und dem Einkaufen von notwendigen Haushaltsgegenständen beschäftigt, die ihnen fehlten - von Waschpulver bis zum Dosenöffner. Sie schonte dabei weder sich noch das gemeinsame Konto. Allein mehr als zehn verschiedene Reinigungs-, Putz-, Scheuer- und Waschmittel kaufte sie zusammen.
„Findest du das nicht etwas übertrieben?", fragte Claus sie vorwurfsvoll.
„Davon verstehst du nichts", erwiderte sie. „Das sind alles Mittel, die meine Putzfrau auch benutzte".

„Meine Frau benutzte nur einen Bruchteil davon und bei uns war es auch sauber!"

„Dann geh doch zu deiner Frau zurück!", parierte Isabelle spitz.

„Ich wollte damit nur sagen, daß es offenbar auch mit weniger geht - zumal, wenn man sparen muß, wie wir!", reagierte Claus zornig, worauf Isabelle aus dem Zimmer rannte.

Ihre gemeinsamen Abendessen bei Kerzenlicht zogen sich meist mit lebhaften Gesprächen bis in die späte Nacht hin. Dafür schliefen sie morgens lange und liebten sich nach dem Erwachen ausgiebig.

Isabelle machte einen unbeschwerten Eindruck; das neue Leben und seine Zwanglosigkeit schien ihr zu gefallen. Von Robert war bereits die erste Unterhaltszahlung auf ihrem bisherigen Konto eingegangen; es war nicht viel, aber es beruhigte sie, daß er sich an die Vereinbarung hielt. Claus hingegen sah, daß ihre Ausgaben bereits in der ersten Woche sein Arbeitslosengeld für den ganzen Monat aufgezehrt hatten, und Marta bediente sich ebenfalls wie bisher von seinem Konto.

Seine Besorgnis erschien Isabelle übertrieben, doch wenn er konkret werden wollte, wehrte sie ab mit dem Argument, es werde sich sicherlich alles bald ändern. Sie schien an einen deus ex machina zu glauben, auf dessen Erscheinen allerdings nichts hindeutete.

Nach einer Woche hatte Isabelle das Bedürfnis, mit Claus etwas zu unternehmen. Sie beschlossen, in die Stadt zu fahren und machten zunächst einen Bummel durch die belebte Fußgängerzone und sahen sich die Auslagen in den Schaufenstern an. Es war Isabelle anzumerken, wie froh sie war, sich wieder unter vielen Menschen zu bewegen. Zufrieden mit sich und der Welt hängte sie sich bei Claus ein, doch der entzog

sich immer wieder diskret dieser öffentlichen Vertraulichkeit und Isabelle tat, als bemerke sie es nicht.
Vor einem Juweliergeschäft leuchteten ihre Augen plötzlich auf:
"Komm, wir kaufen uns ein Paar Verlobungsringe, ja? Sie müssen ja nicht teuer sein", räumte sie seinen möglichen Vorbehalt aus dem Weg. Auch Claus war von der Idee angetan, zumal angesichts Isabelles Selbstbescheidung.
Das Auswählen und Anprobieren zog sich hin. Nachdem sie schließlich ihre Wahl getroffen hatten, verließen sie das Geschäft - glücklich und hungrig. Auf dem Weihnachtsmarkt aßen sie an einer Imbißstube fette Kartoffelpuffer, und als es zu regnen begann, flüchteten sie in ein kleines Kino in unmittelbarer Nähe, um sich aufzuwärmen.
Die Vorschau lief bereits. Der verdunkelte Zuschauerraum war bis auf einen einzelnen Mann menschenleer.
Sie setzten sich in die letzte Reihe und umarmten sich sogleich unter heftigen Zungenküssen.
Isabelle spreizte ihre Beine weit auseinander und führte eine Hand von Claus zwischen ihre Schenkel. Er spürte ihre hauchdünnen Strümpfe auf dem weichen Fleisch, glitt hinauf zu ihrer Scham, die sich ihm nackt und griffig unter einem weiten, seidigen Höschen darbot. Er streichelte ihre Schamhaare, griff in ihre feuchte Scheide und streichelte sanft ihren Kitzler, während sie seinen Penis aus der Hose befreite und ihn heftig rieb, bis er hart und steif herausragte. Dann beugte sie sich über ihn und begann, seine Eichel mit ihrer Zunge zu liebkosen.
Der Hauptfilm hatte begonnen.
Sie lagen übereinander gebeugt, erhitzt und kurzatmig, jeder mit dem Geschlechtsteil des anderen beschäftigt.
Isabelle nahm seinen Penis in den Mund und ließ ihn darin auf und ab gleiten. Claus wurde ständig erregter. Er schob ihren

dicken Pullover hoch und packte von hinten ihre beiden Brüste und knetete sie heftig, während ihr Mund weiter über seinen Penis glitt und ihm als Ersatz für ihre feuchte Möse diente. Er fühlte eine Ohnmacht in sich aufsteigen und drückte ihren Kopf fest gegen sein Glied, bis sein Samen in einem heftigen Strahl herausspritzte. Sie fing ihn in ihrem Mund auf und schluckte ihn hinunter, dann leckte sie seinen Penis ab.

Beide lehnten sich ermattet zurück.

Isabelle schwitzte. Ungeniert streifte sie ihren Pullover über den Kopf. Breitbeinig saß sie in ihrem Sessel, den Rock über die Schenkel hochgeschoben. Claus sah ihren fiebrigen Blick, der nach Befriedigung verlangte.

Schnell ließ er sich vor ihr auf die Knie nieder, spreizte ihre Schenkel über die beiden Armlehnen ihres Sitzes, während sie sich zurücklehnte und ihm ihren Körper willig entgegenstreckte in Erwartung seiner Liebkosungen.

Mit beiden Händen zog er ihren Unterleib zu sich heran und begann ihre Scheide zu lecken. Seine Zunge glitt über ihre Schamlippen, suchte ihren Kitzler und tastete mit sanftem Druck den weichen, fleischigen Eingang ihrer Möse ab. Er öffnete sich den Zugang und leckte so tief hinein wie er nur konnte, immer wieder, in vielen Variationen, während seine Hände hinaufglitten zu ihren Brüsten und sie rhythmisch preßten.

Er spürte ihre schweißnasse Haut. Ihr Körper bäumte sich auf unter den Berührungen ihrer Möse mit seiner Zunge. Schließlich ein Aufstöhnen, mit dem ihm ein Schwall ihres Scheidenwassers ins Gesicht schoß, wovon er nur einen Teil mit seinem Mund auffangen und trinken konnte.

Erschöpft sackte sie in ihrem Sitz zusammen; ihre Beine sanken von den Armlehnen herab. Er setzte sich wieder auf seinen Platz neben sie und wischte sich sein Gesicht mit dem

Taschentuch, dann rieb er ihren schweißnassen Oberkörper ab, bevor sie wieder in ihren Pullover schlüpfte.

Mit geschlossenen Augen lehnten sie aneinander, bis sie sich erholt hatten. Erst jetzt nahmen sie den Film wahr, von dem bisher nur Dialogfetzen und eine aufdringliche Musik hin und wieder ihre Ohren erreicht hatten.

Es war einer jener einfältigen Filme, die nur die Amerikaner so routiniert zu drehen verstehen, daß man ihren Schwachsinn nicht so schnell erkennt. Wichtigstes Requisit war eine formvollendete Blondine. („Erstmals: Bettsy Simson als Lizzi" - als handele es sich bei dieser Rolle um eine berühmte Gestalt der Weltliteratur).

Ihre prächtige Figur entschädigte für ein dümmliches Puppengesicht. Dennoch bemühte sie sich, ausdrucksvoll zu agieren, indem sie ihre Texte mit den gespreizten Fingern ihrer erhobenen Hände skandierte - so, wie das alle schlechten amerikanischen Schauspielerinnen zu tun gelernt haben. Allem Anschein nach hatte der Regisseur ihre Talente im Bett entdeckt und war dabei dem Irrtum erlegen, von ihren Leistungen, die sie unter seiner Anleitung auf dem weißen Bettlaken erbrachte, auf entsprechende Fähigkeiten auf der ebenso weißen Kinoleinwand zu schließen.

Immerhin spielte sie die Bettszenen gekonnt und mit Hingabe. Das war offenbar ihre Domäne.

Im übrigen wurde viel Zeit auf das gegenseitige Vorstellen der Akteure verwendet, die stets unbedingt darauf bestanden, von ihrem Gegenüber gleich mit dem Vornamen angeredet zu werden. Dieses Ritual wurde jeweils nach folgendem Muster zelebriert:

Sie: „Joe, das ist Charly McIntosh. Charly, das ist Joe Smith. Ich hoffe, daß ihr gute Freunde werdet".

McIntosh: „Hey, es freut mich, Sie kennenzulernen. Nennen Sie mich Charly".
Smith: „Hey, freue mich ebenso. Sie können Joe zu mir sagen".
Dieser tiefschürfende Gedankenaustausch genügte dem anderen bereits, um wenig später behaupten zu können: „Ein wirklich großartiger Bursche, dieser Charly".
Außerdem wurde viel telefoniert und nach dem Taxi gerufen, um die Handlung voran und die Protagonisten schneller zum nächsten Schauplatz zu bringen. Regen mußte dabei häufig als Vorwand herhalten.
Als Claus und Isabelle nach dem Film leicht amüsiert aber sonst sehr befriedigt das Kino verließen, regnete es. Sie nahmen ein Taxi, um schneller den nächsten Schauplatz zu erreichen: ein kleines Weinlokal mit einem Klavierspieler, unweit ihres Unterschlupfes. Sie hatten beschlossen, irgendwo etwas zu trinken, weil sie noch etwas Zeit hatten bis zum nächsten Kapitel.

Claus und Isabelle setzten sich in eine Ecke, weit ab von dem Klavierspieler, um nicht von seinem Spiel majorisiert zu werden. Die Geschäfte machten gerade zu und das Lokal füllte sich allmählich.
Zwei ältere Männer, die das Lokal wohl für eine touristische Attraktion hielten, setzten sich an einen kleinen Tisch neben dem Klavierspieler. Da sie sich entweder nichts zu sagen hatten oder wegen der Lautstärke der Musik sich nicht verständigen konnten, konzentrierten sie ihre Aufmerksamkeit auf die Musik und den Musiker, der jeden Takt seines Notenblattes beim Abspielen mit perlenden Läufen garnierte. Animiert von den sich fachmännisch gebärdenden Kommentaren der beiden Männer, die voll des Lobes und der Bewunderung schienen, steigerte der Pianist seine Klavierläufe bis zum Exzeß; man erkannte kaum noch die Melodien.

Eine alte Dame, die die ganze Zeit über die Melodien mitsummte oder mitsang, soweit sie die Texte kannte, geriet in Verzückung. Der Klavierspieler steigerte seine Anstrengungen. Am Ansatz seines tief schwarz gefärbten, glatt gescheitelten Haares bildeten sich Schweißperlen. Immer neue Notenbücher kramte er nach jedem Beifall hervor und stellte sie auf den Prüfstand seiner Geläufigkeit. Die beiden Männer warfen ihm anerkennende Blicke zu, während sie so ausdrucksvoll wie möglich seinen Rhythmus mit eigenen Körperbewegungen unterstrichen.

Die Läufe verließen dröhnend das Klavier, brandeten gegen alles, was im Lokal sich ihnen entgegenstellte, prasselten in die Unterhaltungen und erschlugen jedes gesprochene Wort. Der Klavierspieler schaute beifallheischend um sich, vor allem zu den beiden Männern, die sein Spiel am meisten zu würdigen wußten. Hinter ihm die alte Dame bemühte sich, ihm ihren Beifall durch noch mehr Lautstärke ihres Sprechgesanges zu signalisieren.

Der Klavierspieler pausierte irgendwann erschöpft und wischte sich den Schweiß vom Gesicht.

„Sie sind ja ein richtiger Chopin-Fan!", wandte sich einer der Männer an den Pianisten.

„Nein", erwiderte der irritiert, „ich habe noch nie Chopin gespielt".

Der Mann wurde verlegen, gab aber noch nicht auf:

„Aber Chopin benutzte auch die ganze Klaviatur", begründete er sein Urteil fachmännisch. Liszt war vermutlich gemeint - wenn auch unklar blieb, was es mit der „ganzen Klaviatur" auf sich hatte.

Claus und Isabelle kehrten leicht beschwipst und froh gelaunt zurück zu ihrer Bleibe und gingen sofort ins Bett. Claus spürte Verlangen nach Sex und beugte sich über Isabelle, küßte ihre

Augenlider, dann ihren Mund und ihren Hals. Seine Hände glitten über ihren Busen.
Plötzlich sprang er auf.
„Was ist los?", fragte sie erschrocken und etwas verärgert.
Eine Stechmücke hatte ihn mit ihrem aggressiven Sirren aufgescheucht.
„Ich muß erst die Mücke erwischen!"
Er machte das Licht an, bewaffnete sich mit einem Pantoffel, setzte sich im Bett auf und verrenkte den Kopf in alle Richtungen in der Hoffnung, das lästige Insekt zu erspähen.
Nichts geschah.
Isabelle langweilte sich; der Wein machte sie schläfrig. Nach einer Weile des Wartens meinte sie: „Komm, mach das Licht aus!"
Zögernd folgte er ihrer Aufforderung, mißgestimmt über sein mangelndes Jagdglück. Er legte sich nieder und horchte angestrengt in die Dunkelheit.
Der nächste Angriff der Mücke ließ nicht lange auf sich warten. Claus reagierte blitzschnell: Licht an, Pantoffel hoch. Nichts.
Er observierte die Zimmerdecke, die Wände, das Bett, aber entdeckte nichts Verdächtiges.
Isabelle lag müde neben ihm und wartete vergebens auf das Liebesglück als krönenden Abschluß eines harmonischen Tages.
Sein Blick streifte ihr Gesicht mit den geschlossenen Lidern.
Verärgert merkte er, daß seine Lust auf Sex schlapp machte.
Er wurde wütend auf die Mücke, die ihn so tückisch am Vergnügen hinderte, wütend auf Isabelle, die apathisch da lag und sich der süßen Wirkung des Weines überließ, anstatt ihm Beistand zu leisten.
Nach einer Weile vergeblichen Wartens löschte Claus resigniert das Licht und streckte sich wieder im Bett aus. Mit offenen Augen starrte er in die Dunkelheit und horchte, die

Arme hinter dem Kopf gefaltet, auf ein erneutes Lebenszeichen der Mücke.
Doch nur das ruhige, gleichmäßige Atmen von Isabelle war zu hören, die langsam dahindämmerte und mit einer letzten Anstrengung ihre Hand zu ihm ausstreckte, bevor sie endgültig einschlief.
Erbost zog Claus sich zurück und erwartete voller Erbitterung die nächste Attacke der Mücke, die ihm das Vergnügen dieser Nacht so gründlich verdorben hatte. Doch er wartete vergebens. Seine angespannte Aufmerksamkeit verhinderte, daß er in den Schlaf fand. Immer wieder schreckte er auf und sank schließlich in einen unruhigen Halbschlaf, aus dem er am frühen Morgen schweißgebadet erwachte.
Seine schlechte Laune kehrte sofort zurück als er sah, wie friedlich Isabelle noch immer neben ihm schlummerte. Mißbilligend dachte er daran zurück, wie wenig Anteil sie an seinem heroischen Kampf gegen den nächtlichen Störenfried ihres gemeinsamen Glücks genommen, ja ihn nicht einmal bewundert hatte.
Als der Wecker sie aufweckte, räkelte sie sich genüßlich und streckte ihm mit geschlossenen Augen ihre Lippen erwartungsvoll zum Kuß entgegen. Doch er reagierte kalt und abweisend, empört angesichts ihrer mangelnden Solidarität mit Goliath in seinem Kampf mit dem geflügelten David.

Ein Läuten des Telefonapparates signalisierte ihnen, daß die Nabelschnur wieder an die Welt angeschlossen war, über die ihre lebenspendenden Informationsströme mit der Umwelt flossen.
Claus konnte nun wieder Kontakt aufnehmen zu den Redaktionen der Zeitschriften und Pressedienste, für die er Gelegenheitsarbeiten schrieb, ihnen seine Dienste anbieten und Termine verabreden.

Isabelle rief sofort ihre 75jährige Mutter in Dortmund an, die wegen Krankheit nicht zu ihrer Geburtstagsfeier kommen konnte, aber über alle zwischenzeitlichen Ereignisse bestens informiert war. Sie ließ Isabelle kaum zu Wort kommen:
„Mein Gott, Kind, was tust du nur? Das kann doch nicht wahr sein, daß du wegen eines Hungerleiders deine Familie einfach im Stich lassen willst. Ich verstehe dich nicht".
Robert und die Söhne hatten ihr ganzes Mitleid - aber mehr noch tat sie sich selbst leid, wenn sie daran dachte, was aus ihr werden würde, wenn sie sich nicht mehr allein versorgen konnte. Sie hatte fest darauf gebaut, dann von ihrer Tochter und dem ungeliebten, aber reichen Schwiegersohn aufgenommen zu werden. Zu ihrem Sohn, den sie fürchtete, und der verhaßten Schwiegertochter wollte sie nicht ziehen, obwohl sie in ihrer unmittelbaren Nachbarschaft wohnten und damit die geringsten Veränderungen ihrer Lebensumstände verbunden gewesen wären.
Da sie nicht bereit war, ihre Tochter anzuhören, legte Isabelle verärgert auf. Sie hatte den zutreffenden Verdacht, daß ihre Mutter von Robert vorgeschickt worden war.
Noch am selben Abend brachte ein Postbote ein Telegramm für Isabelle - nachdem man offenbar über die Telefonnummer ihre Adresse ermittelt hatte:
„wenn du nicht sofort zu deinen kindern zurückkehrst hast du keine mutter und keinen bruder mehr".
Isabelle war zunächst bestürzt. Doch sehr schnell hatte sie sich gefaßt und empörte sich darüber, mit welcher Dreistigkeit sich ihre Angehörigen in ihre Angelegenheiten einmischten und von ihr erwarteten, daß sie ihre Lebensentscheidung von deren Wohlwollen abhängig mache. Claus konnte sie nur mühsam davon abbringen, direkt ihre Mutter anzurufen, um ihr die Meinung zu sagen. Innerlich teilte er ihren Standpunkt, sagte aber nichts, um sich nicht zwischen sie und ihre Familie zu

stellen. Er konnte sich nur aus Isabelles Schilderungen ein Bild von ihrer Mutter machen, und das war nach Abzug aller mildernden Umstände nicht sehr schmeichelhaft; das Telegramm bekräftigte nun sein Urteil über sie. Er selbst hatte es noch vor sich, seine Mutter zu informieren. Doch da er kaum noch irgendwelche Gefühle für sie aufbrachte, war ihm das nicht sonderlich wichtig.

Als Isabelle am nächsten Morgen aufstand, behauptete sie, gut geschlafen zu haben, dabei sah sie gerädert aus. Heute war sie mit Sohn Marcus verabredet, aber sie ahnte und fürchtete, daß sie vergebens zu dem vereinbarten Treffpunkt fahren würde.
Sie umarmte Claus beim Verlassen der Wohnung, wie um Beistand flehend.
Claus machte sich fertig, räumte auf, bewegte Papiere hin und her, unkonzentriert und mechanisch, ohne Sinn und Ziel. Nach einer halben Stunde kam Isabelles Anruf:
„Marcus ist bisher nicht erschienen..."
Claus wußte nichts zu antworten, womit er sie trösten konnte.
„Komm heim, Schatz", war alles, was ihm einfiel.
„Soll ich ihn nicht suchen?" Ihre Stimme klang traurig und hilfesuchend.
„Wo denn?", fragte er zurück.
„Irgendwo in Königswinter".
„Das bringt doch nichts. Komm nach Hause, Schatz".
„Ja. Ich warte noch den Kaffee ab, den ich bestellt habe, dann komme ich."
Sie saßen ein paar Kilometer getrennt von einander und dachten beide an ihre Kinder, die sie verloren hatten; an die beiden großen Jungen, die sich so ähnlich waren und deren Leben auf eine geheimnisvolle Weise miteinander verbunden war, ohne sich vielleicht jemals zu begegnen oder kennen zu

lernen; aber verwoben durch das, was ihre Elternpaare trennte und anders zusammengefügt hatte.

Als Isabelle zurückkehrte wirkte sie auf Claus gealtert. In seinen Armen weinte sie leise vor sich hin, während er ihr übers Haar streichelte, um sie zu trösten. Draußen ging aus einem grauen Himmel Schneeregen nieder und verdüsterte die Szene unnötigerweise. Isabelle nahm schließlich Zuflucht beim Whisky, den sie eigentlich für besonders erfreuliche Anlässe gekauft hatte. Claus trank mit, um ihr seine Solidarität im Schmerz zu beweisen, und da sie seit dem Frühstück nichts gegessen hatten, waren sie beide bald so beschwipst und müde, daß sie es vorzogen, früh zu Bett zu gehen.

Am nächsten Morgen war Isabelles Verfassung nur wenig besser. Immerhin faßte sie den Entschluß zu einem erneuten Anlauf und rief bereits in der Mittagszeit daheim an. Marcus war am Apparat. Isabelle tat freudig überrascht und fragte ihn, ob sein Vater da sei, um mit ihm etwas zu bereden. Die Antwort fiel erwartungsgemäß negativ aus. Nach diesem Umweg gelang es ihr, sich mit Marcus daheim zum Kaffeetrinken zu verabreden, da sie „ohnehin etwas holen" müsse, wie sie behauptete. Sie vermied es, Rechenschaft für sein Verhalten am Vortag zu verlangen, nachdem er selbst sich nicht bei ihr entschuldigte; seine unsichere Stimme verriet ihr, daß er sich seines Verhaltens wohl bewußt war, aber wohl auf Druck seines Vaters so gehandelt hatte, ohne dies zugeben zu wollen.

Der Kampf der Eltern um das Herz des Jungen hatte also schon und schonungslos begonnen.

Isabelle war fast erleichtert über diese gemutmaßte Erklärung, konnte sie doch daraus folgern, daß es nicht Liebesentzug von Seiten des Sohnes gegenüber seiner Mutter war, sondern eine aufgezwungene Verhaltensweise. Die darin sichtbare Charakterschwäche ignorierte sie geflissentlich. Vielmehr faßte sie wieder neuen Mut und machte sich in aller Eile auf den Weg, um so bald wie möglich ihren Sohn wiederzusehen.

Als Marcus seiner Mutter die Haustür öffnete, waren sie beide verlegen und gehemmt. Isabelle erkannte mit Schrecken, daß die liebevolle Vertrautheit zwischen ihnen nicht mehr existierte.
Sie legte ab und ihr Sohn schaute unbeteiligt dabei zu.
Als sie sich umsah, kam ihr alles fremdartig vor. Sie ging von der Diele ins Wohnzimmer, dann ins Eßzimmer, danach ins Schlafzimmer, schließlich in die Küche, ständig gefolgt von ihrem Sohn.
Das Haus war zu ihrer schmerzlichen Überraschung in einem tadellosen Zustand; pedantische Ordnung und makellose Sauberkeit herrschten überall. Die Blumen strotzten vor Gesundheit und Pflege. Isabelle kam sich überflüssig vor angesichts solcher Perfektion, die sie nie geschafft hatte. Dafür wirkte das Haus nun lebloser; früher schon auf Präsentation getrimmt, schien es nunmehr auch noch die Funktion eines Museums zu erfüllen, das dem einzigen Zwecke diente, nicht nur die Unzulänglichkeit der bisherigen Dame des Hauses zu demonstrieren, sondern darüber hinaus ihre Entbehrlichkeit zu beweisen.
Isabelle drehte sich nach ihrem Sohn um und lächelte ihn an, aber er senkte nur die Augen unter ihrem forschenden Blick. Verzweifelt suchte sie nach Gemeinsamkeiten mit ihm.
„Marcus hol uns Kuchen; ich mache in der Zwischenzeit Kaffee", schlug sie ihm vor, denn Kuchen verschlang er am liebsten in großen Mengen.
„Ja, Ma, aber Kuchen muß nicht sein; laß uns nur Kaffee trinken."
Sie sah ihn ungläubig an. Leicht irritiert wiederholte sie ihren Vorschlag, wobei sie sich bemühte, in ihre Stimme etwas mehr

Autorität und größere Vertraulichkeit zu legen. Doch die Reaktion blieb die gleiche; der Appetit auf Kuchen schien verflogen. Sie war verwirrt, bis ihr eine Ahnung kam:
„Marcus, möchtest du, daß ich mit dir fahre?"
„Ja, Ma!"
Die Antwort kam ebenso spontan wie erleichtert.
Nun wußte Isabelle, daß Robert dem Sohn Weisung erteilt hatte, seine Mutter nicht allein im Haus zu lassen. Vermutlich hatte Marcus direkt nach Isabelles Anruf seinen Vater von ihrem bevorstehenden Besuch telefonisch informiert - vielleicht sogar, um sich Verhaltensmaßregeln von ihm geben zu lassen.
Isabelle hatte in der Tat vorgehabt, während Marcus' Abwesenheit ein paar Dinge zusammen zu packen, die ihr wichtig waren und die ihr Mann vermutlich nicht freiwillig herausgeben würde. Dazu gehörten alte Fotos von ihrer Familie und verschiedene Wertgegenstände von ihren Eltern, deren Besitzanspruch er ihr inzwischen schon bei dem Notar streitig gemacht hatte.
Nachdem sie gemeinsam Kuchen eingekauft hatten, machte sich Isabelle in der Küche an die Zubereitung des Kaffees, während Marcus ihr dabei zuschaute und sie damit zunehmend nervöser machte. Schließlich befahl sie ihm, den Kaffeetisch zu decken, um ihn abzulenken, während sie einige Bestecke, Kochbücher und Küchengerätschaften in ihrer Tasche verschwinden ließ.
Die Unterhaltung während des Kaffeetrinkens verlief mühsam. Isabelle mußte alle Informationen aus Marcus herausfragen, wobei sie sich ausschließlich auf ihn betreffende Angelegenheiten beschränkte, um ihn nicht in Verlegenheit oder gar Loyalitätskonflikte zu seinem Vater zu bringen.
Isabelle war erstmals mit den Auswirkungen ihrer neuen Situation konfrontiert und mußte fassungslos feststellen, wie kompliziert plötzlich zwischenmenschliche Beziehungen

wurden. Sie hatte es weder erwartet noch war sie bereit, es zu akzeptieren.

Marcus berichtete, daß der Vater ihm eine Englandreise über Weihnachten zum Geschenk gemacht habe, er also erstmals an diesen Feiertagen nicht Zuhause sein werde. Isabelle war überrascht und fühlte sich betrogen. Offenbar wollte Robert ein Wiedersehen von Isabelle mit ihren Söhnen vereiteln und damit verhindern, daß sie sich gegenseitig Geschenke machten.

Als Isabelle sich von Marcus verabschiedete, war sie trauriger als zuvor. Sie begann ihren Mann zu hassen, weil er versuchte, ihr die Söhne zu entfremden und sie auf seine Seite zu ziehen.

Am Haus ihrer Freundin hielt Isabelle. Franziska wirkte verlegen und erschrocken, als sie öffnete. Isabelle tat, als habe sich nichts zwischen ihnen geändert und im Grunde wollte sie es auch glauben.

Franziska war sehr gesprächig und sehr neugierig auf Isabelles neue Lebensumstände und Isabelle war sehr mitteilsam. Sie hatte ihrer Meinung nach nichts zu verbergen. Bisher bereute sie nichts. Im Gegenteil: Sie war überzeugt von der Richtigkeit ihrer Entscheidung und voller Zorn auf ihren Mann, und bei Franziska konnte sie diesen Zorn loswerden. Deshalb berichtete sie ihr auch von Roberts Hinterlist.

Isabelle sah, daß Franziska einen roten Kopf bekam.

„Was hast du?", wollte Isabelle wissen.

Franziska druckste, aber Isabelle blieb hartnäckig.

„Es ist mir unangenehm, aber ich muß es dir sagen: Robert hat mich gefragt, ob ich mit ihm über Weihnachten verreisen würde. Ich habe ihm geantwortet, daß ich das dir gegenüber nicht verantworten könne. Schließlich bist du meine Freundin."

Isabelle zuckte zusammen. Es entstand eine Pause des Schweigens. Franziska war verlegen und suchte nach einer Geste guten Willens, die Isabelle versöhnen sollte.

„Ich habe übrigens noch immer die schwarze Spitzenbluse, die ich vor ein paar Wochen von dir geliehen hatte", sagte sie und ging, um sie zu holen.

Isabelle stand auf. Sie nahm ihre Bluse und verabschiedete sich kühl von Franziska.

Deprimiert fuhr Isabelle zurück zu Claus und berichtete ihm alles. Claus wurde unsicher in seiner Einschätzung von Roberts Verhalten gegenüber Isabelles Freundin. Offenbar war es ihm doch ernst, was Claus mit ironischer Genugtuung erfüllte. Er nahm sogar Franziska gegen Isabelle in Schutz; ihr Verhalten sei nobler als zu erwarten gewesen und ihre Rücksichtnahme auf Isabelle sei eigentlich unnötig. Claus hielt es für einen Fehler und ungerecht gegenüber Franziska, wenn Isabelle ihr die Freundschaft aufkündigen würde, weil Robert ihr den Hof machte.

Isabelle hörte es sich schweigend und ohne Kommentar an. Sie traute ihrer Freundin nicht mehr und fürchtete, daß sie bei Robert alles ausplaudern werde, was sie ihr anvertraut hatte. Für Isabelles vertrauensselige Mitteilsamkeit gegenüber ihrer Freundin hatte Claus kein Verständnis und machte ihr deshalb Vorhaltungen.

„Wenn du schon davon ausgehst, daß deine Freundin eigene Interessen bei deinem Mann verfolgt, mußt du doch damit rechnen, daß sie dein Vertrauen mißbraucht, um ihre Beliebtheit bei ihm zu erhöhen. Jedenfalls halte ich sie für dumm genug, dies zu glauben, weil sie vermutlich nicht weiß, daß der Verrat sich größerer Beliebtheit erfreut als der Verräter.

Wenn du selbst nicht fähig bist, etwas für dich zu behalten, kannst du es auch nicht von dem erwarten, den du zum Mitwisser machst."

Isabelle war betroffen von seinem Vorwurf der Geschwätzigkeit, womit er sie auf eine Stufe mit Franziska stellte, was sie am meisten kränkte.
Ohne Claus etwas davon zu sagen, beschloß sie, am nächsten Tag Robert aufzusuchen, sobald er Zuhause sei. Sie wußte nicht genau, was sie von ihm wollte; auf jedenfalls hätte sie dann die Möglichkeit, sich mehr Klarheit zu verschaffen, und sie könnte einige ihrer Sachen aus dem Haus holen.

Claus hatte den Auftrag eines Pressedienstes übernommen, an diesem Tag einen Bericht über die Eröffnungsreden eines Wirtschaftsforums in der Beethovenhalle zu schreiben.
Nachdem Claus die Wohnung verlassen hatte, rief Isabelle ihren Mann im Büro an. Ihre Frage nach seinem Befinden überging er und fragte kühl nach ihrem Begehr. Bereits eingeschüchtert, erklärte sie, daß sie ihn am Abend zu einem Gespräch aufsuchen wolle und fragte ihn, ab wann er Zuhause sei. Robert schwieg zunächst, dann nannte er sechs Uhr als frühestmögliche Zeit. Isabelle war damit einverstanden und das Telefongespräch damit beendet.

Der Präsident des Forums, selbst Boß eines Großkonzerns, war schon mitten in seiner Eröffnungsrede, als Claus eintraf und sich am Pressetisch niederließ. Mit Erleichterung stellte er fest, daß er keinen der anwesenden Pressekollegen persönlich kannte.
"...Daß die gesamte Branche optimistische Zukunftserwartungen hegt, geht schon aus der regen Investitionstätigkeit hervor: Mit fast drei Milliarden Mark Gesamtvolumen wurde gegenüber dem Vorjahr fast fünfzig Prozent mehr investiert. Der Kunde ist bereit, fachkundige Beratung, serviceorientierte Betreuung und angenehme Einkaufsatmosphäre bei der Befriedigung seiner gehobenen Ansprüche zu honorieren.

Deshalb werden wir unsere Bemühungen darauf konzentrieren, unter dem Titel „Qualität und Service gleich Wachstum und Zukunft" Lösungen zu suchen, wie rationelle Verkaufstechniken im Standardsortiment mit der Präsentation gehobener Sortimente und damit mit der Profilierung über die Fachkompetenz verbunden werden können.

Europa sieht sich bereits heute den Angriffen der zwei anderen Industriemächte in der Welt ausgesetzt. Ob es Europa gelingen wird, sich als schlagkräftige Industriemacht zu behaupten, hängt von einer starken Halbleiterindustrie ab. Um die Existenz dieses Industriezweigs auch in der Zukunft zu sichern, müssen wir unseren Kunden optimalen Service, erstklassige Technologien und die weltweit besten Produkte bieten. Und der Konkurrenzkampf ist hart.

Wir müssen mit Nationen konkurrieren, die einerseits ihren eigenen Markt abschotten, gleichzeitig aber von unseren Märkten profitieren wollen. Wir treten gegen Unternehmen an, die nicht nur von ihren eigenen Regierungen, sondern auch noch von unserer finanzielle Unterstützung erhalten. Wir kämpfen also praktisch gegen den Rest der Welt.

Schon heute entscheiden wir weltweit ein Marktgefecht nach dem anderen für uns. Wenn man den Bereich der DRAM-Technologie ausklammert, waren wir im letzten Jahr das wachstumintensivste Unternehmen der Welt; und auch wenn man die DRAMs mit ins Kalkül zieht, konnten wir uns einen sehr guten dritten Platz unter den Halbleiterunternehmen mit dem schnellsten Wachstumstempo sichern.

In einigen Hochtechnologiebereichen, wie zum Beispiel bei Smart-Power ICs oder analogen ICs für fernmeldetechnische Anwendungen, ist unser Unternehmen weltweit die Nummer eins; und in anderen Sektoren, unter anderem bei Leistungsbausteinen, EPROMs und Spezialschaltkreisen für eine breite

Palette von Anwendungen, sind wir im Begriff, uns die Spitzenposition zu erkämpfen ".
Beifall für den erfolgreichen Industrieboß von den zumeist rotgesichtigen, graumelierten Unternehmern im Einheitsblau. Claus war beeindruckt. Er hatte eine Kriegserklärung modernster Art miterlebt und die Mobilmachung bisher verschlafen. Und während hier zusätzlich Freiwillige geworben wurden, um im Faltenwurf Europas den Rest der Welt Mores zu lehren, vor allem den Kaugummi-Yankees und den schlitzäugigen Japsen, verweigerte er den Wehrdienst in diesem Global War, diesem Vernichtungskrieg gegen die Konkurrenz auf den Weltmärkten, bei dem es um mehr Macht, Umsatz und Profit ging. Claus Lehmann empfand weder Solidarität noch Patriotismus, noch nicht einmal Sympathie für diesen sicherlich gerechten Krieg, weshalb leichte Schuld- und Schamgefühle in ihm aufkeimten angesichts des einstimmigen Kriegsgeheuls der hier versammelten geballten Wirtschaftsmacht.

Der Wirtschaftsminister trat, ebenfalls mit Applaus begrüßt, ans Podium, um das Hohelied des freien Unternehmertums in der freien Marktwirtschaft einer freiheitlichen Demokratie zu singen. Da war viel die Rede von mehr Selbständigkeit, mehr Selbstverantwortlichkeit, eigener Leistungsfähigkeit, denn „von denen, die das Geld erwirtschaften, können wir nie genug haben". Da ging es um die „Konkurrenzfähigkeit unserer Wirtschaft auf den internationalen Märkten" und darum, sich mit „strategischen Konzepten auf den Weltmärkten durchzusetzen"; „es genügt nicht, daß wir gut sind, wir müssen Spitze sein"; und deshalb seien Steuersenkungen für die Unternehmen nötig. „Jahr für Jahr haben wir Marktanteile zurückgewonnen und Jahr für Jahr ist unsere Position stärker geworden; letztes Jahr haben wir genauso viele Werkzeugmaschinen verkauft wie die Japaner und unser Anteil ist gestiegen und der von den

Japanern ist zurückgegangen"; aber das sei alles nur haltbar, wenn die Lohnzusatzkosten gesenkt würden, und es dürfe keine neuen Leistungsgesetze für Arbeitnehmer geben, jedoch „die Möglichkeit, Sonderabschreibungen auf Investitionen vorzunehmen und Vergünstigungen bei der Altersvorsorge" - gemeint waren solche für Arbeitgeber. Aber „wenn ein junger Mann, eine junge Frau von dreißig, fünfunddreißig Jahren sich vor allem darüber Gedanken macht, wer später einmal seine Pension bezahlt, dann wird kein Schwung reinkommen; wenn aus diesem Geist die Leute an die Arbeit rangehen, entsteht nichts; aus einem solchen Pudding können Sie niemals Funken schlagen"; es gelte vielmehr, „die eigene, mutige Lebensentscheidung dem absichernden Behördenbescheid vorzuziehen; wer lieber Auftraggeber als Antragsteller ist, der wird gebraucht".

Angestrengte Präsenz, Allgegenwärtigkeit wurde auch hier abverlangt. Es durfte keine Pause entstehen im System der Gewinnmaximierung; Leerlauf bedeutet Zeit-Verschwendung, Nicht-Nutzen; am Ende geht die Kosten-Nutzen-Rechnung nicht auf! Lieber Perlen vor die Säue werfen; kein Gewinn ohne Investition, aber besser eine Fehlinvestition als eine nutzlose Zeit-gleich-Geld-Verschwendung.

Beifall rauschte auf.

Des Ministers Worte waren Balsam für die Wirtschaftsfunktionäre und Betriebsmanager. Man war unter sich. Arbeitnehmer waren nur Menschen zum Nutzen der Betriebe; jeder Nichtunternehmer wurde im Grunde zum faulen Parasiten an der Volkswirtschaft degradiert.

Eingedenk seiner eigenen beruflichen Situation bekam Claus ein schlechtes Gewissen; er war einer jener Schmarotzer am Volksvermögen, die einen weiteren wirtschaftlichen Aufstieg des Landes verhinderten; er wäre schuld daran, wenn Deutsch-

land in diesem Krieg, der im Namen des Kapitalismus geführt wurde, nicht den Sieg erringen würde.
Dennoch mußte er einen wohlklingenden Bericht über die beiden Reden für seinen Auftraggeber schreiben, was er gleich vor Ort erledigte, da der Redaktionsschluß Eile gebot.

Als Claus am frühen Abend nach Hause kam, war Isabelle entgegen ihrer Gewohnheit nicht anwesend; nicht einmal eine Nachricht hatte sie hinterlassen. Unruhe packte ihn deshalb, bis ein Anruf von ihr Aufklärung brachte.
Isabelle war nach Stunden ängstlichen Zögerns und Zauderns schließlich zur verabredeten Zeit zu ihrem Mann nach Hause gefahren, um wenigstens einige der Sachen zu holen, die sie benötigte - Garderobe vor allem und Gegenstände des täglichen Gebrauchs aus ihrem persönlichen Habitus.
„Ist alles in Ordnung mit dir?", fragte Claus besorgt am Telefon.
„Nein, aber ich erzähle dir alles nachher", erwiderte Isabelle.
„Kannst du mich hier abholen?"
Sie hatte von ihrer Freundin aus angerufen, bei der sie offenbar erneut Zuflucht genommen hatte.
Als sie später zusammen in seinem Wagen heimfuhren, wirkte sie müde und erschöpft. Sie beschränkte sich auf ein paar Andeutungen und versuchte während des Abendessen ein tapferes Gesicht zu machen.
Claus verging, wie meist in solchen Situationen, der Appetit, weil sich ein Kloß in seinem Magen einnistete. Er sah, daß sie deprimiert war und litt mit ihr.
Ihre Kleiderschränke hatte sie leergeräumt vorgefunden, ihre Garderobe lag auf dem Speicher, auf einen Berg gehäuft. Jeder Schritt, den sie im Haus tat, war von ihrem Mann verfolgt worden; jeden Handgriff, mit dem sie etwas einpackte, hatte er überwacht.

Robert hatte sie mit seinem stummen Verhalten regelrecht gemartert. Sie hatte ihn nach Musikkassetten gefragt, die während des Urlaubs aus ihrem Wagen verschwunden waren - Aufnahmen von Konzerten ihres verstorbenen Vaters; er wußte angeblich von nichts.
Schließlich hatte sie schüchtern zu fragen gewagt, ob es ihm recht sei, wenn sie Heiligabend nach Hause käme. Seine Reaktion darauf war unterkühlt.
„Was soll das? Willst du uns eine Komödie vorspielen?"
„Keine Komödie, aber müssen wir denn nach mehr als fünfundzwanzig Jahren Ehe als Feinde auseinander gehen?"
„Ja, das müssen wir, wenn du deine Familie ohne vernünftigen Grund in Stich läßt."
„In Stich lassen ist deine Terminologie, weil du dich selbst bedauerst und mich moralisch verurteilst. Aber ich lasse mir von dir kein schlechtes Gewissen einreden, denn du bist im Grunde nicht weniger egoistisch als ich: Du denkst ebenso nur an dich wie du es mir vorwirfst. Wenn ich mich deinem Egoismus unterwerfe, bist du zufrieden. Ob ich dabei glücklich werde, ist dir völlig egal. Aber ich habe mich von deinem Glücksanspruch zu meinen Lasten befreit. Und ich bekenne mich dazu, daß ich mein Leben noch einmal in meine eigenen Hände nehme und mit einem anderen Menschen glücklich zu werden hoffe, den ich sehr liebe!"
Robert lachte höhnisch: „Mit einem Arbeitslosen!"
Isabelle wurde wütend: „Du hast doch dein ganzes Leben an nichts anderes gedacht als ans Geld!", schrie sie ihn an.
„Deshalb ist es dir so gut gegangen!", schrie er zurück.
„Hättest du mich nicht gehabt, wärst du doch heute noch ein kleiner Versicherungsvertreter im Außendienst!"
Isabelle hatte seinen empfindlichsten Nerv getroffen. In blinder Wut gab er ihr eine Ohrfeige. Isabelle riß zur Abwehr ihre Hand hoch, an der Robert nun auch den neuen Ring entdeckte;

wild schlug er weiter auf sie ein, wobei sie in Richtung Haustür zurückwich. Doch bevor sie hinausschlüpfen konnte, verstellte er ihr den Weg.

„Du kommst hier erst raus, wenn du deinen Hausschlüssel abgeliefert hast!"

Robert keuchte, sein Blick war eisig. Isabelle wollte sich weigern, doch als Robert drohend auf sie zuging, kramte sie zitternd den Schlüsselbund aus ihrer Handtasche. Nur mit Schwierigkeiten gelang es ihr, den Haustürschlüssel abzulösen, den Robert ihr sofort aus der Hand riß.

In Panik war Isabelle aus dem Haus zu ihrer Freundin geflüchtet und hatte von dort aus Claus angerufen, nachdem sie sich etwas beruhigt hatte.

Claus packte ohnmächtige Wut. Isabelle ärgerte sich im nachhinein über sich selbst, daß sie nicht frühzeitig daran gedacht hatte, sich für einen solchen Fall, mit dem sie rechnen mußte, einen zweiten Schlüssel anfertigen zu lassen; andererseits war klar, daß Robert ebenso das Haustürschloß auswechseln konnte, wenn er ihr den Zutritt verwehren wollte. (Vielleicht würde er es trotzdem tun, denn ihre Freundin hatte ja ebenfalls einen Schlüssel zu dem Haus).

Claus stand theoretisch vor dem gleichen Dilemma gegenüber seiner Frau, doch er glaubte nicht daran, daß Marta es wagen würde, ihn auszusperren.

Isabelles Vorpreschen gegen ihren Mann brachte Claus in Zugzwang, seine Situation ebenfalls zu bereinigen. Isabelle erwartete es mit recht von ihm und er stimmte ihr innerlich zu. Schließlich war er fast dankbar für den Druck, der es ihm leichter machte, gegenüber seiner Frau initiativ zu werden, ohne sich bei Isabelle verdächtig zu machen. Und so verabredete er im Beisein von Isabelle telefonisch einen Termin mit seiner Frau, um mit ihr über die Teilung von Hab und Gut zu reden.

Er wählte dazu eine Tageszeit, in der Sascha in der Schule war, um seinem Sohn nicht zu begegnen. Indem er auf diese Weise einem möglichen Konflikt mit ihm aus dem Wege ging, suggerierte er sich, daß es keinen gebe.

Den Ring zog Claus zuvor ab, als er am folgenden Nachmittag zu Marta fuhr - aus Feigheit wie aus Zweckmäßigkeit: Er hoffte auf eine gütliche Einigung, da er ihr das Haus samt Inventar überlassen wollte und nur wenige Gegenstände beanspruchte, die er entweder mit in die Ehe gebracht hatte oder später, meist gegen Martas Willen, von Extrahonoraren gekauft hatte. Zum Ausgleich wollte er über das Geld auf den Bankkonten verfügen, um davon die Einrichtung seiner neuen Wohnung bezahlen zu können.

Aber Marta hatte die Sparbücher aus dem Haus geschafft, um sie seinem Zugriff zu entziehen. Claus redete lange mit ihr, um sie zum Einlenken zu bringen und bemühte sich, die Aussprache in möglichst ruhigen Bahnen zu halten. Doch das Gespräch eskalierte. Als Marta ihn schließlich als Traumtänzer und Versager titulierte, rannte er davon.

Ein zweites Gespräch einige Tage später brachte ebenso wenig Fortschritte noch Klarheit, wie es weiter gehen sollte.

Claus verzagte allmählich. In falscher Einschätzung der möglichen Verhaltensweisen seiner Frau war er bereits Zahlungsverpflichtungen für den neuen Hausstand eingegangen, für die es nun keine finanzielle Deckung gab.

Isabelle beschwor ihn, seine Ansprüche gegenüber seiner Frau durchzusetzen - nötigenfalls mit Rechtsmitteln. Doch Claus weigerte sich. Er wollte nicht gegen seine Frau kämpfen. Außerdem würde ein solcher Kampf viel Zeit, Geld und

Nerven kosten - nichts von alledem hatte er. Und schließlich gäbe es keinen Gewinner: Hab und Gut würde dabei zum Teufel gehen und von dreiundzwanzig Ehejahren bliebe nichts als ein Trümmerhaufen aus Haß und Verzweiflung.
Isabelle akzeptierte seinen Standpunkt nicht.
„Dann geht eben das ganze Haus zum Teufel! Ich habe auch alles aufgegeben: Nicht nur meinen Mann und mein Haus und den Wohlstand, sondern die gesamte Familie, sogar meine Kinder - nur für dich, weil ich dich liebe! Und wenn du mich liebst, erwarte ich von dir das gleiche Opfer. Du kannst nicht ständig deine Frau schonen und ihr aus Mitleid eine heile Welt erhalten und gleichzeitig mit mir eine gemeinsame Zukunft aufbauen unter ständiger Rücksichtnahme auf sie. Das mache ich nicht mit. Du mußt endlich wissen, wohin du gehörst - und du gehörst zu mir, wenn du es ehrlich damit meinst, daß du mich liebst."
Claus saß mit aufgestützten Armen über dem Abendbrot, die Augen gesenkt. Er fühlte sich ertappt und verlogen. Isabelle verursachte ihm ein schlechtes Gewissen.
Ihn verblüffte immer wieder ihr Mangel an Unrechtsbewußtsein, für den er keine befriedigende Erklärung fand. Vielleicht, daß sie sich ohnehin nur das bei ihm nahm, was sie bei ihrem Mann nicht bekam. Aber wie rechtfertigte sie das, was sie selbst ihrem Mann vorenthielt oder gar verweigerte?
Von Claus einmal darauf angesprochen, hatte sie nur mit den Schultern gezuckt und erwidert: „Ich liebe ihn nicht mehr, das ist alles!"
So einfach war das für sie. Sie akzeptierte seinen Versuch einer Erklärung. Eine eigene hatte sie nicht. Vermutlich hatte sie auch nicht darüber nachgedacht.

Der Verantwortung, die er allzu selbstbewußt für sie beide übernommen hatte, fühlte er sich längst nicht mehr gewachsen.

Die Probleme wucherten um ihn her zum Dickicht, aus dem er keinen Ausweg mehr fand. Das Geld würde noch zwei, drei Monate reichen. Der finanzielle Kollaps war so gut wie sicher, wenn er bis dahin nicht an die Sparkonten herankam oder eine attraktive Anstellung finden würde. Und die Aussichten dazu waren denkbar schlecht. Alle seinen bisherigen Bewerbungen - und das waren nicht wenige - hatten zu keinem Erfolg geführt. Das ging nun bereits seit einem halben Jahr, in dessen Verlauf seine Hoffnung gesunken, sein Mut geschwunden war. Und je länger er von journalistischen Gelegenheitsarbeiten lebte und davon seine Familie und Isabelle ernähren mußte, um so mehr schmolz das finanzielle Polster, das er als Abfindung aus seinem langjährigen Arbeitsverhältnis erhalten hatte.

*

An den folgenden Tagen arbeitete Claus an seinem Buch und es gelang ihm sogar, das Manuskript druckreif abzuschließen. Mit diversen Verlagslektoraten nahm er telefonisch Kontakt auf und bot sein Buchmanuskript an. Bereits der dritte Verlag zeigte sich interessiert und bat um Zusendung. Claus und Isabelle erschien es wie Morgenröte nach langen Regenwochen. Die hoffnungsvolle Stimmung von Claus schien Isabelle geeignet, etwas loszuwerden, das sie seit etlichen Tagen stark bedrückte. Sie ergriff Clausens Hand.
„Ich muß dir etwas sagen: Meine Regeln sind ausgeblieben; seit mehr als zwei Wochen sind sie überfällig".
Claus erschrak. Sie hatten nie darüber gesprochen, ob sie die Pille nahm. Claus hatte es als selbstverständlich angenommen, doch dem war nicht so. Vielmehr verließ sie sich auf ihren Instinkt und nahm Zäpfchen - wenn sie sie nicht vergaß.
Claus reagierte verärgert auf diese Offenbarung. Vorsicht hätte er als das Mindeste von ihr in der prekären Situation erwartet,

in der sie sich befanden. Vor allem wollte er kein Kind mehr - insbesondere kein Geplärre - und auch Isabelle war seiner Meinung nach zu alt dafür.
Doch nun stellte sich die Frage: Was geschieht, falls Isabelle tatsächlich schwanger sein sollte? Vorsichtig gab er die Frage an sie weiter.
„Ich möchte so gern ein Kind von dir haben", erwiderte sie weinend.
Ihre Naivität deprimierte ihn, dennoch nahm er sie schweigend in die Arme und streichelte ihr Haar - und hoffte, daß sich alles als falscher Alarm erweisen werde.

*

Weihnachten geriet zur Trauerfeier.
Schon am Frühstückstisch traten Isabelle Tränen in die Augen, als
sie daran dachte, daß Sohn Marcus heute nach England flog - ohne Abschied und ohne Gruß.
Isabelle hatte an den Vortagen mehrmals heimlich bei ihrem Mann zuhause und bei ihrer Freundin angerufen, doch es hatte sich niemand gemeldet. Also hatte Robert seine Absicht wahr gemacht, mit Franziska über die Feiertage zu verreisen. Voller Empörung dachte Isabelle daran, daß ihre Freundin sie mit ihrem Mann herinterging - und wie schnell Robert sich mit einer anderen zu trösten schien.
Isabelle bemühte sich, so etwas wie ein Festessen zu machen, doch das Ambiente bis hin zum Geschirr und den Eßbestecken waren alles andere als festlich. Vor allem die Stimmung der beiden war auf einem Tiefpunkt angelangt.
Claus und Isabelle saßen niedergeschlagen vor ihrem Menü und quälten sich zu essen, während ihre Gedanken abwechselnd um Isabelles Schwangerschaft und um ihre Familien

kreisten; vor allem litten sie unter der Trennung von ihren Söhnen, die sich weder telefonisch noch schriftlich an einem der Weihnachtstage bei ihnen meldeten.

Erst mit dem Herannahen von Silvester hellte sich die Stimmung der beiden allmählich auf und Claus bekam sogar Nachricht, daß der Verlag sein Buch zu veröffentlichen beabsichtige. Am Silvesterabend beschlossen sie, dies und den Beginn des neuen Jahres irgendwo draußen zu feiern, aber sie hatten weder irgendwo Plätze vorbestellt noch wußten sie, wohin. Zu fortgeschrittener Stunde schließlich entschieden sie sich, in die Bar des Steigenberger-Hotels zu fahren.
Sämtliche Tische waren bereits besetzt, also setzten sie sich direkt an die Bar. Die Musik stimulierte sie. Abwechselnd tranken und tanzten sie und wurden allmählich fröhlich.
„Darf ich mit Ihrer Dame tanzen?", fragte ein Mann neben ihnen Claus.
„Fragen Sie die Dame selbst!", erwiderte Claus - in der Hoffnung, Isabelle werde ablehnen.
Doch sie sagte ja und folgte dem Mann, der sie an der Hand nahm und in die entfernteste Ecke der Tanzfläche entführte.
Claus war geschockt. Im Spiegel über der Bar sah er die beiden entschwinden und so angestrengt er auch schaute, er konnte sie nicht mehr sehen.
Der Tanz ging zu ende, doch sie kehrten nicht an die Bar zurück. Dem nächsten Musikstück folgten weitere, ohne daß Isabelle und ihr Partner zu sehen waren oder zurückkamen. Um ihn herum herrschte lärmende Fröhlichkeit, an der er kein Anteil hatte, während die Zeit zäh verstrich und er sich an seinem Sektglas festhielt. Claus fühlte sich lächerlich gemacht. Er dachte zurück an den Abend auf Cuba mit dem Gentleman auf der Hotelterrasse.

Es war knapp vor Mitternacht, als Isabelle endlich wieder auftauchte, erhitzt und strahlend. Claus gelang nur ein gequältes Lächeln.
„Hast du was?", fragte sie ihn forschend anschauend.
Er versuchte, großzügig zu sein, aber es wollte ihm nicht gelingen. Er strengte sich an, die Stimmung des Abends noch zu retten
„Nein", log er, aber seine Laune hatte sich entsprechend der Dauer ihrer Abwesenheit immer mehr verschlechtert. Sie hätte ihn nicht die ganze Zeit alleine sitzen lassen dürfen und es gelang ihm nicht, es ihr nachzusehen. Vielmehr wartete er darauf, daß sie Reue empfand und ihn um Verzeihung bat. Statt dessen schlürfte sie gut gelaunt an ihrem Cocktail und ließ sich von der Musik betören. Und während Isabelle sich ihrer guten Stimmung überließ, hüllte Claus sich in einen Mantel aus schweigsamer Verbitterung.
Der Countdown zum Neujahr wurde laut über Mikrofon gezählt. Claus und Isabelle nahmen ihre Gläser in die Hand.
Als das neue Jahr ausgerufen wurde, stießen sie beide miteinander an.
„Ein frohes Neues Jahr!", sagte Isabelle.
„Gleichfalls!", erwiderte Claus knapp.
Sie wollte ihn auf den Mund küssen, doch er entzog sich und erwiderte ihn mit einem flüchtigen Wangenkuß. Nun endlich merkte sie, daß sie ihn verstimmt hatte. Es tat ihr leid, aber sie wußte, es war zu spät für eine Entschuldigung.
Als Isabelle ihr Glas leergetrunken hatte, zahlte Claus sofort und holte, ohne sie zu fragen, ihren Mantel.
„Komm!", sagte er bestimmt, als sie ihn erschrocken ansah, „ich will heim."
Wortlos folgte sie ihm und schweigend fuhren sie zu ihrem trostlosen Domizil, während noch vereinzelt Feuerwerksrake-

ten gen Himmel stiegen und als strahlende Sternenhaufen über der Stadt zerplatzten.

Claus war wütend auf Isabelle und bedauerte sich, und Isabelle fühlte sich ihm zum ersten mal hilflos ausgeliefert. Schweigsam gingen sie zu Bett und nach einem lieblosen „Gute Nacht!" tat jeder, als ob er schlief. Tatsächlich waren sie zu deprimiert, um schlafen zu können.

Nichts war so, wie es sein sollte - zwischen ihnen und um sie herum. Sie hatten zwar alles gut bedacht und geplant, aber sich selbst hatten sie nicht richtig einkalkuliert.

*

Sohn Marcus meldete sich telefonisch überraschend bei Isabelle. Sie wußte nicht, woher er ihre Telefonnummer hatte und sie fragte auch nicht danach. Sie freute sich einfach, daß er sie anrief und sich sogar mit ihr treffen wollte.

Isabelle jubelte dem Wiedersehen am nächsten Nachmittag entgegen und fuhr viel früher los, als es zu der Verabredung in dem Café nötig war, wo Marcus sie vor ein paar Wochen hatte sitzen lassen.

Das Wiedersehen war fast freudig und herzlich. Marcus erzählte von seinem Ski-Urlaub mit seinen Freunden und einem geplanten Wiedersehen in Frankfurt am nächsten Wochenende mit einigen anderen, die er im Urlaub kennengelernt hatte. Ob Isabelle ihm dazu ihren Mercedes leihen könne, weil sein VW-Käfer bei dem gegenwärtige Sauwetter nicht mehr fahrtüchtig sei.

Isabelle schluckte etwas, doch sie wollte alles vermeiden, was das Verhältnis zu ihrem Sohn trüben könnte. Also willigte sie ein und Marcus verabschiedete sich dankbar.

Claus war wütend; ihn hatte Isabelle gedrängt, seinem Sohn seinen Wagen nicht mehr zur Verfügung zu stellen, weil er ihn nach der Cuba-Reise vor dem Haus abgestellt hatte, ohne seinen Vater zu verständigen oder gar zu besuchen. Von ihm verlangte sie Härte gegenüber seinem Sohn, während sie den eigenen verhätschelte, um seine Sympathie und Zuneigung nicht zu verlieren. Und sie wollte nicht wahrhaben, daß sie nur ausgenutzt wurde.

Am Sonntag Nachmittag fand der Rücktausch mit Schwierigkeiten statt. Als Marcus kam, wollte der Käfer nicht mehr anspringen, nachdem er zwei Tage bei Kälte und Regen auf der Straße gestanden hatte. Schließlich klappte es und der Sohn verschwand - samt dem Schlüsselbund seiner Mutter.

Als sie es bemerkte, rief sie ihren Sohn an. Ja, er habe es auch schon gemerkt. Aber er habe kaum noch Sprit im Tank und sein Wagen könnte erneut bocken. Isabelle machte ihm Vorschläge und baute ihm goldene Brücken: Wenn der Vater oder sein Bruder käme, sollte er den Wagen von einem der beiden erbitten, um ihr den Schlüsselbund zurückzubringen. Doch es wurde Abend und nichts geschah.

Isabelle rief erneut an. Marcus war wieder am Apparat; sein Vater habe ihm wegen einer starken Erkältung untersagt, das Haus zu verlassen.

Isabelle wurde mißtrauisch. Sie forderte ihn auf, seinen Bruder zu veranlassen, den Schlüssel bei ihrer Freundin, die drei Häuser weiter wohnte, abzugeben, damit sie ihn dort abholen könne. Der innig geliebte Sohn kommentierte diese Bitte mit den Worten: „Welch ein Schwachsinn!".

Als Isabelle zwei Stunden später bei ihrer Freundin anrief, - es war inzwischen acht Uhr abends - waren die Schlüssel dort noch nicht eingetroffen. Die Freundin erklärte sich bereit, „bei den Männern" anzurufen, falls die Schlüssel bis zehn Uhr noch nicht bei ihr abgeliefert sein würden.

Isabelle und Claus gerieten in Alarmzustand.

Um halb elf kam der Rückruf der Freundin:

Robert sei bereits im Bett, Marcus ebenfalls, Michael werde die Schlüssel am nächsten Morgen in ihren Briefkasten werfen; falls er es vergesse, werde es der Vater tun.

Bei Isabelle schrillten sämtliche Alarmglocken auf. Es wurde offensichtlich, daß falsches Spiel mit ihr getrieben wurde, um Zeit zu gewinnen. Natürlich würde Mike die Schlüssel am nächsten Morgen „vergessen", denn gegenüber dem Büro des Vaters gab es einen Schlüsseldienst. Im Laufe des Vormittags könnte er dort leicht und schnell Nachschlüssel zu Isabelles und Clausens Wohnung anfertigen lassen, bevor er die Originalschlüssel bei Isabelles Freundin ablieferte.

Inzwischen war es elf Uhr abends. Isabelle rief erneut zuhause an. Wieder war Marcus am Apparat. Isabelle fragte, warum Mike den Schlüssel nicht abliefere, wie sie es wünschte. Markus erwiderte, Mike sei schon im Bett. Isabelle wollte es nicht glauben, denn es widersprach aller Erfahrung und eben noch hatte ihre Freundin ihn am Telefon gehabt.

Isabelle bat ihren jüngsten Sohn, den Schlüssel sofort vor der Haustür zu deponieren, um ihn selbst abholen zu können. Im Hintergrund hörte sie halblaute Diskussion. Wieder Marcus' Stimme: Nein, das ginge nicht, weil er dort entwendet werden könne. Isabelle bestand dennoch darauf. Wieder Stimmengewirr im Hintergrund. Schließlich der Ehemann am Telefon, mit wütender Stimme: „Ich will endlich meine Ruhe haben!".

Der Hörer wurde aufgeknallt, noch ehe Isabelle etwas sagen konnte.

Isabelle zitterte vor Erregung. Sie informierte Claus über den Ablauf des Telefonats so gut sie es noch konnte. Beide packte ohnmächtige Wut. Dieser Mann spielte mit seiner Frau wie die Katze mit der Maus.

Schließlich faßte Isabelle einen Entschluß. Sie wollte ihre Schlüssel zurückhaben - unverzüglich und unter allen Umständen.

Sie zogen sich an und fuhren zum Hause Wenndorff; es ging auf Mitternacht zu. Es war ungewiß, wie die Kraftprobe ausgehen könnte. Claus rechnete damit, daß das Haus in Dunkelheit getaucht sein und niemand öffnen würde, weil alle angeblich schliefen.
Als sie sich dem Haus näherten, bestätigte der erste Eindruck die Vermutung. Claus blieb im Auto sitzen, während Isabelle sich im Dunkeln an die Haustür herantastete und gebeugt suchte, in der Hoffnung, daß der Schlüssel doch noch vor den Eingang gelegt worden sei.
Nach wenigen Augenblicken kam sie zum Wagen zurück.
„Ich habe den Schlüssel!".
Sie sagte es leise und ohne Genugtuung.
Sie setzte sich wieder neben Claus in den Wagen. Beide waren erschöpft von der Nervenanspannung.
Langsam fuhren sie zurück zu ihrem kleinen, möblierten Domizil, schweigsam und freudlos.
Als sie ausstiegen sah Claus, daß Isabelle verweint war. Er nahm ihre Hand. Schweigend schlossen sie die Wohnungstür auf.
Das Abendessen stand noch unberührt auf dem Tisch.
Sie hatten keinen Appetit mehr. Isabelle räumte es wieder ab, während Claus die Schlafcouch zum Bett herrichtete.
In dieser Nacht lagen sie lange wach, aneinander geschmiegt wie Kinder, die sich im Dunkeln fürchten.
Doch ihre Furcht galt mehr dem Licht des Tages.

*

Die Ausweglosigkeit der Situation lähmte Claus. Lustlos stand er morgens spät auf, frühstückte lange, noch ungewaschen, ohne viel zu essen, weil er nichts herunter bekam.

„Du verkommst", sagte Isabelle mit leisem Vorwurf, womit sie recht hatte.

Erst allmählich erkannte Claus das Beharrungsvermögen der „Gesellschaft" und ihre Stabilität gegen Angriffe auf ihre geltende Ordnung. Er spürte, wie sie ihre Abwehrkräfte gegen ihn mobilisierte und ihn abkapselte wie einen Virus, der ihren Körper angriff.

Dabei hatte sich objektiv kaum etwas geändert.

Nur das Telefon schwieg beharrlich. Die einzigen Anrufe waren Irrläufer, die einer Botschaft mit ähnlicher Nummer galten. Erst dadurch wurden sie sich ihrer Isolation von der Außenwelt auf bedrückende Weise bewußt. Sie hatten sich, ebenso zielstrebig wie trotzig, außerhalb der gültigen gesellschaftlichen Normen gestellt, und diese Gesellschaft revanchierte sich mit Abbruch der Beziehungen durch Schweigen.

Es gereicht keinem Mann zur Ehre, wenn er seine Frau verläßt; und die Umgebung reagiert mit Sanktionen auf den Bruch dieses staatlich und kirchlich beglaubigten Gesellschaftsvertrages - obwohl allen bekannt sein dürfte, daß viele von ihnen den gleichen Vertragsbruch früher oder später begehen werden.

Claus unterstellte einen Telefon-Boykott aller seiner Kollegen und Bekannten. Er unterschlug dabei, daß niemand seine neue Telefonnummer wissen konnte, die er selbst seiner Frau verschwiegen hatte. Darüber hinaus vergaß er, daß er sich bereits früher eingestanden hatte, daß nach seinem Abgang als Pressereferent ein berufliches Desinteresse der früheren Kollegen der wahrscheinlichere Grund war.

So überlagerten sich in seiner Depression die Argumente zu einem wirren Knäuel.

Das Abgeschnittensein von der Außenwelt lastete besonders schwer auf ihren Gemütern - zumal ihre beiden Ehepartner jetzt bei jeder Gelegenheit auf die Vielzahl von Einladungen und

gesellschaftlichen Verpflichtungen hinweisen, denen sie nachzukommen hätten.
Die Teilnahme an den künstlichen Wirklichkeiten, die Clausens bisheriges Leben ausmachten, bestehend aus Parties und Empfängen, die Zugehörigkeit zu den Kreisen, die „dazu gehören" und deshalb stets dabei sind, das alles gehörte der Vergangenheit an. Namen und Gesichter verblaßten, verflüchtigten sich, die Wirklichkeit entglitt ihm. Was blieb, war die Erinnerung. Das Leben fand inzwischen ohne ihn statt. Er gehörte der Vergangenheit an.
Nicht dazu gehören ist nicht schlimm; nicht mehr dazu gehören um so schlimmer.
Aber auch sie selbst zogen sich von ihrer menschlichen Umgebung zurück, scheuten zunehmend persönliche Kontakte. Der äußere Rückzug und die innere Emigration gingen Hand in Hand. Dafür suchten sie bei einander Trost, den sie nicht fanden, denn keiner konnte dem anderen geben, was er selbst nicht hatte.
Ihre Umarmungen wurden um so heftiger und qualvoller. Im Rausch der Sinne suchten sie die leere Stille zu vergessen und Vergebung ihrer Sünden zu finden.
Aber es gab weder Vergessen noch Vergebung.
Die Leere hielt an, das Schweigen lastete weiter auf ihnen. Dabei hatten Isabelle und Claus eigentlich die Ruhe gesucht, die sie jetzt umgab, aber in dem Schweigen ihrer Umwelt nicht fanden.
Statt dessen entwickelte Isabelle hektische Geschäftigkeit, suchte Abwechslung bei häufigen Spritztouren mit dem Auto, schleppte ihn überall in Einrichtungsgeschäfte und suchte schon das Mobiliar für ihre künftige Wohnung aus, die sie noch nicht hatten und die Claus noch nicht wollte, so lange ihre wirtschaftlichen Verhältnisse ungeklärt waren. Sie drängte Claus zu gemeinsamen abendlichen Besuchen von Weinloka-

len, obwohl sie sich das finanziell eigentlich nicht leisten konnten, und kaufte ständig neue Garderobe für fehlende Anlässe. Einladungen zu irgendwelchen Empfängen erreichten Claus nur noch selten und ließ er sofort verschwinden, da er das Licht der Öffentlichkeit scheute, vor allem mit Isabelle. Die einzige verläßliche Unterbrechung ihres monotonen Alltags bot das Opernabonnement, das Claus vor seiner Frau gerettet hatte und auf dessen jeweils nächste Veranstaltung sie sich beide wochenlang im voraus freuten.

Isabelle litt und bemühte sich, es Claus nicht merken zu lassen. Er sah, wie sie litt, wollte sich aber nicht anmerken lassen, daß er es wußte. Gleichzeitig wurde er wütend, weil sie ihm nichts von ihrem Kummer sagen wollte.

Er zwang ihr seine sexuelle Liebe auf, ohne daß sie spürbar Widerstand leistete. Im Gegenteil; zunehmend fühlte er ihre Passivität und Teilnahmslosigkeit. Doch sein Versuch, sich nur Sex bei ihr zu holen, scheiterte kläglich.

Er ließ von ihr ab, resignierend und unbefriedigt. Die neuerliche Verzweiflung türmte er auf den Berg seiner übrigen Verzweiflungen und begann zu weinen.

Die Wunden, die sie sich ständig gegenseitig schlugen, heilten nicht mehr ab; sie schwärten, eiterten zum Teil, wurden immer wieder aufgerissen, kaum daß der Schorf sie verkrustete.

Sein Ausbruchversuch war, wie er sich eingestehen mußte, kläglich gescheitert, wie das meiste in seinem Leben. Die Verhältnisse waren stärker als er - oder er war schwächer als die Verhältnisse - was aufs selbe hinauskam und nur die Schuldzuweisung zu seinen Gunsten veränderte. Der Preis für ein absolutes Glück stellte sich im nachhinein als zu hoch heraus - höher, als Claus zu bezahlen in der Lage war. Er hatte weder das nötige Kapital, um den trotzigen Anspruch auf das absolute Glück finanzieren zu können, noch die erforderliche Willenskraft und Zähigkeit, für dieses Glück zu kämpfen.

Statt dessen überließ er sich trüben Gedanken der Resignation und suchte nach Auswegen, die niemand wehtun sollten, am wenigsten ihm selbst. Die baldige Erkenntnis, daß es eine solche Patentlösung nicht gab, steigerte seine Verzweiflung. Die Auswegslosigkeit der Situation, in die er sich und Isabelle hineinmanövriert hatte, verunsicherte ihn zunehmend und lähmte seine Kräfte.

Sein Tun beschränkte sich mehr und mehr auf Rückzugsgefechte, Ausstieg aus möglichst vielen der finanziellen Verpflichtungen, die er leichtfertig eingegangen war, um Isabelle den Abstieg in sein bescheidenes Milieu nicht allzu kraß spüren zu lassen.

Isabelle jedoch folgte ihm ohne jeden Widerspruch oder gar Vorwurf auf diesem Weg in die persönliche Bescheidenheit. Sie schien es gelassen hinzunehmen und wirkte verständnisvoll. Wenn er die Rede darauf brachte, daß die Ersparnisse laufend weniger würden, weil er nicht genügend verdiene, um zwei Frauen zu ernähren, beteuerte sie jedesmal ihre Bereitschaft, auch in Armut mit ihm leben zu wollen.

Aber er vermochte nicht zu glauben, daß sie es wirklich könne. Vielmehr unterstellte er, daß sie größere Angst davor hatte, zu ihrem Mann zurückkehren zu müssen. Sie kam aus einem Milieu, in dem Geld keine Rolle spielte, weil es vorhanden war. Das Teuerste war stets gut genug gewesen: Ihre Garderobe hatte sie ausschließlich in den exklusivsten Geschäften zu kaufen gelernt; meist ging man abends essen - selbstverständlich nur in einem der teuren Restaurants, die einen Namen hatten - und überall wurde sie persönlich begrüßt und als gut zahlende Kundin bevorzugt behandelt.

Die Reisen mit ihrem Ehemann gingen rund um den Globus, aber auch in exotische Länder nur, soweit man dort in Luxushotels absteigen konnte, und sie kannte alle Nobelherbergen des Fernen Ostens von innen; das hatte sie ihn auf schmerzliche

Weise auf Cuba wissen lassen, als sie sich mit dem unvergessenen Gentleman über ihre Erfahrungen mit dem Orientel in Bangkok, dem Mandarin in Hongkong oder dem Shangri La in Singapur austauschten - Hotels, die er bis dahin nicht einmal dem Namen nach gekannt hatte.

Claus war nicht imstande zu glauben, daß es dieser Frau aus Liebe zu ihm nichts ausmachen sollte, ohne diesen Nimbus auszukommen. Vielmehr fürchtete er, daß irgendwann der große Katzenjammer bei ihr einsetzen und alles zu Ende sein werde.

Er sagte es ihr ins Gesicht hinein, worauf sie ihn unter Tränen anflehte, ihr zu glauben, so wie sie an ihn glaube - auch wenn er nicht der Mann sei, der ihr alle Sterne vom Himmel holen könne, wie er es offenbar wolle.

Doch damit riß sie nur andere Wunden bei ihm auf: Ihre früheren Liebhaber waren wohlhabende, distinguierte Männer in gehobenen Positionen, zumeist selbständig. Fast jeder von ihnen - Zufall oder Voraussetzung? - hatte einen Mercedes der gehobenen Klasse gefahren, während er sich seit Jahren mit einem Wagen der unteren Mittelklasse bescheiden mußte, um sich seinen übrigen Lebensstandard leisten zu können.

Und selbstverständlich hatten sie sich zur Liebe nur in besten Hotels gebettet (am liebsten im Kölner Interconti), während er sich mit ihr meist in billigen Absteigen getroffen hatte, weil er sich nicht mehr leisten konnte.

Selbstverständlich hatten sie ihr ihre Liebesdienste mit kostbaren Geschenken gedankt. Er hingegen hatte ihr zu Beginn ihres Verhältnisses lediglich ein Fußkettchen zu schenken vermocht, das er im Kaufhof erworben hatte. Sie trug es zwar ständig und mit Stolz, wie es schien. Aber er schloß nicht aus, daß sie sich hinter seinem Rücken doch darüber lustig machte.

Geld hatte für ihn bisher ebenfalls keine Rolle gespielt - aber nur, weil er anspruchslos war und nie an den Ketten der Bescheidenheit gezerrt hatte. Doch seit er Isabelle kannte, war für ihn Geld zum Dauerthema und ständigen Alptraum geworden. Seine miese berufliche Situation verschärfte das Problem zusätzlich.

Dennoch stürzte er sich mit dem Wagemut der Verzweiflung in das Abenteuer, gemeinsam mit Isabelle einen neuen Hausstand zu gründen. Allein der Gedanke daran machte sie beide froh. Die Aussicht, eine eigene Wohnung zu beziehen und mit eigenen Möbeln auszustatten, weckte die Zuversicht in ihnen, daß alles doch noch ein gutes Ende nehmen werde.

Claus machte Kostenaufstellungen und Finanzierungspläne, korrigierte und verwarf, wobei er mit ungewissen Einnahmen jonglierte und sich vor allem auf die Ersparnisse abstützte, die er für seinen Verzicht auf alles Hab und Gut gegenüber seiner Frau für sich beanspruchte.

*

Der Tag rückte näher, an dem Isabelles Mutter Geburtstag hatte. Isabelle wußte nicht, wie sie sich verhalten sollte. Das Telegramm ihrer Mutter vom letzten Dezember lag sperrig im Weg: „wenn du nicht sofort zu deinen kindern zurückkehrst hast du keine mutter und keinen bruder mehr".

Isabelle litt unter diesem Fluch und quälte sich. Sie bat Claus um Rat und Hilfe. Claus lehnte ab: „Das ist eine Angelegenheit, die du allein entscheiden mußt!" Es klang feige, war aber ehrlich gemeint:

„Ich weiß, wie ich mich gegenüber meiner Mutter verhalten würde. Aber das ist nicht auf dich und euer Verhältnis übertragbar. Wenn du dich nach mir richtest, aber gegen dein

Gewissen handelst, wirst du bald unglücklich sein und es mir anlasten".

Isabelle blieb unschlüssig bis zum letzten Tag. Schließlich entschied sie, sich nicht zu rühren. Claus beglückwünschte sie zu dieser Entscheidung, weil sie Stärke bewies - und um ihr Rückhalt zu geben.

Am nächsten Tag kam, völlig überraschend für Isabelle, ein Anruf ihrer Schwägerin aus Dortmund. Sie redete lange und heftig auf Isabelle ein, tätige Reue zu üben und in den Schoß der Familie zurückzukehren, „bevor es zu spät" sei.

In Isabelle, die ihre Schwägerin nie gemocht hatte, wuchs der Widerstand. Sie lehnte es kategorisch ab, auch nur einen Schritt auf ihre Mutter zuzugehen; es sei vielmehr an dieser, den ersten Schritt zu tun und sie empfahl ihrer Schwägerin, sich weniger Sorgen um sie zu machen. Doch die ließ nicht locker. Als die Schwägerin schließlich vorschlug, sich mit ihr und ihrem Mann, Isabelles Bruder, auf halber Strecke zu einer Aussprache zu treffen, erklärte sich Isabelle nach kurzem Zögern einverstanden.

Isabelle war nach dem Telefonat wütend. Sie war es leid, sich und ihr Verhalten vor Familienangehörigen zu rechtfertigen. Schließlich war sie ein erwachsener Mensch, der allein über sein Leben zu entscheiden das Recht hatte - es sich zumindest nahm. Sie beschloß daher, das Treffen wieder abzusagen.

Aber es kam anders.

Schon am nächsten Morgen meldete sich telefonisch Isabelles Mutter - zu einer Zeit, in der sie mit dem verhaßten Liebhaber ihrer Tochter am Apparat rechnen mußte. Isabelle nahm das Gespräch an. Sie war erleichtert, wieder die Stimme ihrer Mutter zu hören und erklärte sich sofort bereit, am folgenden Tag zu ihr zu fahren, nachdem ihre Mutter es dringlich machte. Das Treffen mit Bruder und Schwägerin war damit hinfällig geworden. Isabelle argwöhnte jedoch, daß die beiden dabei sein würden und stellte sich innerlich darauf ein.

Isabelle ging vor der Abfahrt zum Friseur, um bei ihrer Mutter einen gepflegten Eindruck zu machen. Die Abfahrt verzögerte sich dadurch. Claus empfahl ihr, die Mutter anzurufen, damit sie sich keine unnötigen Sorgen wegen Isabelles Verspätung machen sollte. Zu Isabelles Überraschung meldete sich ihr Bruder am Telefon und erklärte, man erwarte sie bereits.

Claus wurde mißtrauisch. Er empfahl Isabelle, keine Moralpredigt über sich ergehen zu lassen und gab ihr noch die Formulierungshilfe mit auf den Weg: „Ich mache Euch einen Vorschlag: Ich mische mich nicht in Eure privaten Angelegenheiten und Ihr tut dasselbe bei mir". Sollte das nicht wirken, empfahl er ihr, den Besuch abzubrechen.

Isabelle hatte gemischte Gefühle. „Am liebsten hätte ich dich dabei", sagte sie, als sie sich mit einem Kuß von Claus verabschiedete. Im Weggehen versprach sie, ihn vor Antritt der Rückfahrt anzurufen.

Sie rief bereits nach einer Stunde an, um ihm mitzuteilen, daß sie gut angekommen sei. Claus erkundigte sich nach dem „Klima". „Normal", erwiderte Isabelle kurz und beendete das Gespräch.

Claus war etwas erleichtert. Er schaute auf die Uhr. Es war 13 Uhr.

Nach zwanzig Minuten läutete erneut das Telefon. Als Claus abnahm, hörte er laute Stimmen.

„Claus, ich komme sofort zurück. Ich halte das hier nicht mehr länger aus. Bis gleich!".

Isabelles Stimme klang hart und erregt.

Claus konnte nur noch sagen: „Ist gut!", dann wurde bereits aufgelegt. Er war beunruhigt, aber auch froh darüber, wie entschlossen sie offenbar handelte.

Als sie nach unglaublich kurzer Zeit eintraf, fielen beide sich in die Arme und hielten sich eine Weile schweigend umklammert. Erst nachdem Isabelle Kaffee gemacht und eingeschenkt hatte, kamen bruchstückweise und ungeordnet die einzelnen Szenen und Dialoge hervor.

Ihr Bruder hatte sofort nach Isabelles Ankunft die Gesprächsführung übernommen und nach einigen wenigen Vorhaltungen zu ihrem unmoralischen Verhalten sein eigentliches Anliegen zum Thema gemacht: Wer bekommt die alte Truhe, wo ist Vaters Bundesverdienstkreuz? - und so fort.

Es ging nur noch um Haben und Kriegen.

Isabelle mußte jeden Gegenstand, den sie jemals von ihrer Mutter erhalten hatte, vor ihrem Bruder verteidigen, während die Mutter verschüchtert und wortlos da saß.

Die Unterhaltung wurde immer lauter, die Auseinandersetzung zwischen Bruder und Schwester immer hitziger.

Isabelle war schließlich aufgesprungen, um zu gehen, was wiederum einen Wutausbruch ihres Bruders auslöste, der ihr noch im Treppenhaus nachrief: „Du wirst dich noch wundern! Ich werde dir die Beine brechen!"

Isabelle war, das wurde nun deutlich, von ihrer Schwägerin in eine Falle gelockt worden, und die Mutter hatte dabei als Köder gedient.

Es dauerte einige Zeit, ehe Isabelle sich beruhigt und wieder in der Gewalt hatte.

„Ich muß unbedingt meine Möbel aus dem Haus herausholen, sonst bekomme ich auch die nicht mehr".

Sie fürchtete ein Komplott zwischen ihrem Bruder und ihrem Mann. Auch die notarielle Vereinbarung zwischen Isabelle und ihrem Ehemann wollte ihr Bruder anfechten hinsichtlich der Gegenstände aus dem elterlichen Haushalt.

Ein Testanruf bei ihrer Mutter war negativ; sie war offenbar nicht im Hause. Isabelle wurde argwöhnisch. Ein weiterer

Anruf in der Wohnung des Bruders verlief ebenfalls ergebnislos. Isabelles Argwohn wuchs. Sie wähnte alle bereits bei einem Anwalt oder auf dem Weg zu ihrem Mann, um die Besitzverhältnisse zu ihrem Nachteil zu ändern.

Da es ihrem Bruder offensichtlich eilte, schien auch ihr Eile geboten, um ihm zuvor zu kommen.

Claus machte telefonisch ein Transportunternehmen ausfindig, das bereit war, noch am selben Abend einen Möbeltransport durchzuführen.

Isabelle rief ihren Mann im Büro an, doch der war angeblich nicht erreichbar. Sie versuchte es später erneut, diesmal mit mehr Erfolg. Sie fragte ihn, ob er am Abend Zuhause sein werde. Als er dies bejahte, teilte sie ihm mit, daß sie kommen werde, um ihre Möbel abzuholen.

Ihr Mann lachte am anderen Ende der Leitung höhnisch; er liebe keine Überfälle, zu einer Unterhaltung mit ihr sei er jedoch bereit. Für den Abtransport der Möbel bot er einen Nachmittag der folgenden Woche an - just am Tag von Clausens vorgesehener Buchpräsentation in der Parlamentarischen Gesellschaft.

Noch ehe Isabelle intervenieren konnte, hatte ihr Mann aufgelegt. Isabelle rief erneut bei ihm an und insistierte. Der Möbelwagen sei bestellt und da er anwesend sei, gebe es keine Gründe, ihr die Herausgabe der Sachen zu verweigern, die ihr notariell beglaubigt zuständen. Seine Reaktion war diesmal noch schroffer und noch kürzer.

Isabelle geriet in Panik darüber, wie ihr Mann sie schikanierte. Verzweifelt rief sie den Notar an, der die eheliche Auseinandersetzung in kühle Vertragstexte umgesetzt hatte. Der Notar wollte das geschilderte Verhalten ihres Ehemannes nicht glauben. Auf Isabelles Drängen war er schließlich bereit, telefonisch mit ihrem Mann zu reden.

Sein anschließender Rückruf wirkte beschönigend und hinhaltend: Ihr Mann habe ihr ja einen Termin angeboten, da er an diesem Abend „eventuell keine Zeit" hätte.
Isabelle faßte ihren ganzen Mut zusammen und rief ihren Mann erneut an, um ihre Absicht doch noch durchzusetzen. Wieder holte sie sich eine höhnische Abfuhr.
Das anschließende Abendessen von Isabelle und Claus zu inzwischen später Stunde geriet zum appetitlosen Stochern bei Kerzenlicht und Rotwein bis Isabelle aufsprang.
„Ich lasse mich so nicht abspeisen. Ich hole mir jetzt alle Sachen, die ich tragen kann!"
Claus versuchte vergeblich, sie davon abzubringen. Er befürchtete, daß ihr Mann nicht öffnen werde und sie blamiert davon ziehen müßten. Doch Isabelle war wild entschlossen, nötigenfalls sogar die Scheibe der Haustür einzuschlagen, um sich Einlaß zu verschaffen. Claus fürchtete außerdem ein Eskalieren der Situation, in deren Verlauf es zu einer Konfrontation zwischen ihm und ihrem Ehemann kommen könnte.
Isabelle war entschlossen, auch ohne Claus nach Hause zu fahren. Aber Claus fühlte sich verpflichtet, sie zu begleiten, um ihr nötigenfalls Beistand zu leisten.
Die Fahrt durch den nachtdunklen Wald verlief schweigend. Beide waren aufs äußerste angespannt in Erwartung der unkalkulierbaren Situation, die sie erwartete.
Als sie an Isabelles Haus ankamen, war nur ein Fenster erleuchtet. Isabelle wies Claus an, den Wagen unauffällig zu parken. Sie ging die Stufen zum Haus hinauf und schellte. Isabelles Mann öffnete und ließ sie ins Haus. Isabelle, ins Wohnzimmer gebeten, kam sogleich zur Sache. Anhand eines kleinen Merkzettels, begann sie die Gegenstände in der Diele zusammenzutragen, die ihr noch verblieben waren: Einige Nippessachen von zweifelhaften Wert, Vasen, Gläser, ein paar alte Krüge und andere Ziergegenstände und nur wenige

Gegenstände, die für den Haushalt von Nutzen waren. Ihr Mann verfolgte sie auf Schritt und Tritt mit dem notariellen Vertrag in der Hand und bestritt jeden Gegenstand als ihr Eigentum, bevor er ihn nicht in der dortigen Liste aufgeführt fand. Manches riß er ihr aus der Hand und Isabelle konnte ihn nur mit Mühe daran hindern, Gegenstände zu zerschlagen, die er ihr einfach mißgönnte.

Claus konnte nicht genau erkennen, was sich im Halbdunkel der Eingangshalle abspielte. Er sah nur, daß Isabelle von Zeit zu Zeit mit einigen Gegenständen herauskam und sie vor der Haustür abstellte. Schließlich faßte sich Claus ein Herz und ging hinauf, um die Sachen zum Auto zu tragen.

Plötzlich hörte er Isabelle aus dem Haus rufen:

„Claus, hilf mir!"

Er rannte hin und sah, daß Robert Wenndorff gegen Isabelle handgreiflich wurde.

Als er Claus kommen sah, stieß er Isabelle Richtung Haustür und schrie: „Verschwinde, du Miststück!"

Claus fing sie auf, danach geschah alles weitere automatisch: In Clausens Amygdala, einer Struktur im lymbischen System seines Zwischenhirns, fiel die Entscheidung zum Gegenangriff und setzte die Ausschüttung von Serotonin und Dopamin in Gang; sofort löste die Hirnanhangdrüse in seinem Körper Alarm aus und schickte eine Flotte von etwa 1500 Hormonarten als Botenstoffe in seine Blutbahnen, um sämtliche Organe zu aktivieren. Seine Nebenniere bekam per Ionenflüssen von den Nervenzellen über physiko-chemische Membranpotentiale den Befehl, das Streßhormon Adrenalin auszuschütten und die Leber gab Zuckerreserven für die erforderlich höhere Muskelanspannung frei.

Erst als Robert Wenndorff am Boden lag und keuchend nach seiner Brille suchte, kam Claus wieder zu sich, spürte starkes Herzklopfen und daß sein Atem heftig ging.

Er zog Isabelle an der Hand fort zum Auto. Dort hielten sie einen Moment lang inne, nach Atem ringend, bevor sie die Sachen im Auto verstauten. Bis auf ein größeres Bild bekamen sie alles hinein. Notgedrungen mußten sie es zu Isabelles Freundin tragen.

Als Franziska ihnen öffnete, erschrak sie beim Anblick der beiden. Isabelle und Claus gingen wortlos ins Haus und ließen sich, noch immer schwer atmend, im Wohnzimmer in die Sessel fallen. Erst jetzt bemerkte Claus, daß seine Nase blutete. Isabelle faßte sich an ihr rechtes Knie, das ihr weh tat; es war aufgeschürft und der Strumpf zerrissen.

„Können wir etwas zu trinken haben; einen Cognac vielleicht?", fragte Claus nach einer Weile.

Franziska, die bisher fassungslos daneben gesessen hatte, holte Cognac und goß ihnen die Gläser ein. Als sie Fragen stellen wollte, blockte Claus ab.

„Jetzt nicht; wir müssen erst wieder klar denken können. - Dürfen wir das Bild vorübergehend hier lassen?"

Franziska war einverstanden.

Das Telefon klingelte.

„Wir sind nicht hier!", rief Claus ihr zu, bevor sie den Hörer aufnahm.

Sie verhielt sich am Telefon sehr einsilbig. Als sie aufgelegt hatte, fragte Isabelle.

„Wer war das? War es Robert?"

„Ja", erwiderte Franziska.

„Was wollte er?"

„Er wollte nur wissen, ob ich da sei", log sie. Claus und Isabelle spürten es.

„Wir gehen jetzt", sagte Claus und schaute dabei Isabelle vielsagend an, „und vielen Dank für den Cognac".

Franziska verabschiedete sie an der Haustür und schaute ihnen nach, als sie abfuhren.

Die Heimfahrt erschien ihnen zeitlos; in ihrer Phantasie wiederholten sich die Szenen dieses Abends in sinnlosem Durcheinander, das sie nur schwer zu entwirren und ordnen vermochten.

In der Nacht bekam Isabelle Krämpfe im Unterleib, die rasch heftiger wurden. Sie rannte zur Toilette, und da lief auch schon Blut aus ihrer Scheide - zunächst hellrot, dann vermischt mit dunklen Klumpen.
Als Claus hinzu kam, war bereits alles vorbei. Isabelle saß breitbeinig auf dem Toilettenbecken, ihre Haare waren schweißnaß. Erschöpft lehnte sie sich an Clausens Körper.
Was im Klobecken schwamm war also der kleine Cubaner, den sie in Varadero gezeugt hatten - damals, als ihnen vor Glück noch alles gleichgültig war. Es schien eine Ewigkeit her.
Claus war erleichtert, nachdem er seine Übelkeit von dem Anblick überwunden hatte. Zumindest dieses Problem hatte sich damit von selbst erledigt.
Er wollte Isabelle ins Krankenhaus bringen, doch sie lehnte ab. Während sie sich auswusch, spülte er das Toilettenbecken sauber. Danach brachte er sie ins Bett und schmiegte sich eng an Isabelle, die weinend neben ihm lag und schließlich erschöpft in seinen Armen einschlief.

*

Claus ertappte sich beim Abwägen, an welche der beiden Frauen, denen er ewige Treue geschworen hatte, er sich künftig endgültig binden sollte.
Beide stellten berechtigte Ansprüche an seine Treuepflicht, sprachen von ihrer Liebe zu ihm und von ihrer Bereitschaft, auch die Not mit ihm zu teilen.
Er hingegen wußte nicht mehr ein noch aus.

Isabelle sah, wie er ständig vor sich hin brütete und immer einsilbiger wurde. Seine Zärtlichkeiten ihr gegenüber wurden spärlicher, ihre Berührungen wehrte er mit sanfter Gewalt ab. Nachts lag sie häufig wach neben ihm und weinte lautlos vor sich hin.

Eines Abends sprach Claus aus, was sie bereits befürchtet hatte: „Du mußt an deine Zukunft denken. In deinem eigenen Interesse rate ich dir: Sieh zu, daß du Land gewinnst!"
Sie verstand es anders, als er es meinte.

Claus wollte, daß Isabelle von sich aus zu einem ihrer früheren Liebhaber zurückkehren sollte, die nach ihren Erzählungen alle bereit waren, sie „an der Hand auf ihr Schloß zu führen". Isabelle hingegen glaubte, Claus wolle sie los sein und sie deshalb zu ihrem Mann zurückschicken - egal, welches Schicksal sie dort erwarte.

Claus versuchte vergebens, das Mißverständnis auszuräumen. Isabelle betrachtete sich als Klotz am Bein von Claus (was zutraf), und er versuchte sich aus seiner Verantwortung für sie zu stehlen, ohne ihr den Laufpaß zu geben. Vielmehr bemühte er sich, ihr auch noch die Initiative aufzuschwatzen.

Isabelle unterstellte ihm ihrerseits, daß er zu seiner Frau zurückkehren wolle, was er bestritt, weil er nicht wahrhaben wollte, daß es in seinem tiefsten Innern sein heimlichster Wunsch war - nicht aus wieder erwachter Zuneigung zu seiner Frau, sondern weil er müde war und sich nach Frieden sehnte. Gleichwohl war er sich der Unmöglichkeit dieser Anwandlung bewußt, so daß er Isabelle gegenüber frisch drauf los lügen konnte.

„Wenn du die Zeit noch einmal zurückdrehen und dein Leben dort fortsetzen könntest, wo wir es gemeinsam begonnen haben - würdest du es wieder tun nach allem, was wir inzwischen an Problemen erlebt und erlitten haben?", fragte er Isabelle. Nach

kurzem Überlegen antwortete sie sehr bestimmt und mit heftigem Kopfnicken: "Ja, ja, das würde ich! Und du?"
Claus brauchte mehr Zeit. Er vermochte sich nicht zu entscheiden und wußte es nicht in die richtige Worte zu kleiden. Schließlich sagte er ja, aber er meinte nein. Hastig fügte er hinzu, daß die ganze Frage „witzlos" sei, weil realitätsfern, im übrigen bringe sie jeden unnötig in Verlegenheit, weil jeder vom anderen eine bestimmte Antwort erwarte.
Ihr Mann hatte Isabelle seinerzeit gefragt, ob er sie gelegentlich zum Essen ausführen dürfe. Damals hatte sie entrüstet abgelehnt, weil sie mit Recht argwöhnte, daß er auf diese Weise den Fuß weiterhin in der Tür zu ihrem Leben haben wollte und er mit Erinnerungsgeschenken an gemeinsame Zeiten des Wohlstandes und des Überflusses versuchen würde, sie zurückzugewinnen.
In Clausens Ohren hatte die Frage eher ironisch geklungen angesichts seiner finanziellen Situation, von der ihr Mann hinreichend wußte und die es ihm nicht erlaubte, Isabelle entsprechendes zu bieten. Er hatte damals zu ihr gesagt, daß es in ihrem Ermessen liege, solche Einladungen anzunehmen, auch wenn es ihn schmerzen würde.
In seiner Phantasie hatte sie die Einladungen bereits angenommen. Sie sagte ihm zwar nichts davon, aber er wußte Bescheid; er glaubte vielmehr, alles zu wissen.
Er litt; er beschloß vielmehr zu leiden, also litt er.
Denn er ahnte, daß er sie zu verlieren begann und stemmte sich nicht dagegen. Er war sich viel zu sehr seiner Ohnmacht bewußt, und daß es ein Kampf mit ungleichen Waffen war, in dem er von vorn herein keine Chance hatte. Er nahm sich vor, ihr die Entscheidung nicht durch Mitleid oder Rücksichtnahme auf ihn zu erschweren.
Im Grunde hatte er eine solche Entwicklung herbeigesehnt, da er keinen anderen Ausweg mehr sah. Aber das wollte er sich

nun nicht mehr eingestehen. Vielmehr gefiel er sich jetzt besser in der Rolle des großmütigen, leidenden Opfers.

*

Clausens Kenntnisse und Erfahrungen auf dem Gebiet der Gourmandise waren minimal und er machte kein Hehl daraus. Aber es fiel ihm immer schwerer, es Isabelle in konkreten Situationen einzugestehen, weil seine Ahnungslosigkeit ihm allmählich selbst peinlich wurde und er befürchtete, in ihren Augen als das zu erscheinen, was er tatsächlich war: unbedarft und mittelmäßig.

Hinzu kam, daß er es sich nicht leisten konnte, ihr das zu „bieten", was für sie bisher alltäglich gewesen war, während er sie damit „verwöhnen" wollte.

An diesem Tag waren sie beide Gäste der Pressereferentin der Stadt Koblenz, die sie zum Mittagessen in ein griechisches Speiselokal eingeladen hatte. Das Restaurant wurde seinem Anspruch auf distinguierte Gepflegtheit durch die Aufmerksamkeit und Sachkenntnis des Kellners wie auch durch Vielfalt der Gerichte und Höhe der Preise gerecht.

Clausens Empfindungen waren kompliziert. Zum einen fühlte er sich unsicher, weil das Lokal mehrere Nummern zu groß war für sein Selbstbewußtsein und seine Kenntnis der Menü- wie der Getränkekarte - und natürlich auch für seinen Geldbeutel, der hier zwar nicht gefordert war; aber es kam bei ihm auch keine Freude auf, weil er wußte, daß er sich nicht revanchieren konnte, ohne sich finanziell zu übernehmen. Zum Glück fiel ihm ein, daß dies Essen zu Lasten des Spesenkontos der Stadt ging, seine Skrupel folglich völlig unnötig waren.

Für Isabelle freute es ihn, daß sie wieder einmal in gewohnter Atmosphäre in gewohntem Stil dinieren konnte; gleichzeitig fürchtete er, daß sie sich des Unterschieds zu dem Lebensstandard, den er ihr bieten konnte, mehr bewußt werden würde als ihm lieb war. Denn bei aller Verbitterung über ihre vermeintlich zur Schau getragene Anspruchslosigkeit fürchtete er doch, sie an ihren gewohnten Lebensstil zu verlieren.

Doch Isabelle ließ nichts erkennen, was seine Gefühle und Ängste rechtfertigte. Sie war einfach glücklich und ließ es ihn spüren, während er ihr Glücksgefühl allein auf das formidable Menü zurückführte und auf diese Weise seine Sorgen weiter schürte.

Nachdem er seine Dienstgeschäfte erledigt hatte, blieb noch Zeit für einen Stadtbummel. So kamen sie in ein Wäschegeschäft, das schon früher immer wieder ihn und seine Phantasie erregt hatte. Sie fanden ein wunderschönes schwarzes Negligé, überwiegend aus Spitze. Isabelle paßte es wie angegossen. Doch trotz eines unglaublich günstigen herabgesetzten Preises, der, wie sich später herausstellte, auf einem Versehen beruhte, widerstanden sie der Versuchung, ohne daß ihre gute Laune darunter litt. Der Tag und sein Wetter waren einfach zu schön, als daß es ihm gelang, sich trübsinnigen Gedanken hinzugeben.

Sie schlenderten als verliebtes Pärchen durch die Straßen und man schien ihnen ihr Glück anzusehen, denn sie zogen die Blicke der Leute auf sich, was ihre Hochstimmung noch steigerte.

Claus nahm sich leichtfertig vor, den Tag mit einem anspruchsvollen Abendessen in einem gepflegten Restaurant ausklingen zu lassen.

Zwar hatte er noch keine klare Vorstellung über das Wie und Wo, aber auf der Heimfahrt hielt er verstohlen Ausschau nach einem stimmungsvollen Restaurant, von dem er hoffte, daß es Isabelles Ansprüchen genügen werde.

Plötzlich sagte sie, als habe sie seine Absichten erraten: „Ich will dir mal ein Restaurant zeigen, das du bestimmt nicht kennst! Es heißt Bellevuechen - oder kennst du es?"
„Nein, natürlich nicht!", reagierte er leicht gereizt.
„Konnte ich mir auch nicht denken", fuhr sie ohne Nachdenken fort, „denn es ist ziemlich teuer, aber exquisit. Trotzdem bekommt man dort selten einen Tisch ohne Vorbestellung. Wir waren schon oft dort."
Wir - damit meinte sie ihren Mann und sich.
„Natürlich!", reagierte Claus noch gereizter. Erst jetzt merkte sie, was sie angerichtet hatte.
„Oh, entschuldige, es war nicht so gemeint!"
„Ist schon gut!", beeilte er sich zu erwidern.
Beide bemühten sich, trotz des Unfalls keine Verstimmung aufkommen zu lassen, aber der Pfeil saß in seinem Fleisch und sein Gift begann zu wirken.
Er wollte sich die Initiative trotzdem nicht aus der Hand nehmen lassen.
In Bad Breisig hielt er vor einem winzigen Restaurant, das in einem alten Gemäuer an der Hauptstraße steckte. Isabelle war entzückt, doch zugleich ängstlich studierte sie die aushängende Speisekarte.
„Das können wir uns doch gar nicht leisten!", versuchte sie vorsichtig seinen Leichtsinn zu bremsen.
Claus wollte sich durchsetzen.
„Was soll das? Komm, laß uns mal reinschauen, dann können wir uns immer noch entscheiden!"
Sie schauten hinein. Es war sechs Uhr abends. Die wenigen Tische in dem rustikalen Lokal mit natursteinernen Wänden waren gedeckt, doch sämtlich leer.
Es war in der Tat noch nicht die Zeit, zu der man auswärts essen ging. Erleichtert waren sie sich schnell einig, daß es „nicht das richtige" sei.

Die gute Laune hatte inzwischen merklich nachgelassen. Claus verbiß sich in die Realisierung seiner Absicht, Isabelle auszuführen, koste es was es wolle.

Nächste Station war die „Rheinkrone" in Oberwerth, von der er aufgrund jahrealter guter Erinnerung ihr verschwärmte, für Isabelle aber völlig unbekannt war, was ihn verunsicherte.

Vom Parkplatz aus, den er in der Dunkelheit nur mit Mühe fand, stiegen sie die Außentreppe zum Lokal hoch. Als sie durch die großen Scheiben das Innere des Lokals in Augenschein nehmen wollten, wurden sie von innen mit ebenso unverhohlener Neugier von einem älteren Paar angestarrt, offenbar die Pächter.

Der Gesamteindruck von außen war ernüchternd und deprimierend. Isabelle und Claus brauchten sich nicht erst zu verständigen.

„War wohl nichts", kommentierte Claus entschuldigend das neuerliche Scheitern seiner gutgemeinten Anstrengungen.

Isabelle wollte verhindern, daß seine Stimmung weiter sank und versuchte ihn aufzumuntern.

„Komm, laß uns mal in das Bellevuechen schauen. Vielleicht bekommen wir doch einen Platz!".

Claus war bereits mißgestimmt über die Erfolglosigkeit seiner bisherigen Bemühungen. Er mußte an jenen Abend auf Cuba denken, als er bereits einmal so kläglich gescheitert war bei dem Versuch, mit Isabelle „groß auszugehen".

Es war inzwischen sieben Uhr, als sie am Nonnenwerther Landungssteg das Bellevuechen erreichten. Claus bekam bereits beim Blick auf den Parkplatz Minderwertigkeitskomplexe. Einige BMW und verschiedene Mercedes sowie ein Porsche gaben sich ein Stelldichein und signalisierten ihm unmißverständlich, daß er sich mit seinem Fiat wohl verirrt habe. Er wurde auf schmerzliche Weise an Isabelles Feststellung erinnert, „wir waren schon häufig hier".

Isabelle stieg eilig aus und ging außen am Haus entlang, um sich einen Überblick über die Platzverhältnisse im Innern zu verschaffen, Claus trottete deprimiert nach.

Das Lokal wirkte besetzt.

Von Clausens guter Absicht und Laune war nichts mehr übrig und Isabelle schien zu spüren, daß er unter der Vergeblichkeit seiner Bemühungen litt. Sie hakte ihn unter.

„Komm, wir essen zu Hause und machen es uns gemütlich!", versuchte sie ihn zu trösten.

Doch es gelang ihr nicht. Verbissen und in sich gekehrt hielt er an seiner Absicht fest, ohne etwas zu sagen.

Es war jetzt zur fixen Idee für ihn geworden; er wollte, nein er mußte sich beweisen, daß er noch fähig und in der Lage war, eine solche im Grunde genommen lächerliche Sache zustande zu bringen.

Als sie Mehlem erreichten, kam ihm ein Weinlokal in Muffendorf in den Sinn, von dessen heimeliger Atmosphäre er ihr bereits früher einmal vorgeschwärmt hatte.

Der Einfall hellte seine Stimmung auf. Isabelles Einwand schob er beiseite. Hellwach suchte er den richtigen Weg. Natürlich verfuhr er sich zunächst, da er aus ungewohnter Richtung sein Ziel anstrebte, an das er nur noch eine vage Erinnerung hatte. Claus fuhr langsam und beide schauten angestrengt auf die alten Fachwerkhäuser beiderseits, um ein Indiz für das Lokal zu entdecken.

Plötzlich hatte Isabelle etwas ausgemacht: „Meinst du dieses Restaurant?" fragte sie freudig erregt, „hier war ich schon. Das ist sehr gut - aber teuer!"

„Nein, das meine ich nicht!".

Isabelle, ohne nachzudenken: „Konnte ich mir auch nicht vorstellen, daß du schon da drin gewesen bist".

Ihre Worte blieben zum Glück ohne Wirkung, da er inzwischen sein angestrebtes Ziel entdeckt hatte. Er war erleichtert, endlich doch noch sein Weinlokal ausfindig gemacht zu haben.

Nach den vorausgegangenen Niederlagen ging er mit gemischten Gefühlen hinein - fast ängstlich, auch diesmal eine Enttäuschung erleben zu müssen.

Er verglich seinen ersten Eindruck mit der Erinnerung und war nicht enttäuscht. Er beobachtete Isabelles Reaktion; sie war entzückt und schien glücklich und erleichtert. Er war es ebenfalls, doch noch etwas gefunden zu haben, das vor ihren Augen Bestand hatte.

Das ganze war eine ehemalige Wohnung in einem altem Fachwerkhaus, nun zweckentfremdet als winziges Wein- und Speiselokal mit einem exquisiten Angebot für ein kleines Publikum. Die ländliche Atmosphäre des Bauernhauses mit schwarzem Gebälk und weiß getünchten Wänden wurde anheimelnd unterstrichen durch einen großen offenen Kamin mitten im Hauptraum, dessen glimmendes Kohlenfeuer eine wohlige Wärme verbreitete.

Sie nahmen an einem der kleinen Tische auf altersschwachen Stühlen Platz und genossen das Ambiente, bevor der Kellner ihnen die Speise- und Getränkekarten brachte.

Claus fragte Isabelle nach ihren Wünschen, aber sie antwortete: „Such du aus!"

Die Reichhaltigkeit beider Karten verwirrte ihn, die Namen der Gerichte und Getränke tanzten vor seinen Augen.

„Was trinkst du? Was willst du essen?", fragte er sie unsicher. Doch sie blieb dabei: „Such du aus. Ich möchte auf jeden Fall zunächst einen trockenen Aperitif!"

Claus suchte die Seite mit den Aperitifs und las ohne sichere Erkenntnis, was da alles von vier bis zwölf Mark aufgeführt war. Als der Kellner kam, wollte Claus ihn nach einem trockenen Aperitif fragen, doch Isabelle kam ihm zuvor: „Bringen Sie mir einen Kir Royal!"

„Sehr wohl, Madame", erwiderte der Ober; man versteht sich auf der gleichen Ebene.

„Mir bitte einen trockenen Aperitif", schob Claus hastig nach.

„Möchten Sie einen Martini oder einen Sherry?" fragte der Ober nachsichtig.

„Einen Picon", erwiderte Claus.

Claus war wütend, wütend auf den Kellner, der ihn so herablassend behandelte, wütend auf Isabelle, die natürlich das teuerste Getränk gewählt hatte, nachdem sie zuvor aus Sparsamkeit alles abgeblockt hatte, was er vorgeschlagen hatte; er sollte wählen, aber sie entschied.

Er fühlte sich gedemütigt und lächerlich gemacht.

„Ich dachte, ich sollte wählen?", fragte er gereizt.

„Ach entschuldige. Es war nicht so gemeint."

Sichtlich erschrocken legte sie ihm ihre Hand auf den Arm. Er zog seinen Arm weg.

„Das kenne ich inzwischen. Es ist nie „so" gemeint. Wie ist es denn gemeint?".

Der Kellner brachte ihren Kir Royal für zwölf Mark und seinen Picon für vier Mark und Isabelle blieb damit die Antwort erspart, während beide ihre Getränke anstarrten.

Claus wollte an diesem Abend großzügig sein, Isabelle aber sollte bescheiden bleiben.

Die Stimmung war hin. Er blieb gereizt und spielte seine Empörung voll gegen sie aus; Isabelle war schuldbewußt und verstört und seine verbalen Attacken schüchterten sie zusätzlich ein.

Es war eigentlich jedesmal der gleiche Ablauf, wenn sie schon mal gemeinsam „ausgingen". Stets endete der Abend bei ihm in Verbitterung und einer Häufung von Vorwürfen gegen Isabelle, die ihr Tränen der Verzweiflung verursachten.

Sie konnte nicht verstehen, was und wieso sie angeblich alles falsch machte und wie wenig er ihre Liebe verstand und sie zu erwidern vermochte - zumindest nicht erkennbar. Dennoch begründete er alle seine Aufregungen mit seiner Liebe zu ihr und warf ihr laufend mangelnde Vernunft vor.

An diesem Abend war es besonders schlimm.

Er machte ihr ihren weißen Mercedes zum Vorwurf, die Berichte über ihre Reisen in ferne Länder und Aufenthalte in First-class-Hotels und ihre ständigen Hinweise auf all die teuren Restaurants, die sie mit ihrem Ehemann zu besuchen pflegte und die er bestenfalls von außen kannte. Er tischte ihr alles auf, dessen er aus seinem Gedächtnis habhaft werden konnte, bis sie aus allen Wunden blutete.

Schließlich stach er gezielt zu: „Du hast dir den verkehrten Liebhaber gesucht. Mit dem Brüsseler oder dem Kölner würdest du jetzt den Kir Royal im Interconti schlürfen, bevor dir jungfräuliche Austern als Vorspeise serviert würden und ihr euch wie üblich in das Spiegelzimmer zurückzieht, um eure Sexorgien doppelt genießen zu können".

Isabelle stiegen Tränen in die Augen. Claus hatte sein Ziel erreicht und war dennoch erschrocken; schuldbewußt hielt er inne. Der Kellner, der aus der Ferne unauffällig das Geschehen beobachtet hatte, nutzte die entstandene Pause, um nach ihren Essenswünschen zu fragen. Sie starrten auf die Speisekarten, die sie die ganze Zeit bereits aufgeschlagen in Händen gehalten hatten. Claus schaute Isabelle fragend an.

„Ich habe keinen Hunger", sagte Isabelle.

„Wir haben uns noch nicht entschieden", erklärte Claus dem Kellner, der ihre beiden leergetrunkenen Gläser abräumte und sich mit einer höflichen Verbeugung zurückzog.

Schließlich bestellte Claus eine Kleinigkeit für sich, Isabelle nahm das Gleiche unter dem mitleidigen Blick des Kellners, um die Form zu wahren. Beide aßen lustlos - Claus verbittert und Isabelle unter Tränen.

Als sie fertig waren, bezahlte Claus. Das knappe Trinkgeld ließ der Ober auf dem Tisch liegen und half Isabelle mit besonderer Aufmerksamkeit in ihren Mantel.

Die nächtliche Heimfahrt verlief schweigsam. Es hatte zu regnen begonnen und Claus fuhr verbissen langsam. Zu Hause zogen sie sich ebenfalls schweigend aus und vermieden, einander in die Augen zu sehen. Schließlich hielt Isabelle es nicht länger aus und nahm Claus unter lautem Schluchzen in die Arme.

Er stieß Isabelle bäuchlings aufs Bett und warf sich mit seinem ganzen Gewicht über sie.

Er war beherrscht von der wütenden Absicht, sie zu erniedrigen und ihr weh zu tun. Er riß ihr den Slip herunter und nach mehreren vergeblichen Versuchen gelang ihm, was sie bisher noch keinem Mann erlaubt hatte: mit roher Gewalt drang er mit seinem Penis in ihren After ein. Sie wollte schreien vor Schmerz, doch er drückte ihr Gesicht in das Kissen, bis sie keine Luft mehr bekam.

Keuchend rammelte er auf ihr; schließlich, mit einem wilden Aufschrei, entleerte er sich in ihren Anus und sackte erschöpft neben ihr zusammen.

Isabelle blieb reglos liegen. Sie weinte ihre Verzweiflung still in ihr Kissen. Sie fühlte sich vergewaltigt und geschändet von dem Mann, den sie liebte und wußte keine Entschuldigung dafür zugunsten seines Charakters.

Claus war zufrieden mit sich. Er glaubte, mit diesem Akt Isabelle alle Demütigungen heimgezahlt zu haben, die er von ihr in letzter Zeit erlitten hatte - und es schaffte im zusätzliche Befriedigung, ihr seinen Willen aufgezwungen zu haben.

Nach einer Weile stand Isabelle auf und ging ins Bad. Sie blieb dort längere Zeit und Claus hörte sie laut weinen. Er war jetzt wieder bei Sinnen und begann sich zu schämen. Als sie das Bad verließ, ging er hinein, um seinen Penis zu säubern. Er hörte Isabelle telefonieren, konnte aber nichts verstehen. Er wartete, bis sie den Hörer aufgelegt hatte, bevor er in das Wohnschlafzimmer zurückkehrte.

Isabelle saß auf der Bettkante und starrte ihn aus rotgeweinten Augen an.

„Ich werde dich verlassen".

Claus erschrak. Er wollte sie um Vergebung bitten, sie bitten zu bleiben. Doch statt dessen fragte er nur: "Wann?"

Sie gab keine Antwort und legte sich ins Bett. Claus legte sich neben sie. Sie lagen stundenlang wach und vermieden jede Berührung. Claus wußte nicht, was er mehr fürchtete: daß Isabelle wirklich ging oder bleiben würde. Aber er war erleichtert, daß ihm die Entscheidung abgenommen war.

Am folgenden Morgen war Isabelle schon früh auf den Beinen und als Claus aufwachte, sah er sie Koffer packen. Hilflos schaute er ihr zu. Er erkannte, daß es zu spät war für jede Art von Entschuldigung und er wußte nicht, was er tun sollte.

Plötzlich hörte man von der Straße das dreimalige Hupen eines Autos. Isabelle ging ans Fenster und gab ein Zeichen. Wortlos nahm sie ihre beiden vollgepackten Koffer und ging zur Wohnungstür, vorbei an Claus, der ihr schweigend nachstarrte. Im Hinausgehen drehte sie sich noch einmal um und schaute Claus lange an. Sie hatte Tränen in den Augen, doch sie sagte nichts.

Erst als die Tür hinter ihr ins Schloß fiel, wachte Claus wieder auf. Er spürte ein Würgen im Hals; er wollte schreien, doch es kam nur ein Röcheln über seine Lippen. Er rannte zum Fenster und sah, wie Isabelle in einen großen amerikanischen Wagen einstieg, einen blauen Cadillac mit Chauffeur, der ihr Gepäck verstaute.

Isabelle schaute noch einmal zum Fenster hinauf, bevor sie in dem Wagen verschwand und davon fuhr.

Claus starrte dem Auto nach, den ganzen Tag, doch Isabelle kehrte nicht zurück. Im Feuer der untergehenden Sonne verglühten die unerfüllten Hoffnungen des Tages und ihre Asche verdunkelte das Land, während die Sonne weiterzog Richtung Morgen und dort mit ihrem Licht bereits neue Erwartungen aus ihren Träumen erlöste.

In den folgenden Jahren wechselte Claus Lehmann mehrfach Arbeitsstelle und Wohnort. Bei jedem Umzug mußte er einige seiner Möbel verkaufen, um die Umzugskosten bezahlen zu können und weil aus Kostengründen jede Wohnung kleiner war als die vorherige. Nur von seinen Büchern trennte er sich nicht und von seiner Katze, die seine Einsamkeit teilte.

Zuletzt wohnte er möbliert in einer winzigen Mansardenwohnung in einer süddeutschen Kleinstadt, wo das Leben noch gemächlich ablief und er seine geliebten Wälder und Seen in der Nähe hatte.

Das Schreiben hatte er aufgegeben, nachdem ihm klar geworden war, daß Literatur keinen Schutz vor dem Leben bietet.

Und so verlor sich allmählich seine Spur - auch aus dem Bewußtsein derer, die ihn persönlich gekannt hatten. Begegnete ihm irgendwo auf der Straße zufällig ein früherer Bekannter, erschrak er und drückte sich an die Seite, um nicht erkannt oder gar angesprochen zu werden.

Auch zu seinem Sohn hatte er den Kontakt nach dessen Studium verloren und wußte nicht, was beruflich und privat aus ihm geworden war, noch wo er lebte.

Als die kleine Lokalzeitung, bei der er zuletzt als Korrektor arbeitete, ihr Erscheinen einstellen mußte, ging er vorzeitig in Rente, weil auch die Sehkraft seiner Augen nachließ. Nun, nachdem er einsah, daß er sein Leben verpfuscht hatte, haderte er gern mit dem Schicksal. Doch da er noch immer keinen eigenen Standpunkt gefunden hatte, fand er auch keine befriedigende Antwort auf die Frage nach der Schuld. Wäre er ein gläubiger Katholik, könnte er Gott für sein Unglück verantwortlich machen, doch da er ein gläubiger Atheist war, hatte er es nicht so einfach. Wäre er ein überzeugter Kommunist, hätte er dem Kapitalismus sein Schicksal anlasten können, der alle Schwachen niedertrampelt. Wäre er selbstkritisch genug gewesen, hätte er sich als Versager bezeichnen müssen. Statt dessen bedauerte er sich nur und hatte volles Verständnis für sein Selbstmitleid.

Man sah ihn jetzt häufig draußen zwischen den Feldern und Wiesen spazieren gehen - langsam, mit gesenktem Kopf und in sich gekehrt, begleitet von seiner Katze, die ihm nur selten von der Seite wich. Manchmal, wenn ihm auf seinem Spaziergang ein ganz bestimmter Duft entgegenwehte, wurde die Erinnerung an ein großes Glück in ihm wach und eine wehe Sehnsucht erfüllte ihn. Dann blieb er stehen, hob den Kopf und schaute sich um. Aber da war nichts. Wenn er dann heimkehrte, schaute er in den Briefkasten, und da war auch nichts. Er pflegte sich dann mit Mantel in seinen Sessel zu setzen und stundenlang vor sich hin zu starren und dabei die Katze auf seinem Schoß zu streicheln bis es dunkel wurde. An solchen Abenden ging er meist ohne zu essen ins Bett.

Claus Lehmann hatte sich abgewöhnt, die Welt zu begreifen, in der er lebte. Er verstand nicht, warum man für viel Geld Kriege um Macht gegeneinander führte, anstatt das Elend auf Erden zu bekämpfen. Er verstand nicht, warum man meinte, den

Weltraum erobern zu müssen, bevor man die irdischen Probleme bewältigte, denn mit der Erde war man ja bereits mitten im Weltraum. Er verstand ebenso wenig, warum es „uns" nur gut gehe, so lange die Wirtschaft jährlich ein paar Prozente mehr Umsatz mache. Ihn ängstigten die wachsenden Städte, Müllhalden und Tankerflotten, Ölraffinerien und Fabrikschlote – die stolzen Insignien einer ohne Rücksicht auf die vorhandenen Ressourcen prosperierenden Weltwirtschaft.

Die Gegenwart konnte ihn nicht mehr einholen und die Erinnerung bekam immer mehr Macht über ihn. Aber es war nicht das sprichwörtliche Paradies, aus dem man angeblich nicht vertrieben werden kann. Seine Phantasie irrte vielmehr durch ein Labyrinth, aus dem es kein Entkommen gab, wo ihm an jeder Ecke ein Dämon auflauerte und ihn mit unangenehmen Situationen aus seinem Leben konfrontierte. Immer häufiger und immer tiefer tauchte er hinab in seine Vergangenheit – eine trübe Brühe, voll von teils traurigen, teils peinlichen Erinnerungen, die dort auf morastigem Grund wucherten und sich mit ihren Tentakeln in seinem Gedächtnis festhakten oder wie riesige Quallen seine Träume ausfüllten. Er sehnte sich nach dem Vergessen, doch da es ihm verwehrt blieb, beschloß er, endgültig Schluß zu machen.

Lehmann bereitete sich sorgfältig auf sein Ende vor. Insbesondere die Frage nach dem „Danach" versuchte er für sich zu beantworten. Daß Gott nur eine Erfindung der Menschen war, geboren aus der Furcht vor dem Nichts nach dem Tod, war seine Überzeugung, der er huldigte, so weit er zurückdenken konnte. Er hatte nicht vor, jetzt ebenso ängstlich in die Knie zu gehen, noch hatte er Zweifel. Doch es schien ihm nunmehr angebracht, seine Überzeugung selbstkritisch zu überprüfen.

Den Ausgangspunkt all seiner Überlegungen bildeten hierbei die Erkenntnisse über unser Universum. Der Urknall als Anfang alles Seins, wie ihn die Astrophysiker inzwischen unisono postulieren, warf die Frage nach dem Vorher auf – und ließ sie unbeantwortet. Wenn die Schöpfung denn göttlichen Ursprungs war: konnte aus einem unendlichen Gott etwas Endliches entstehen, ohne daß seine Vollkommenheit Schaden nahm, also aufhörte, vollkommen und unendlich zu sein? Mithin hätte Gott aufgehört, Gott zu sein? Aber warum hätte er es tun sollen – ein Universum zu schaffen auf Kosten der eigenen Vollkommenheit? Aus Überdruß und Langeweile? (Die Enzyklika „Immortale Dei" von Papst Leo XIII. aus dem Jahre 1885 hat keinerlei Beweiskraft). Und wenn es ihn noch immer gab – einen endlichen Gott also? – wo war er angesiedelt und wie weit reichte sein verbliebener Einfluß?

Mikro- und Makrokosmos folgen physikalischen Gesetzen, die mehr oder weniger entschlüsselt sind – in jedem Falle begreifbar. Die Erde ist ein winziger Punkt im Weltall, der sich mit dreißig Kilometern in der Sekunde um die Sonne dreht, die aus einhundertfünfzig Millionen Kilometern Entfernung auf uns herabscheint. In ihrem Gefolge bewegen wir uns täglich Milliarden von Kilometern in einem äußeren Spiralarm der Milchstrasse, die aus zwei- bis dreihundert Milliarden Sternen gebildet wird – mit viel Staub und Geröll dazwischen, woraus sich immer wieder neue Sterne bilden, während gleichzeitig andere zerbröseln oder gar explodieren. Unsere Galaxie dreht sich in 260 Millionen Jahren einmal um ihre Achse, deren Mittelpunkt etwa dreißigtausend Lichtjahre von unserem Sonnensystem entfernt liegt. Die Milchstrasse ist nur eine von einigen hundert Millionen Galaxien in unserem Universum, von denen jede aus vielen Milliarden einzelner Sterne besteht. Die uns am nächsten befindliche Andromeda-Galaxie rast mit rund 500 000 km pro Stunde auf uns zu und wird in zirka zwei Milliarden Jahren unsere Milchstraße verschlucken. Für unseren Planeten findet der Weltuntergang schon etwas früher statt, denn in 1,6 Milliarden Jahren wird unsere Sonne sich zu

einer Supernova aufblähen und mit ihrer Hitze alles irdische Leben auslöschen, bevor sie selbst verlöscht und kollabiert.
Nicht genug damit, daß unser Kosmos 21 Milliarden Jahre alt sein soll und seine Ausdehnung auf ca. 26 Milliarden Lichtjahre geschätzt wird, dehnt er sich auch noch immer mit Lichtgeschwindigkeit in alle Richtungen aus, also um rund 19 Millionen Kilometer in der Minute. Und wir wissen nicht, ob es nicht noch weitere Universen gibt, und werden dies auch nie erfahren. Doch welch gigantischer Aufwand für diese Schöpfung – und warum so kompliziert? Und wozu das alles? Nach dem Gesetz der Entropie wird am Ende aller Zeiten doch nur noch ein kalter, toter Kosmos in endloser Finsternis vor sich hindümpeln. (Ralf Lehmann glaubte übrigens nicht an diese Theorie; er war vielmehr der Überzeugung, daß irgendwann das ganze Universum wieder in sich zusammenstürzen und in einem erneuten Urknall neu geboren werde: Katastrophe und Katharsis; der ewige Kreislauf von Sterben und Werden, von Tod und Wiedergeburt; aber das ist eine andere Geschichte).
Die belebte Materie – ihre biologische Ausbildung vor allem –, um ein Vielfaches komplexer und vielfältiger noch als der Makrokosmos; doch ihr einzig erkennbarer Sinn scheint darin zu bestehen, zu fressen, um sich zu vermehren und dann gefressen zu werden (die menschliche Spezies hat eigene Methoden zur Selbstdezimierung entwickelt): wozu, wenn in einer zwar noch fernen, aber absehbaren Zukunft die Sonne sich aufblähen und diesen Erdplaneten verbrennen und aufzehren wird? „Der Sinn einer Rose ist, Rose zu sein" klingt zwar recht poetisch, trägt aber wenig zur Aufklärung der Frage bei: warum ist sie Rose?
Am Ende seiner Kosmologie stand für ihn fest: Gott existiert nicht mehr. Er hatte aufgehört zu existieren, als er Suizid beging durch Metamorphose in die Schöpfung (Richard Strauß hat es in seiner Tondichtung „Tod und Verklärung" beschrie-

ben; in der englischen Übersetzung heißt es zutreffender, wenn auch weniger poetisch „transfiguration"); den „Rest" dieser Verwandlung kennen wir. Es gab also keinen Grund, auf ein „Leben nach dem Tod" zu rechnen, zu hoffen, zu spekulieren (wohin auch mit den vielen „unsterblichen Seelen"?). Das einzige Lebewesen auf diesem Planeten, das sich dergleichen einredete, war der Mensch; nur er besaß die geistige Fähigkeit und genügend Phantasie, um sich etwas so Absurdes auszudenken. Von der Vielzahl allgegenwärtiger Gottheiten in allen unerklärlichen Naturerscheinungen am Beginn seiner Denkfähigkeit hatte der homo sapiens im Laufe zunehmender Erkenntnis einen nach dem anderen eliminiert und durch Sachwissen ersetzt, bis nur einer noch übrig blieb, der nun irgendwo im Nirgendwo nistet und (wer weiß?) vielleicht eines Tages ebenfalls von dort vertrieben wird, wenn auch die Furcht vor dem Tod verschwunden ist.

*

Eines Morgens fand die Vermieterin ihn tot in seinem Sessel sitzend, als sie wie üblich seine Mansarde putzen wollte. Er hatte noch den Mantel an von seinem letzten Spaziergang am Vorabend. Sein Kopf war nach vorne gesunken und auf seinem Gesicht glaubte sie ein leises Lächeln zu erkennen - als habe eine schöne Erinnerung ihn in den Tod begleitet. Aber vielleicht hatte er sich auch nur amüsiert über seine letzte Samenspende, mit der er sich wie alle Männer aus dem irdischen Dasein verabschiedete und die sich nun als feuchter Fleck auf seiner Hose abzeichnete; sein finaler Schuß war in die Hose gegangen.
Frau Lehmann, so hieß auch die gute Frau, beschloß, daß es nicht zu ihren Aufgaben gehöre, sich um seinen letzten Dreck zu kümmern, da sein Tod im Mietvertrag nicht vorgesehen war.

Sie rief deshalb die Polizei an, nachdem sie das Zimmer hastig aber vergebens nach Wertsachen abgesucht hatte.

Im übrigen war sie erleichtert über Claus Lehmanns Tod, weil damit die Probleme der Namensgleichheit endgültig aus der Welt geschafft waren. Was beide anfangs noch lustig fanden, war im Laufe der Zeit lästig geworden und hatte gelegentlich zu peinlichen Verwechselungen und Mißverständnissen seitens der Post und der Behörden geführt. Aber Claus Lehmann war froh gewesen, eine so billige Unterkunft gefunden zu haben, in der er auch seine Katze behalten durfte, und Frau Lehmann war froh darüber, überhaupt einen Mieter für die Mansarde bekommen zu haben. Aber zwei Lehmanns unter einem Dach waren einer zu viel.

Die gemischte Besatzung des Polizeistreifenwagens war nach der ersten Befragung von Frau Lehmann ebenfalls verwirrt und glaubte, es handele sich bei dem Verblichenen um ihren Ehemann. Die junge Polizistin interessierte sich vor allem für den Spermafleck auf der Hose des Toten; sie rieb und roch daran – angeblich um zu ergründen, wie frisch der Fleck war, um so die Todeszeit bestimmen zu können. Anschließend, während ihr männlicher Kollege den Leichnam im Lehnstuhl von allen Seiten fotografierte, ging sie hinunter zu ihrem Fahrzeug, um über Funk einen Unfallwagen anzufordern (Claus Lehmann hatte schon lange kein Telefon mehr und Handys waren zu seiner Zeit noch unbekannt). Der herbeigerufene Notarzt bescheinigte den natürlichen Tod Claus Lehmanns und veranlaßte den Abtransport der Leiche ins städtische Krematorium.

Die gesamte Aktion wurde mit großem Interesse von der neugierig gewordenen Nachbarschaft beobachtet, die sich im Nu vor dem Lehmannschen Haus eingefunden hatte und das Geschehen mit lebhaftem Getuschel begleitete und kommentierte.

Was niemand ahnte: Ralf Lehmann hatte sich heimlich aus dem Leben „davongeschlichen", ohne jemandem Lebewohl zu sagen. Er war ziemlich sicher, daß ihn niemand vermissen würde und daß die Welt auch ohne ihn zurecht käme, und tatsächlich sprach alles für die Richtigkeit der beiden Annahmen. Er hatte mit sich und seinem Leben und der Welt, in der er zwangsweise lebte, nichts mehr anzufangen gewusst. Ihn plagte lediglich die Sorge, irgendwann sich und anderen zur Last zu fallen. Daher schien es ihm sinnvoll und vernünftig, rechtzeitig Schluß zu machen, anstatt auf das Ende warten zu müssen. Um keinen Verdacht zu wecken, unterließ er es, seine Mansarde noch vorher aufzuräumen. Die Überdosis eines starken Schlafmittels hatte ihn schließlich sanft hinübergleiten lassen. Zu den Vorbereitungen seines Sterbens gehörte auch die Einnahme eines gründlich wirkenden Klistiers, um seine Gedärme zu entleeren, denn er wollte auf keinen Fall am Ende, nachdem sich alle Schließmuskeln entspannt haben würden, in seinem eigenen stinkenden Kot aufgefunden werden. Er hatte dabei an die schrecklichen Berichte denken müssen, wie 57 000 deutsche Kriegsgefangene am 17. Juli 1944 in endlosen Kolonnen durch die Hauptstraßen von Moskau getrieben wurden und dabei in die Hosen machen mussten, so daß ihnen der Kot und der Urin an den Beinen herunter auf das Pflaster lief. Es gehörte zum Ritual der menschlichen Demütigung und Entwürdigung durch die angeblich slawischen Untermenschen, daß man diesen Angehörigen der selbsternannten arischen Herrenrasse keine Gelegenheit gab, irgendwann irgendwelche Toiletten zu benutzen. Der Gestank soll entsetzlich gewesen sein und trotz Großeinsatz der Stadtreinigung erst im Laufe der folgenden Woche allmählich aus der Moskauer Innenstadt gewichen.

Aber trotz aller vorbeugenden Vorsichtsmaßnahmen - seine finale Samenspende hatte Ralf Lehmann nicht verhindern können.

*

Ralf Lehmanns letzte Gedanken galten vielleicht doch auch angenehmeren Erinnerungen und bewirkten so das leise Lächeln auf seinem Gesicht. Mag sein, daß er auf der Schwelle zum Jenseits seinen Lieblingstraum von einer Welt ohne Autoverkehr und Telefone in seiner Fantasie erlebten durfte. Wir wissen es nicht und wir wollen uns auch nicht anheischig machen, die letzten Gedanken eines Menschen auf dem Weg ins Totenreich zu erhaschen. Das hieße einzudringen in des Todes eisige Undurchschaubarkeit. Die Ehrfurcht gebietet es, dem Sterben dieses Mannes, den wir eine Weile begleiten konnten, seine eigene Würde zu bewahren, indem wir ihm eine Minute unsere Gedanken widmen, anstatt ihm nur nachzutrauern. Vielleicht verdient er im Nachhinein weit eher unser Mitgefühl, wenn nicht sogar unser Mitleid.

War sein Leben erfüllt? Erfüllt nach welchen Maßstäben, nach wessen Maßstäben? Erfüllt von was? Wenn erfüllt, dann, oberflächlich betrachtet, von Misserfolgen und Niederlagen. Aber zählen die? Was zählt überhaupt? War er ein guter oder ein schlechter Mensch? Wer vermag das zu beurteilen und nach welchen Kriterien? Welches war seine Rolle im Drama der Weltgeschichte und hat er seine Rolle gut oder schlecht gespielt? Hatte er überhaupt eine Rolle, oder war er nur Statist oder Bühnenarbeiter, vielleicht auch nur Zuschauer oder gar bezahlter Claqueur in dem Theaterstück, das sich da als Menschliche Komödie tagtäglich mit wechselnden Darstellern und frei improvisierten Texten ensuite vor unseren Augen abspielt – inszeniert von einem unbekannten Drahtzieher.

So viel des Gedenkens an Ralf Lehmann anlässlich seines Todes, den er selbst frei bestimmt hatte – eine Entscheidung übrigens, auf die er stolz war.

Da die Mansarde nicht versiegelt wurde, konnte Frau Lehmann noch einmal in aller Ruhe die Sachen des Verstorbenen gründlich durchsuchen. In einer kleinen Schmuckdose fand sie schließlich neben verschiedenen Manschettenknöpfen auch zwei Ringe – ein abgetragener goldener Ehering mit einem eingravierten Datum auf der Innenseite, der andere vergoldet und noch fast neu, – die sie dem Toten gern an die Finger gesteckt hätte, wenn er noch in seinem Lehnstuhl gesessen hätte.
Nachdem sich bei Durchsicht seiner Hinterlassenschaft keine Hinweise auf irgendwelche Verwandte von Claus Lehmann ergaben, wurden sämtliche Papiere von Frau Lehmann verbrannt – zumeist literarische Notizen und unvollendete Manuskripte. Das Bild „Der einsame Baum" von Kaspar David Friedrich durfte an seinem Platz an der einzigen geraden Wand bleiben; sie fand es zwar traurig, aber vielleicht würde es ja dem nächsten Mieter gefallen.
Sein Sparbuch reichte gerade für die Kosten einer anonymen Bestattung. Seine Bücher, die er längst nicht alle gelesen hatte, wurden der städtischen Leihbücherei übergeben. Seine Garderobe – alles alte, aber noch gut erhaltene Sachen – vereinnahmte der Mann seiner Zimmerwirtin. Die Katze, die ihn bei seinen letzten Umzügen begleitet hatte, durfte im Haus bleiben.
Die Gemeinde meldete seinen Tod der Staatlichen Rentenversicherungsanstalt; von dort erfuhr ihn seine Frau, die sich inzwischen zu einer fettleibigen Matrone entwickelt hatte, und nun schleunigst eine Witwenrente für sich beantragte. Sie frönte nach wie vor ihrer Leidenschaft, Parties aus wichtigen

und nichtigen Anlässen bei sich zu veranstalten und Sammelaktionen für Geburtstagsgeschenke durchzuführen - beides zum Mißmut der betroffenen Nachbarn, die vergebens darauf hofften, daß ihr Eifer irgendwann erlahmen werde. Da ihnen jedoch eine Absage schwerer fiel als die Teilnahme an den verwünschten Parties, - keiner wollte sie enttäuschen oder gar kränken - unterwarfen sie sich freiwillig dieser Fron, die im Laufe der Jahre zur quälenden Routine wurde. Doch indem sie sich in das Unvermeidliche fügten, entsprachen sie unwissentlich Goethes Ideal vom „schönen Menschen". (Der Autor schuldet ihnen Dank dafür, verschaffen sie ihm damit doch auf den letzten Seiten noch die Möglichkeit des Rückgriffs auf den Geistestitanen und verhelfen damit seinem Buch zu jenen literarischen Weihen, deren es bedarf, um vor dem Urteil von Lektoren und Rezensenten bestehen zu können.)

*

Warum ich als Chronist dies alles bis in die banalsten Einzelheiten geschildert habe? Weil es nichts Bedeutenderes über das Ableben und den Tod von Claus Lehmann zu berichten gibt: Kein Vermächtnis, kein Testament, keine bedeutende Hinterlassenschaft, und nichts in seinem Nachlaß, was ihn posthum berühmt, gar unsterblich gemacht hätte und ihn als ein zu Lebzeiten verkanntes Genie erscheinen ließe, dem die Nachwelt ein Denkmal errichten müßte; es gab also auch keine Nachrufe und Trauerfeierlichkeiten mit Requiem und Totenmesse. Es hatte nicht einmal ein würdiges Sterben in einem Totenbett gegeben mit einem bedeutenden letzten Satz auf den Lippen, wie zum Beispiel „Mehr Licht!" aus dem Munde Goethes oder – vielleicht weniger bedeutend, aber ebenso wichtig: „Den Duschvorhang stets in die Badewanne!" von Konrad B. Hilton, dem Begründer des Hotelimperiums, das seinen Namen trägt.

Claus Lehmann war gestorben, ohne gelebt zu haben. Ein Leben lang hielt er sich für jemand, der er nicht war, weil er sich nicht an sich gewöhnen wollte. Die wenigen Dinge, auf die er stolz war, blieben unbemerkt – wie sein Suizid. Er hatte nicht die Welt verändert, sondern die Welt hatte ihn verändert. Die wenigen bedeutsamen Entscheidungen, zu denen er im Laufe seines Lebens gezwungen worden war, hatte er widerwillig, zögerlich und daher meist zu spät getroffen. Es waren keine eigenen Beschlüsse, sondern sie wurden ihm von Ereignissen, deren Entwicklung er selbst mehr oder weniger ungewollt in Bewegung gesetzt hatte, schließlich aufgenötigt. Dabei war er eigentlich kein Zauderer, sondern vielmehr ein Zögerer. Sie wollen wissen, worin der Unterschied besteht? Ganz einfach: Der Zauderer *kann* sich nicht entscheiden, der Zögerer *will* sich nicht entscheiden.

Das Leben von Claus Lehmann war nur eine Episode, kaum erwähnenswert. Oder habe ich, der Chronist, beim Schreiben und Beschreiben etwas Wichtiges übersehen? Ich muß zugeben, daß mir dieser Mann trotz seiner Bedeutungslosigkeit ein Rätsel geblieben ist. Manches hätte sich vielleicht entschlüsselt, wenn mir seine Tagebücher zur Verfügung gestanden hätten. Wenn es denn welche gab, so hatte Frau Lehmann sie ungelesen und unbeachtet verbrannt; sie wusste nicht einmal, ob es welche gegeben hatte; jedenfalls konnte sie sich nicht daran erinnern, dergleichen bei ihm gesehen zu haben. Vieles spricht für ihre Behauptung, denn Lehmann war nicht der Mensch, der bereit war, sich täglich Rechenschaft abzulegen, oder gar die Geheimnisse seines Lebens der Nachwelt zu offenbaren, die sich ohnehin nicht für ihn interessierte.

Claus Lehmanns Leben hinterließ also keine weiteren Spuren und auch keine Lücke. Sein Tod bedeutete nicht mehr, als wenn in China eine Schippe umfiele oder der Ostsee ein Eimer Wasser entnommen würde.

Es gab in der Tat bedeutendere Ereignisse:
In jenem Jahr wurde der schwedische Ministerpräsident Olof Palme bei einem Attentat ermordet, es starb der Bayerische Ministerpräsident Franz-Josef Strauß, bei einer Flugschau auf dem deutschen Fliegerhorst Ramstein kamen sechzig Menschen ums Leben, dreißig Tote gab es bei einem Flugzeugabsturz auf die Stadt Remscheid, bei einem Jumbo-Absturz über der schottischen Kleinstadt Lockerbie starben mehr als 270 Menschen; die amerikanische Challenger-Raumfähre mit einer siebenköpfigen Besatzung an Bord explodierte nach dem Start; bei Tschernobyl in der Ukraine ereignete sich ein schweres Unglück in einem Atomreaktor, das ein riesiges Gebiet samt Städten und Dörfern unbewohnbar machte – das sogenannte Restrisiko; bei einem Erdbeben in der Sowjetrepublik Armenien wurden nach amtlichen Schätzungen etwa 25.000 Menschen getötet, unzählige verletzt, über 500.000 wurden obdach- und heimatlos; an der Nordseeküste verendeten etwa 16.000 Robben an einer rätselhaften Epidemie und in Schwarzafrika starben wieder mehrere Hunderttausend Menschen wie üblich an Hunger und Krankheit.
Doch es gab auch positive Nachrichten:
Die Zinsen lagen so niedrig wie noch nie nach dem 2. Weltkrieg, die Aktien und der Goldpreis stiegen weltweit, die Teuerungsrate lag bei nur einem Prozent und das Wirtschaftswachstum der Industrienationen stieg um 3,5 Prozent; rund zwei Milliarden D-Mark gaben allein die Deutschen für Körperpflege aus: für Cremes und Gels, Peelings und Pasten, Seife und Syndets, Deos und Duschgels, Badezusätze und Bodylotions, Haarpackungen und Haarfestiger, Sprays und Parfums. Der Golfkrieg zwischen Iran und Irak ging nach siebenjähriger Dauer zu Ende - unentschieden, und die sowjetischen Truppen verließen Afghanistan nach über zehn Jahren Krieg als geschlagene Sieger. Die Vereinigten Staaten

und die Sowjetunion einigten sich auf die Verschrottung der Mittelstreckenraketen, die sie erst kurz zuvor gegeneinander in Stellung gebracht hatten, und sie befreiten gemeinsam mit Millionenaufwand zwei Wale, die sich bei ihrem Liebesspiel in das Packeis vor Alaska verirrt hatten.